光文社文庫

いとはんのポン菓子

『バケモンの涙』改題

歌川たいじ

光　文　社

目次

いとはんのポン菓子

歌川たいじ

プロローグ

私がまだ、ほんの小さな子どもだった頃。

大阪は日本一の人口を誇る、もっとも活気に満ちた街でした。誰かに手を引かれ梅田《うめだ》や難波《なんば》に連れて行ってもらうたびに、心がゴム鞠《まり》みたいに弾んだものです。

さまざまなビル、デパート、旅館や料理屋や商店が建ち並び、無数の赤い灯、青い灯がまたたく景色に、幼い私はただただ目を奪われるばかりでした。とにかく、あちらを向いてもこちらを見ても人でいっぱいです。モダンガールさんやら芸者さんやら、きらびやかな人々がそぞろ歩く往来には、朝から晩までタクシーや人力車が、時には花電車が行き交って、まるで毎日がお祭りのよう。それが、昭和のはじめのほうの大阪でした。

それにくらべて私が暮らしておりました郊外の町は、どこまでも民家と田畑が続くのどかなところで、道にあるのは咲いているタンポポや牛が落としたおまんじゅうぐらいのものでした。梅田と同じ大阪府といえど、夜になれば真っ暗で、見えるのは星と、お月さんだけです。

もちろん、いくつかは商店もありました。大きなお寺も学校もありましたし、軍の飛行場などもありましたけれど、どこを歩いても土の匂いのする、あまり人の行き来のない町でした。そんな地味な町に、龍華町《りゅうげちょう》という美しい名前がついていたのです。

私は、その龍華町にあった旧家、橘《たちばな》家の長女として生まれました。

もともと龍華という名前は橘の別称「立花」を「りゅうげ」と読んだことに因《ちな》んでつけられた地名で、そんな橘家の家系は神武《じんむ》天皇まで遡《さかのぼ》ると、祖母から聞かされたことがあります。

さぞ蝶《ちょう》よ花よと育てられたのでしょうと、さまざまな人から言われてきました。けれど、やんごとなきお姫さまみたいにされた覚えは、ひとつもありません。

たしかに私は、蔵が四つある屋敷の長女でした。たくさんの男衆女衆がいて、なんでもしてくれました。けれども、頭の中に残っているのは毎日毎日叱られていた記憶ばかりです。小さい頃、私はちょっと奇天烈《きてれつ》で、いつもいつも「いらん事しい」と言われる子どもだったのです。

なんの因果か、自分でもわかりません。私はとにかく、大きな機械が動くのを見たり、その仕組みを教えてもらうことが、好きで好きでたまりませんでした。

聞くだけでは飽き足らず、ひまさえあれば蔵にこもり、埃《ほこり》をかぶった滑車などをひっぱり出しては組み立てて、へんてこな機械をこしらえようとしたものです。そうかと思えば古い時計やラジオを分解したり、石灰でも洗剤でも粉状のものを見つけては溶かしたり混ぜたり、来る日も来る日もそんなことばかりしていたのでした。

かわいいお人形さんも与えてもらいましたし、きれいな着物も作ってもらいましたけれど、それらはずっと箪笥《たんす》に放りっぱなし。「べべ買《こ》うていらん、エジソンさんの本買うて。ライト兄弟の本もほしい」などと言う、けったいな女の子だったのです。

「ちょっとは、いとはんらしくしなさいッ！」

油まみれ泥まみれの私の前にいつも立ちはだかり、叱りつけてきたのは、お山のように大きな体をした女中頭のヤエさんでした。

いとはん。

船場《せんば》あたりの大店《おおだな》の長女が昔、そう呼ばれていたそうですけれど、そんな呼び方をされている女の子は、このあたりでは誰もいませんでした。けれども、それが橘の家のちょっと変わったしきたりだったのです。「いとはんらしくしなさい」と、ヤエさんに、なんべん言われたことでしょう。

「私な、大きなったら博士になるねん」などと私が言うと、いつもヤエさんはがっくりきたような顔をしました。さらに、ハタキを髭《ひげ》に見立てて口元にあてエッヘンと咳《せき》払いして見せると、白目を剝《む》いてため息をついていました。そんなときのヤエさんの顔が面白くて、見るたびに笑い転げたものです。

そんな私を、ある日、祖母が厳しく戒めました。この祖母に逆らえた人は、橘の家には誰ひとりいません。怒らせたら最後、たちまち石にされます。祖母に低い声で「トシ子《こ》！」と呼ばれるたびに、変わり者だった私も飛び上がって正座したものでした。

「あんたはまだ、ヤエの世話にならんかったら生きられへんのやで。自分のこともようできんうちは、ヤエの言うこと聞かなあかん。ヤエが女の子らししなさい言うたら、そうしいや。でけへんのやったら、よその子にしてしまうで」

祖母は私をよその家にあげてしまうぐらい、本当にしてしまいそうに思えました。「堪《かん》忍《にん》」と項垂《うなだ》れるしかありません。しおれた白菜みたいにしょげかえる私に、祖母は言いました。

「ええか、トシ子。自分のこと、なんでもできるようになったら、自分らししてええんやで。それまでは我慢し。あんたのために言うてるんや、わかったな」

女の子らしいて、なんやろ。

自分らしいて、なんやろ。

いとはんらしいて、どんなふうにしたらええのん。

一生懸命考えましたが、まだ子どもの私にはわかりませんでした。わからないながらも、それ以来、いままでのように遊んでも手はきれいに洗い、着物を汚したら着替えることにしました。とりあえず考えついたことをやってみただけでしたけれど、ヤエさんの雷が落ちることは、それだけでもずいぶんと少なくなったのでした。

ヤエさんは、私が生まれる前から橘家にいた人です。ガミガミうるさい人でしたけれど、ちっとも意地悪ではありませんでした。母が幼い子どもたちを置いて家を出て行って以来、母の代わりとなってくれたのです。いつも私が寂しがってないか、なにかに傷ついてないか、それはそれは注意深く見守ってくれていたと思います。

ほかの女中さんが、「ごりょんさん（奥さん）が出て行かんと、ずっといてくれはったら、もうちょっとおとなしなるんやろけどなぁ、お母ちゃんがおらんと難儀なもんなんやなぁ」と、私の前でつぶやいたことがありました。ヤエさんは血相を変えて、その女中さんの襟を引っ摑《つか》み、あっというまに連れ去ってしまったのです。そして戻ってくると、目を真っ赤にして私を抱きしめてくれました。

「いとはんには、足りてないもんなどひとつもありまへん、そのためにヤエがいてるんです。なんにも気にすることありまへんで、わかりましたな」

私は別に、女中さんの言葉に傷ついてなどいませんでした。祖母も弟妹もおりましたし、母恋しさに泣いたりすることなどなかったのです。それよりも、ヤエさんに引っ張られていったあの女中さんが、無事に生きているのかどうかだけが心配だったのでした。

お母ちゃんがいてない、お母ちゃんがいてないと、なにかにつけてそう言われていた私ですが、父は父で梅田の別宅にいりびたり、ほとんど家にはいませんでした。

それやのに、なんでお父ちゃんがいてないとは誰も言わへんのやろ。

私はしばしば首をかしげたものでした。

私の父は、生涯ずっと旧家のぼんぼんとして生きた人です。社交が巧みで、利権を獲得するのも上手だと言われていました。よくある話ですけれど、梅田に芳乃《よしの》という、芸者上がりで小料理屋を営む美人さんがいて、私が四つぐらいの頃、その女とねんごろになったのです。

その当時、旧家の主人が妾《めかけ》を囲うのは珍しいことではありませんでしたし、妻たちは、ぐっとこらえて黙認したものだったのかもしれません。けれども、私の母は違ったようです。泣くこともわめくこともなく、毅然《きぜん》として父に離縁状を叩《たた》きつけたと聞きました。幼い私や弟妹を連れて行こうとしたらしいのですが、泣く子も黙る祖母がそれを許すはずもなく、ひとりで出て行ったそうです。

そんなわけで、私は幼い頃の父母の思い出というものがあまりありません。おぼろげにあるのは、外国のお菓子を食べた記憶だけです。

「それ、梅田で外国菓子の博覧会があったときのことですわな」と、家の者の誰かが言っていました。きっと、そうなのでしょう。

それは、外国のお祭りのように提灯《ちょうちん》や旗や吹き流しがかけられた、広場みたいな場所だったと思います。人でごったがえす中、見たこともない色とりどりのお菓子が、クロスをかけた台にところ狭しと並べられ、嗅《か》いだこともないような甘い香りが立ち込めていました。

ふと目をやると、柵で仕切られたところには、人が一人またがって乗れるくらいの、小さな機関車のような形をした機械がありました。

あの中、熱うなってるんやろな、見ただけでわかるなぁ。

母に背負われた私は、そう思いました。機械から湯気がたっていたのです。

「お父ちゃん、あれはなに?」そう訊《たず》ねると、父がにやりとして「さぁ、なんやろな、バケモンかもわからんで」と答えました。

まさかバケモンではないやろと思いながら眺めていると、背広を着た外国人さんが、その機械をカナヅチでぽんと叩きました。すると、爆弾が炸裂《さくれつ》したような音が鳴り響いたのです。しばらくは耳が聞こえなくなるぐらいの大きな音でした。

「あれ、ほんまにバケモンやったん?」

音に驚いて半泣きになった私がそう言うと、父は笑いながら「そや、今の音はな、バケモンの鳴き声やったんやで」と笑って答え、バケモノから出てきたお菓子をもらってくれました。米が膨《ふく》らんだようなポロポロしたお菓子は、甘い飴《あめ》がけがしてありました。食べるとサクサクして、穀物が焼けた香ばしさもありました。

「うまいか」

「おいしい! なんやはじめはな、おかきみたいやけどな、口の中でな、すぐに溶けるねん。甘い味がするで」私はべそをかいていたことなど忘れ、夢中で父の手からお菓子をもらって食べました。

「そのお菓子はな、バケモンさんの涙や」母がそう言ったのを今でも憶《おぼ》えています。そのあと父が「涙とちゃうで、うんこや」と言ったのも忘れていません。

あんなふうにお菓子が出てくる機械て、中はどんなふうになってるんやろ。

どんな材料をどんなふうにしたら、あんなにおいしいお菓子ができるのん。

あの日のことを思い出すたび、父や母よりも、あの機械のことばかり胸によみがえってくるのでした。

ヤエさんや祖母の前ではおとなしくしていたものの、弟と妹を子分に、蔵での秘密の研究は続いていました。格子の地窓に手押し三輪をぶつけて壊したり、床に油をひっくりかえしたり、そんなことをやらかしては事故を隠蔽《いんぺい》し続け、私は大きくなりました。

高等小学校に通うようになっても機械好きは相変わらずで、当時の私が熱中していたのはもっぱら、設計図を描くことでした。その頃の私は、機関車や蓄音機など、身の回りのあらゆる機械がどんな仕組みで動くのか、調べずにはいられませんでした。そのうち、設計図を見るのが大好きになったのです。何枚も何枚も見るうち、身近な機械を見れば大抵、中がどうなってるのか想像できるようになりました。とうとう「私やったらこうする」という設計図を描いてみたくなり、門前の小僧なんとやらで描きはじめたというわけです。確かに子どもの遊びにすぎませんでしたけれど、毎日図面ばかり見ていた私の設計は、そこそこ本格的だったと思います。

父の知り合いに、天野《あまの》教授という髭《ひげ》モジャモジャの工学博士がいらして、ずっと憧れていたのですけれど、その教授が橘の家においでになったことがありました。私は千載一遇の好機とばかりに、自分で描いた図面を見ていただいたのです。

「この構造は自分で考えたのかね、いやぁ、たいしたもんだ。創造性というものがあるね。動力はなにを想定してるんだね？　蒸気か、なるほど、このシリンダーは蒸気が動力だからか。いやはや、個性的だが理にかなってる。おいとちゃんは豆博士だな。この道に是非、進んでもらいたいものだ」と、天野教授はモジャモジャをご自分で撫《な》でつつ、やさしい声で褒《ほ》めてくださいました。

飛び上がるぐらい嬉《うれ》しくて、日頃疑問に思うことや、自分だけでは答えが出なかったことを百ぐらい質問したくなりました。ところが、ヤエさんがフグのように顎を膨らませて「先生、そんなん言うて！　図面ばっかり描いてたら、嫁のもらい手なくなりますがなっ」と噛《か》みついてしまい、その日はもうモジャモジャの中のお口が開くことはありませんでした。

いずれ大学の工学部に進学したいなぁ。この顔にモジャモジャの髭が生えてもええさかい、天野教授の教え子になりたい、死ぬほどなりたい。

私は、強く強くそう願い続けました。どこにお参りに行っても、願をかけるのはそのことばかりだったのです。けれども、ちょうどその頃、世間は太平洋戦争《たいへいようせんそう》開戦前のものものしい空気に包まれていて、女が工学を学ぶことなどなかなか許されるものではなく、私の願いはかないませんでした。戦争さえなかったらといまだに思いますけれど、人は生まれる時代を選べないのですから仕方ありません。蔵に閉じこもってさんざん泣き、諦めて、普通に高等女学校《こうとうじょがっこう》で良妻賢母となるためのあれこれを学んだのです。

まったく不本意な進学でしたけれど、女学校を卒業する頃には、祖母やヤエさんから「すっかり年頃の娘らしなったなぁ」「小さいうちはどうなることやらと思ったもんやけど」などとたびたび言ってもらえるようになりました。これでも、けっこう真面目に勉強していたのです。

そして、卒業した私は国民学校《こくみんがっこう》の先生になりました。

図面ばかり見ている変わった娘だと、誰もが私をそう思っていましたけれど、好きだったのは図面だけではありません、子どもの面倒を見ることも大好きだったのです。

父も母もいない家で、祖母と男衆女衆と暮らしておりました私たち姉弟妹《きょうだい》は、何不自由ないようでいて、あちこちに大人たちの目が届かないところもありました。私は祖母から、「トシ子がしっかりと弟や妹を見なあかん」と言われ続けました。特に高等小学校にあがってからは、祖母は弟妹を直接叱らず、私を呼んで監督不行き届きを責めるようになっていったのです。けれども私は、不思議と不服ではありませんでした。どこか母親のような気持ちで、弟妹に食事をさせたり、風呂に入らせたり、勉強を見てあげたりするようになったのです。

私が学校から帰ってくると、いつも小さな顔がふたつ、門からひょいと出てきて、「おねえちゃんや」と、転びそうな足どりで駆けてきます。かわいいと思わないはずがありません。

「今日は蔵でなに作るのん?」おかっぱ頭をかきあげながら訊ねてくる妹のクリクリした目を見たら、くしゃくしゃ撫でずにはいられませんでした。いつもいつも、「そやな、取っ手を回すとお馬さんが動く機械作ってみよか」などと、その日の実験計画を話しました。どうやったら弟や妹が喜ぶか、毎日ちゃんと考えてあったのです。弟も妹も、私がなにを言っても目を輝かせて頷《うなず》く、従順な助手でした。弟は器用な子で、紙を上手に切って馬やら旗やらいろいろこしらえては見せに来たものです。そんなふうに毎日過ごしておりましたもので、国民学校の先生は私にうってつけの職業だと思ったのです。

ところが、張り切って先生になってはみたものの、教壇に立つ毎日は楽しいものではありませんでした。

もちろん、子どもたちはかわいくて、すぐにかけがえのない存在になりました。

女の子らは、きれいなものでも珍しいものでも見つけると、なんでも私にくれると言うんです。男の子らは「オレ大きなったらな、先生を嫁にもろたるわ」などと無邪気に言ってくれます。いじらしくて、しかたがありません。「お嫁にもろてくれるのん？　嬉しいなぁ、でもそれやったら、もっと漢字覚えなあかんよ」などと答えながら私は、死んでもこの子らを守らなければと、自分もまだたいして大人ではないくせに、胸が熱くなったものでした。

そんな訓導《くんどう》（教師）生活が悲しくてつらかった理由は、たったひとつ。無邪気でかわいい子どもたちが、栄養失調でごりんごりんにやせてしまっていることでした。戦争が激化するにともなって、配給の食糧が極端に少なくなったせいです。食べられず体力がなくなった子どもが、感染症で何人も死んでいったのです。

あの頃、私は一九歳。

誰も彼もが、とにかく生きていくだけで精一杯の、あの時代。

飢餓状態の子どもたちを前に、世間知らずの新米訓導だった私は、なにをどうしたらいいものやら、戸惑ってばかりでした。自分がなにかを変えることができるなどとは、ひとかけらも思っていなかったのです。

一

その日、私は朝から職員室で、根本《ねもと》先生、出口《でぐち》先生といっしょに新聞紙を揉《も》んでおりました。私たち訓導の朝の日課は、こうして新聞紙を揉んでやわらかくすることだったのです。なぜ、こんなことが日課になっているかといえば、栄養失調の子どもたちはみんなひどい下痢をするからです。休み時間に、お便所が大行列になるほどでした。便紙の配給などあるわけもありませんから、こうして訓導たちが子どもたちのおしりを拭く紙を作らねばならなかったのです。

新聞には、大日本海軍全勝とか、五万の敵大軍を追撃とか、そんな見出しの文字が躍っていましたけれど、そんな新聞を揉みながら若い訓導の私たちが話すのは、食べ物のことばかりです。

「ああ、オレ、昨夜も塩にぎりの夢を見たよ」

出口先生がそう言って、ひもじそうに国民服のおなかをさすり、泣いたような笑ったような顔を見せました。出口先生がよく見せる顔です。顔じゅうがくしゃくしゃになって、ちょっとかわいらしいんです。出口先生は私より四つ年上ですけれど、家が近所なので、幼なじみのような仲でした。学校以外では、修造《しゅうぞう》さんと呼んでいたのです。

修造さんは東京で生まれました。幼いときに震災に遭い、母親を失ったそうです。詳しいことはよく知らないのですけれど、私の祖母とその家とはつながりがあって、祖母の取り計らいで近所の子どものいない家の養子となったのです。太平洋戦争がはじまり、一度出兵する運びとなったのですけれど、肺が悪いことがわかって家に戻ってこられました。

根本先生は修造さんと同じ歳《とし》で、えらく美人の先生です。京都の大店のぼんぼんに妾にならんかと言い寄られたそうなのですけど、根本先生は見事に袖にされたそうで、なるほど、こんなお顔やったらそんなこともあるわなぁと思うぐらいでした。教え子の疎開で生徒が減った国民学校は、次第に合同授業をするようになり、根本先生も堺《さかい》の学校から移ってこられたのでした。

「空腹と幸福って、音が似てると思わないか」修造さんが白い歯を見せながら、自分で言って自分で笑いました。

「なに言うてるの、こうふくはこうふくでも、降参するほうの降伏や」すかさず根本先生がそう返すと、「なるほど！」と言って修造さんは手をポンと叩きました。「空腹には誰も敵《かな》わない、ただただ降伏するのみだもんな」

ケタケタ笑う修造さんにつられ、「しょうもない」と言って根本先生も眉毛を下げて笑いました。戦時下にお気楽なものだと思われるかもしれませんが、飢えた子どもらを見るのは、子どもが好きな私たちには本当につらいことで、冗談でも言いあっていなければ、とてもとてもやりきれなかったのです。

空腹には誰も敵わない、ほんまにそうやなぁ。

私は、修造さんの言葉に大きく頷きました。修造さんはたびたび、こんなふうに、当り前だけど忘れていたようなことに気づかせてくれるのです。

子どもの頃、私が「餅をつく機械」というのを発明しようとしたときもそうでした。「蒸気機関車みたいに、蒸気で杵《きね》を動かしたらできるて思わへん?」そう言って大まかな設計図を広げて見せる私に修造さんは、「餅は手でついて、手で丸めるからうまいんだよ」と、いつもの笑顔で言ったのです。

「そうやなぁ、なんでも機械でしたらええもんでもないなぁ」と、そのときも修造さんに気づかされたのでした。

どんなに屈強な兵士であっても、空腹には敵わない。誰も敵いません。弱い子どもならば、なおさらです。なのに、配給はどんどん少なくなっていきました。お米の配給など、最後はいつだったか思い出せないほどです。少し前に大豆の粉の配給がありましたけれど、それすらも妊婦に限ってだけでした。

戦争が激しくなり、いつ敵が民間人を攻撃するかもわからないということで、多くの子どもたちが疎開して三重や和歌山や四国などに行きました。事情があって遠くに疎開できない子どもたちを私たちは教えていたのですけど、みんなガリガリにやせ、腕など牛蒡《ごぼう》さんみたいになっていたのです。目の下は真っ黒で、子どもの顔とは思えないほどでした。バイ菌に対して抵抗力がないからでしょうか、お尻も顔もブツブツだらけです。毎日毎日そんな有様を見るのが、それはもう、つらくてつらくて仕方がありませんでした。

教壇に立つようになってから、教え子のひとりのヨシ子《こ》ちゃんが亡くなりました。なにかの菌に感染したのだという話だったのですが、栄養失調がそもそもの原因に違いありません。私はなんとか死なせまいと、うちにあった少しの米と雑穀を持って駆けつけたのですが、ヨシ子ちゃんのお母さんは目がうつろになっていて、私が包みを差し出すと、かえってがっくり肩を落とし、受け取らなかったのです。

「そんな米もろたかて、先生、炊く燃料がありませんがな」そう言ってお母さんは、忘れられないような顔で笑ったのです。

なんで気づかへんかったんやろ、その通りや、薪《まき》もなければ石炭もない。燃やすものがなんにもないんや。みんな生の雑穀なんか食べてるから、なんの栄養にもならへん、どの子も下痢してる。それでやせていくんや。

「こんなん、ええとこのお嬢さんには、わからへんやろ」

ヨシ子ちゃんのお母さんは私を睨《にら》みながら、独り言のような口調で、でも、はっきり聞こえる声でそう言いました。

私は米と雑穀を抱えて家へ走りました。橘の家でなら、まだ煮炊きぐらいはできます。お粥《かゆ》を作って、引き返して来たのです。でも、そうしている間に、ヨシ子ちゃんはものが食べられる状態ではなくなっていました。ほどなくして、亡くなってしまったのです。泣いて、泣いて、泣いて、吐いて、吐いて、吐いてはまた泣きました。

ヨシ子ちゃんは、いつも、ほんわかした笑顔を見せてくれる子でした。おなかを空《す》かせた子どもたちは寒がるものですけれど、みんなが寒い寒い言う中でもヨシ子ちゃんは、「ウチ、温《ぬく》いんやで」と、ほかの子の手を握って温めてあげていました。

ヨシ子ちゃんの亡骸《なきがら》の指先を見ると、一〇本の指の全部が爪のところから腫《は》れて、ひどく膿《う》んでいました。瘭疽《ひょうそ》というのですが、栄養がとれないせいで細菌に負け、爪のあたりが炎症を起こしてしまうのです。こうなると、とてもとても痛いのですけれど、そんな状態でもヨシ子ちゃんは泣き言をこぼさず、冗談を言ってはほかの子を笑顔にしてくれていました。そんなヨシ子ちゃんがもういない、飢えて死んだのだ、その事実を私は受け止めきれませんでした。

悲しいやなんて言葉では足らない気持ちを、心が引き裂かれるとか言うけど、あれ、ほんまやったんやなぁ。

心の芯に叩き込まれるみたいな痛みに、これが本当の悲しみというものかと思いました。そして、生まれてはじめてのことだったのですが、じっくりと自分を振り返ってみたのです。

ええとこのお嬢さんには、わからへんやろ。

ええとこのお嬢さんには、わからへんやろ。

誰もが私のことを、そう言っているように思えました。たしかに私は、なにも知らないのかもしれない、なにもできないのかもしれない。子どもに教え、子どもを守らねばならない先生なのに……。そう考えると、くやしくて歯がゆくて仕方がありません。けれど、家では「いとはんらししなさい」と言われ続けます。

私て一体なんやろ、「いとはんらしい」という鳥籠に逆らったり閉じこもったりしながら、結局、なんにもできひんまま生きていくんやろか。おばあさんになるまで、そのまままで生きて、そのまんまで死ぬんやろか。

自分の無力さを噛みしめながら教壇に立つ私でしたけれど、それでも、子どもらにはなんとか生きていてほしかった。うどん粉でも手に入れば教え子らを呼んで、家の庭先で大鍋にすいとんを作り食べさせましたけれど、だんだんと、それもままならなくなっていきました。橋の家の者ですら遠くの農家から分けてもらった米や芋や野菜でかつかつ食べている状況の中、とても子どもたち全員に食べさせるだけの食糧は手に入らなかったのです。修造さんやほかの先生方が、三重や和歌山の農家を訪れては地面に額をこすりつけて作物を分けてもらい、それが教え子らの口に入ることもありました。けれど、やがて農家も食べ物が足らなくなって、それすらもできなくなっていったのでした。

根本先生が口をとんがらせて、くやしまぎれに新聞紙をくしゃくしゃとこすりながら、

「塩にぎりどころか、昨日の配給、げんこつぐらいの大根が一切れぐらいやで。これで一家七人、どないして食べるねん」とつぶやきました。

「ほんまに配給は少なくなったなぁ」私は頷きながら根本先生に続きました。「橋のたものとこ、前は草がたくさん生えてましたけど、いま一本もないんです。誰か食べたんやろか」

「牛が食べたんかな」

「オレだよ」

「あんたか、ひとりで食べたんか」

そんなかけあいが始まり、また三人で笑いました。笑ってはいたけれど、そこまで人々

の暮らしが切迫していることを、三人ともひしひしと感じていました。

そのときです。

ドカンという大きな音が、なんの前触れもなく耳を劈《つんざ》きました。

死んだ人も飛び起きるような、すさまじい爆発音です。

職員室の床やガラス窓が揺れて、根本先生が悲鳴をあげました。私も、たぶんほかの二人も、とうとう空襲がきたのだと思いました。三人揃《そろ》って、ここで死ぬのかと。

そして、なんと意気地のないことか、その音を聞いて私は、気を失ってしまったのです。

トシ子ちゃん！　と叫ぶ修造さんの声が、おぼろげに聞こえたような気がしました。


医務室で目覚めたときは、もうお昼過ぎでした。

「いとはん！」

さっきの爆音に負けないような大きな声で頭がキンとなり、私は思わず眉をひそめました。もちろん、そんな声を出すのはヤエさんしかいません。

「いきなり倒れるやなんて、体が悪いんと違いますのんか、どこが悪いんですか、どこか痛いとこあるんですか、ほんまのこと言うてくださいッ」

倒れた人間がいま目覚めたところだというのに、大声で矢継ぎ早に聞いてくる、それがヤエさんです。

「大声出さんといて、私、どないしたん？」

「どないしたもなんも、いきなり気ぃ失《うしの》うたいうて、修造さんが知らせに来てくれはったんです」

「あの音、なんやったん？　空襲？」

「違いますて、飛行場でなんや事故があったらしいですわ。幸いケガ人はなかったそうですけどな」

「子どもたちは？」

「修造さんが見てくれてはります。いとはんは帰らな。ヤエが先に帰って、男衆に大八車を出させますし、ちょっと待っといてください」

「大八車やなんて、そんなん、やめて、恥ずかしい！　びっくりして気を失うただけやねんから」

「それやったら、ヤエといっしょに帰りまひょ」

「修造さんや、根本先生は？」

「挨拶などせんと、気がついたら帰ってくださいい言うてはりましたで」

学校から我が家までは、歩いて二〇分ほどの距離です。ヤエさんと肩を並べ、作物もない畑を眺めながら帰る道すがら。「こんなふうに二人で歩くのも久しぶりやな」と思っていたら、ヤエさんが不意に顔をこちらに向け、少し疲れた顔で私を見つめました。

「いとはんは、ほんまに大きい音に弱いなぁ。一昨年《おととし》も倒れはりましたやろ」

「ああ、目の前で車が衝突したときやね」

「そうです、あのときももう、肝を冷やしましたわ。まぁ、誰かて大きい音聞いたらびっくりしますけどな、倒れるまでの人、滅多におりませんやろ。なんで、そんなに怖いんですか」

「怖いというのとは、ちょっと違うなぁ。なんや心臓が妙な脈打ってな、息ができんようになって、目の前が暗なってしまうねん、なんでか、自分でもようわからへん」

ヤエさんは、「難儀やなぁ」とつぶやき、眉毛を八の字にしてうつむいてしまいました。よく見たら、結髪がだいぶほつれていて、どんなに慌てて駆けつけたかがわかるような気がしました。

大きな音を聞くと脈がおかしくなるようになったのは、いつの頃からだったでしょうか。母の背中で外国のお菓子を食べたとき、バケモノの鳴き声は爆音そのものでしたけれど、ほんの四歳でも、意識がなくなったりはしませんでした。大きな音を体が受けつけなくなったのは、それから何年か経《た》ってからだと思います。

記憶をたどってみると、初めて気を失ったのは、まだ一〇歳にもなっていないときのことでした。

その日は、男衆女衆がなにやらそわそわしていて、険しい顔つきをしていました。弟と妹はどこにもいませんでした、ヤエさんが外へ連れ出していたのです。ヤエさんは大声で私のことも呼んでいたのですが、私は蔵の隅っこに隠れ、知らんぷりして遊んでいたので、諦めて私だけ置いて行ったのだと思います。

おなかが空いて厨房《ちゅうぼう》に行ってみると、タスキをかけた女中さんが「いとはん！」と私を呼び止めました。

「いとはん、どこにおったんですか、ヤエさんがさんざん探してはったんでっせ。ええですか、よう聞いとくれなはれ」

女中さんの鬼気迫る表情にたじろぎ、私は頷くことしかできませんでした。

「自分のお部屋におってください、蔵に行ったらあきまへん。今日は、この家に怪物が来ますねん」

「怪物！」

えらいことになったと思い、私は目を見開きました。

「そうです、蔵におったら食べられてしまいまっせ、子どもの肉が大好きやねんから」

「どんな怪物なん？　蛇みたいなん？　鬼みたいなん？」

「そんな小物と違いますがな！　絵にも描かれへん恐ろしい大物です」

「ヤエさんぐらい？」

「ヤエさんの百倍、ごっついです！」

そこまでごっついのんが、なんでうちに来るねん……。

そう聞きたくても聞けないまま、追い立てられるように部屋に行かされ、雨戸を閉められてしまいました。釈然としないまま部屋でへたり込み、口をとんがらせていましたけれど、怪物のこと以外、なにも考えられるわけがありません。

どんな怪物さんが来はるんやろ。ヤエさんの百倍いうたら、この家もめちゃめちゃに壊されてしまうで。それやったら、蔵におるほうがええのんと違うか。まさか蔵に子どもがおるとは、怪物さんも思わへんやろ。

そう考えたら、いても立ってもいられずに、私は忍び足で蔵に潜り込みました。門や通りが窓から覗《のぞ》ける蔵を選んだのは、怪物をちょっとは見たかったからです。

門前の通りに面したその蔵には、母の肖像画がしまいこまれていました。

この家に母の写真は一枚もありませんでしたけれど、私が生まれる前に父が有名な画家に描かせたその絵だけは、蔵の隅っこにしまわれていたのです。母は油絵が好きだったそうなのですが、肖像画は有名画家が死んだら価値が出るとのことで、母には渡されずにここで埃をかぶることになったのでした。ほんの四歳か五歳の頃に家を出た母の顔はうろ覚えでしたが、その肖像画の顔は何度も見ていました。

窓から通りを覗き込むと、男衆がなにやら奇声を上げながら蠢《うごめ》いていました。まさに戦いを挑むような感じで、怪物を退治しようとしているかのようでした。そんな騒然とした中だというのに、なぜか私は母の肖像画が見てみたくなり、奥の棚に探しに行ったのでした。

自分の背丈より高い棚を背伸びして手探りし、額縁らしきものをくるんだ風呂敷包みをひっぱると、顔中に埃が降ってきました。しかめっ面で包みを受け止め、顔を拭うのも忘れ結び目をほどくと、そこには、浅葱色《あさぎいろ》の着物を着た母の顔がありました。

ちょっときつそうな、それでいて美しい母の顔。目を見開いた、なにやらどこかに情熱を秘めた感じのする表情。私に早く大人になれと言っているような、私がまだ子どもであることを責めているかのような、そんな気がする細面の顔です。なぜか絵から目が離せなくなり、しばらくじっと見入ってしまったのを憶えています。

油絵を穴が開くほど凝視していた私をハッとさせたもの、それは、「帰れッ」「来るな！」と口々に叫ぶ男衆の怒鳴り声でした。

怪物さんが来はったんや！

私は母の肖像画を持ったまま、ガラス窓に駆け寄り通りを覗きました。通りに面した窓なので、ひとりひとりの顔までよく見えました。男衆が門に近づいてくるなにかに、泥まんじゅうのようなものを投げつけていました。女衆も男衆の背後から「早《は》よ帰り！」「一歩も入れへんでッ」などと叫んでいます。

けれど、相手は怪物ではありませんでした。サラサラした絹のような、色鮮やかな着物を着た女の人だったのです。若くて、細くて、お鼻がぴんととがった、ちょっと冷たい感じもする美しい人でした。私は目を丸くして驚きました。

あれ芳乃やろ、お父ちゃんを梅田から帰さん女や！

芳乃と会ったことはありませんでしたが、私はそう確信しました。

ずっとあとで聞いた話ですが、屋敷に帰らない父を祖母が諌《いさ》め、そんなに言うなら屋敷には戻るが芳乃を連れてくると父が言い、さらに、ゆくゆくは正妻にしたいと宣言したのだそうです。祖母が火焔《かえん》を噴かないはずがありません。ああでもない、こうでもないと修羅場になって、さんざん揉めたのだということでした。父が遂《つい》に「会《お》うてもないのに頭ごなしにすなッ」と、祖母の制止をはねのけて芳乃を屋敷に呼んだらしいのです。

家の者がなぜ、父の愛人にここまでの狼藉《ろうぜき》を働いたのか。それは火を見るより明らかです。祖母が太鼓を鳴らして、家の者たちを焚《た》きつけたに違いありません。祖母が特にひどい人だったわけではないでしょう、水商売の妾を正妻にするのを許す旧家はほとんどなかったと思います。

芳乃の美しい顔に、男衆が投げた泥まんじゅうが何個かあたり、華奢《きゃしゃ》な顎や白い額に泥がつきました。ところが芳乃は、まるで腹が据わっていました。逃げたり避けたりせず、それどころか表情ひとつ変えず、無言で門に近づいてきたのです。背中で燐火《おにび》のようなものが燃えている感じがしました。それまで威勢がよかった人々がたじろぐほどの、さながら刃物が歩いてくるような迫力でした。

「来るな！　帰れ、芸者上がりがッ」

男衆のひとりが、焦ったのか、なにか硬いものを門の直前まで来た芳乃に投げつけました。それは、芳乃の脳天に命中したのです。ごつんという音が聞こえてきそうでした。気が遠くなったのか、芳乃は膝から崩れ落ち、地面に手をつきました。

「やめ！　やめ！　おまえら、なんちうことするんや！」

父が門から飛び出していくのが見えました。以前に父の顔を見たのは、何週間前だったでしょうか。

　みんなが黙り立ちつくす中、父は家の者たちを見渡して睨みつけると、「大丈夫か」という感じで、芳乃を抱き起こそうとしました。芳乃は父の手を払い、自分でよろよろと立ち上がりました。

　あのときの、すべてを凍りつかせるような芳乃の目。ずっと忘れられません。口の端をちょっとあげて冷たい笑みを浮かべ、ぎらぎらと光る目でみんなを見据えていました。そして、蔵にいた私にもはっきり聞こえる声で、言い放ったのです。

「あんたら、主人に言われたら、なんも考えんと人に嚙みつくんやろ。自分の頭でなんも考えられへん。犬や、あんたらみんな犬なんやで」芳乃の迫力に、言い返せる者は誰もいませんでした。「あんたも、あんたも、エサくれる飼い主によう逆らえへん、犬畜生やねん。あははッ、犬のように生きて、犬のように死んだらええねんッ」

　私はなぜか、額に汗をかいてしまいました。祖母に逆らえないのは、私も同じだったからでしょうか。私は肖像画を、この家のなにもかもを捨てていった母の絵をぎゅっと抱いたまま、息を呑《の》んで見守っているしかありませんでした。そのときすでに、脈がおかしくなっていたのかもしれません。

そこに、タスキをかけて、裾をはしょった女中さんが門から飛び出して行きました。うわぁぁぁっという奇声を発していて、手にはなにやら火のついたものを掲げていました。たぶん、石に大きな爆竹のようなものを括《くく》りつけたものだったと思います。芳乃の足もとに投げつけるつもりだったのでしょう。

ところが女中さんは、門前に父がいることがわかると、驚いて急に足を止めました。

「どっかに放りッ」

ほかの女中さんがそう叫ぶと、爆竹を持った女中さんは私のいる蔵へとそれを投げ込んだのです。ガラスを突き破って爆竹は私の目の前に落ち、わわわと慌てる間もなく、ものすごい音が鳴り響きました。私は母の肖像画を抱いたまま、意識を失ってしまったのでした。

「あのとき、ヤエさんにえらい叱られたなぁ」

学校から屋敷までの道を半分も歩かないうちに、初めて倒れたあの日のことを、最初から最後まできっちり思い出しました。

「当たり前や、蔵で倒れてはるのんを見つけて、そらもう大騒ぎでしたんや」

目を覚ましたとき、怒りで膨らんだようなヤエさんの顔が目の前いっぱいに広がっていたのを、いまでも思い出します。

「ふふふ」

「なにがおかしいんですやろ」

「叱られながら私が、どこもケガしてへんで言うたら、してからでは遅いッて、ヤエさん、えらい剣幕で怒鳴ったやろ。私、また気絶しそうやったわ」

「なにを笑《わろ》うてますのや、あんなんもう、たくさんや。もうヤエも若くありません、寿命縮めんといてください」

私が元気そうなので少し安心したのでしょう、屋敷が見えてきた頃にヤエさんは、言わずにとっておいたことを、さりげなく私に告げてきました。しれっとなんでもないような口調でしたけれど、軽く流せることではないことはヤエさんにも充分わかっていたはずでした。

「あとで大ごりょんさんが話あるそうです」

祖母が私に、改まってなんの話があるというのか。一瞬、凍りついて足が止まりました。

「危ないから先生やめろて言わはるんや、きっとそうやて」

震えながらそうつぶやく私に、ヤエさんはなにも答えてくれませんでした。

祖母の部屋は、屋敷のいちばん奥にあります。私も弟妹も、父ですら、逆鱗《げきりん》に触れまいと滅多に近づかない部屋です。屋敷の中にはたくさん人がおりましたから、それはそれはいつも賑《にぎ》やかなものでしたが、奥へ行けば行くほど静かになりました。そのあたりだけ、音のない重たい時間が流れているみたいで、足を踏み入れるときには口を結んで息を止めたものです。

「トシ子です」襖《ふすま》越しに声をかけると、「入り」と、祖母の腹の据わった声が聞こえてきました。祖母はいつも、誰に会うわけでもないのに、きちんと髪を結い、被布《ひふ》を着て姿勢良く座っている人です。そういう人でなければ出せない、なにも言われてないのに叱られているかのように感じてしまう威厳が、全身から漂ってくるのでした。

学校で倒れたことについて、あれやこれや言われるのは覚悟していました。けれど、意外にもそのことは祖母の耳には入っていなかったみたいでした。きっと、橘の家の内情をよく知る修造さんが気を回して、ヤエさんにだけ伝わるようにしてくれたのでしょう。

修造さん、ありがとう。

繰り返し心の中でつぶやきながら、祖母の長い前置き話を聞いていました。

「女学校でトシ子といっしょやった山内《やまうち》ミサ子さん、憶えてますやろ。今度お嫁に行かはるようや。山内さんのご親戚筋から、そんな話聞いたで」

厳《いか》めしい人といっしょに暮らしていると、相づちを打つのが上手になります。弟も妹も、時には父も、長女の私の背中に隠れ、いつも私が祖母の矢面に立たされていましたので、なおさらのことでした。

いつもの調子でハイハイと聞いていたら、不意に祖母が「神戸《こうべ》の東山《ひがしやま》さんとこの、勇《ゆう》作《さく》さん。あんた、いつ会うた？」と訊ねてきました。

神戸？　東山？　勇作さん？

たぶん、そんな顔をしていたのでしょう、祖母に「なんでわからへんのや、あんたの許婚者《いいなずけ》やないか！」と一喝されました。

そう、私には祖母が決めた許婚者がいたのです。小さいときから、ふたつ年上の製薬会社の跡取り息子のお嫁さんになると決められていました。そのことを聞かされたのは、一一歳のときです。別に、驚きはしませんでした。家が結婚相手を決めるのは、とりたてて珍しいことではなかったのです。あの頃、私は図面描きに首ったけでした。特に憧れの男性や理想の王子様がいたわけでもなく、私もいつか誰かと結婚するんやなと思っただけでした。

「ああ、東山さんですか、もちろん憶えてますて」私は、慌ててそう言いました。「最後に会うたんは、六年も前のことです。まだ、どちらも子どもでしたけど」

「近々、会うてみなはれ」

祖母の言葉に、体が凍ったようになりました。祖母が私の結婚を急がせようとしている、そんな気がしたからです。戦争が日に日に激しくなる中、剣呑《けんのん》なことになる前に、地位も財力も盤石な家に嫁がせようと考えたのかもしれません。けれども私はまだ、学校をやめたくありませんでした。飢えた子どもたちを放って製薬会社のぼんぼんの若奥さまになるなど、考えられないことでした。

「そんな顔しなはんなや」祖母は、落ち着けと言わんばかりに、ふふふと笑いました。「なにも、すぐに結婚せぇ言うわけやない。東山さんとこのぼんも、まだ学生さんや。そやけどこんなご時世、何年もご無沙汰やったら、どうなるかもわからへん。いっぺんぐらい会うといたほうがええやろ」

年寄りは、しゃべっても顔があまり動きません。祖母の言っていることが本心かどうか、読み取ることはできませんでした。心の中がモヤモヤで覆われるようでしたけれど、いっぺん会うてみるだけやと言われて断る理由は見つけられませんでした。逆らって、わざわざ祖母との関係を悪くすることだけは避けねばなりません。「わかりました」と頷くしかなかったのです。

二

「なんでやの、お嫁に行ったらええやんか！」

許婚者《いいなずけ》のことを話したら、根本先生はそう叫びました。

「そうだよ、学校のことならなんとかなるさ、戦争だって、いずれ終わるだろうしさ」修造さんも、腕組みして大袈裟《おおげさ》に深く頷いていました。

そっちに背中を押されたら私が頭から湯気を立てることはわかっていて、ふたりしてこの単細胞をからかったのでしょう。

「いややッ！　なんやの、ふたりとも！　私、先生になってから一年も経ってない、まだなんにもしてへん。なんと言われても、当分ここで先生さしてもらいます」慌ててそう返した私に、「えらい剣幕だな」「頭の皮まで真っ赤やで」と、先輩ふたりは笑いました。

「そやけど、近々会うんやろ、いつ？　どこで会うのん？」

「どないしよ、どうしたらええ思いますか？　やっぱり、梅田で会うのがええんやろか」

「梅田なんか、ダメだよ。あんな人目につくところで、このご時世、銃後の人間が逢い引きなんかしてたら、非国民扱いされるぞ」

「逢い引きと違うし！　出口先生、知って言うてはる！」

顔から火が出そうな私に、修造さんは笑いながら言いました。

「梅田はやめておけよ」

怒った顔をしながらも、実は、修造さんの言葉に私は、ちょっとだけホッとしていました。すぐに結婚するつもりはなくても、いずれは結婚する人ですから、少しはきれいなところで会わねば失礼です。梅田にならば、戦時下とはいえ適した場所はありました。けれど、その頃の私にとって、梅田はもっとも行くのがイヤな街だったのです。

小さい頃はお祭り気分で出かけていった梅田の街が、なぜ、イヤになってしまったのか。それはもちろん、父と芳乃の家が梅田にあったからです。

高等女学校時代、毎月毎月、私は父と芳乃の家に月謝のお金をもらいに行かねばなりませんでした。もちろん橘の家は大蔵大臣も総理大臣もなにもかも祖母でしたけれど、その祖母が「月謝はお父ちゃんからもらい」と私に命じたのです。

父親が入りびたる愛人宅、そんなところに行きたい娘は、どこを探しても一人もいませんでした。また、父の妾を好きになる子どもが、そのへんにいるわけがないでしょう。それなのに祖母は、「そんなんでもせえへんかったら、あんたの父親のことや、子がいてることも忘れてまうやろ。月にいっぺんでも、会うとき」と言い渡したのです。その一言のおかげで私は、ずしんと重たい憂鬱さを頭に乗っけたまま、女学校生活を送らねばならなくなりました。

とはいえ、思い起こせば、はじめからそこまでイヤではなかったのです。

なにもかもがハイカラな梅田に行けるのはちょっとは嬉しかったですし、実母の記憶があまりないせいか、その頃の私は、芳乃のことを蛇蝎《だかつ》のように嫌ってはいなかったと思います。特に、家の門前まで来たのに泥まんじゅうをぶつけられ追っ払われた事件を思い出すたび、あれはかわいそうやったと思っていました。

あんなことせんかて、もっとほかにやりようがあったはずや。

そう本心から、思っていたのです。けれども、それは顔を合わせないからこそ抱くことができた同情の念だったのでしょう。毎月会わねばならないようになったら、話は違いました。そう、あの女学校時代を境に、私は芳乃が嫌いになったのです。

あるとき、女学校で運針のお稽古があり、布がたくさん必要になったことがありました。ちょうどそのとき、家には布が一枚も余っていなかったのです。

戦時中、千人針やお人形を作って前線におられる兵隊さんに送ることが、銃後の女たちの大切な仕事でした。龍華町の婦人会が神武町《じんむちょう》やら長吉《ながよし》やらの人まで大勢引き連れて、まるで忠臣蔵《ちゅうしんぐら》みたいにやってきたと思ったら、家中の布という布で慰安の品を作り持っていってしまったのです。家の者たちは、「手拭いすら足りまへんがな」と大騒ぎでした。それがちょうど、運針のお稽古が始まる直前だったのでした。

どないしましょうと先生に泣きついたのですが、「橘さんほどのおうちに端切れ一枚もないなんて、そんなことありますかいな」と取りあってもらえず、私は途方に暮れてしまいました。級友のおうちに頼んでみようかとも思ったのですが、どこの家も着物という着物をほどいてモンペに仕立て直していたぐらい布が足りないのに、気安く言い出せることではありませんでした。

頭を抱える私を見かねて、ヤエさんが、「梅田に行って、分けてもろてきます」と、申し出てくれました。「ありがとう、ほんまに助かるわ」と、ヤエさんの背中を見送りながら、やっとほっとした気持ちになれたのですが、それも束《つか》の間でした。芳乃がヤエさんに渡した包みを開けてみたら、出てきたのは絹やら羽二重やら、とても運針には使えない、テカテカな布ばかりだったのです。

芳乃は子どもの頃から芸者の世界で生きてきた人で、運針などしたことがなかったのでしょう。芸者をやめてからもずっと梅田で水商売をしている人ですから、そんなきらびやかな布しか持っていなかったのかもしれません。仕方ないとは思ったものの、いざ縫ってみると針がすべって、まっすぐ針が進みません。一針一針、やる瀬ない思いで縫ってはみたのですけれど、苦心の甲斐《かい》なく運針の成績はさんざんでした。そんなことがあっても芳乃は、「そんなん知らん」みたいな顔をしていたのです。

そんなふうに、芳乃が母親になるような女ではないことがわかればわかるほど、芳乃とは距離を置いて暮らしていたいと私は思うようになっていきました。父とふたり、いっそのこと梅田ではなく東京にでも移ってくれないかなどと考えたほどです。

そして、本格的に芳乃の顔を見るのもイヤになったのは、そのすぐあとのことでした。その頃はもうすでに、梅田は楽しいだけの街ではなくなっていました。お祭り行列を見るように眺めていた往来も、こうなってしまえば、ただの歩きづらい人混みです。梅田は私の頭の中で、緊張と気苦労に耐え、父や芳乃の吐き出す煙草《たばこ》の煙に耐える場所になっていたのです。芳乃の口紅がべったりついた吸い殻、それを思い出すたび、苦いものでも食べたような顔になったものです。

それでも私は毎度毎度、小遣いをはたいて弟や妹に梅田のおみやげを買って帰っていました。弟妹の喜ぶ顔を見て、ちょっとはいい姉になっている気になれるのが、憂鬱な梅田通いの唯一の救いだったからです。

けれども、弟と妹は、なんでも見たい知りたい盛り。気の重い私をつかまえて、「おねえちゃんは、ええなぁ、梅田に行けるんやから」「ひとりで行ったら、ずっこいで」と、ぶつくさ言うようになりました。仕方なく次の月謝の日、私はふたりを梅田の別宅に連れて行ったのでした。

色白で鼻筋が通った美しい芳乃は、ガキ大将のような笑みを浮かべ、弟の前でしゃがみこみました。

「あんた、刀挿しとるやないの」照れてやにさがる弟に、芳乃はそう言いました。「そやねん、オレ、国定忠治《くにさだちゅうじ》やねん」弟はおもちゃの刀を抜いて、振って見せたのです。すると芳乃は、「そんなん忠治違う、忠治はこうや」と言い、弟から刀を借りて、居合抜きのような颯爽《さっそう》とした動きをしました。芸者だった芳乃は、剣劇を模したような踊りも心得ていたのでしょう、おもちゃの刀が凛《りん》とした本物に見えるような、きれいな動きだったのです。弟は、あんぐり口を開けていました。いっぺんで芳乃に心酔したことは、見れば誰でもわかるほどでした。

「忠治やったら、もっとぴしっとせなあかんで」

芳乃はタスキを持ってきて弟にかけ、帯をいったんほどいて結び、刀を挿し直しました。馬子にも衣装と言うのとはちょっと違うかもわかりませんが、それだけで弟は、本当に小さな忠治のようになったのです。弟は目をキラキラさせて、一秒もじっとしていられないほど喜んでいました。私は忠治のことなど絵で見たことがあるだけでろくすっぽ知りませんでしたから、なんにも言えません。阿呆《あほ》みたいな顔で、そんな様子を見ていることしかできなかったのです。

「きれいなべべやなぁ」妹が芳乃の着物の袖をさわりつぶやくと、「奥にまだたくさんあるで、袖通してみよか」と、芳乃はいたずらっぽく微笑《ほほえ》んで、奥座敷に三人を連れて行きました。そして、妹が着たことのない大人の着物を羽織らせてやったのです。妹は、嬉しそうにクルクル回りました。

「お口に紅つけてあげる」芳乃は小指で妹の小さな唇に紅を塗り、鏡で見せてやっていました。弟は大笑いしましたが、妹はうっとりしていたのです。

私は、芳乃のようにしてやったことは、もちろん一度もありません。私自身、紅など一度も差したことがありませんでしたから。私はいつも、ふたりに命令するばかりでした。「勉強し」、「風呂入り」、「静かにし」、「それ片づけや」とまくしたてる私に、弟も妹も少し煙たい顔をするようになっていたところだったのです。

「トシ子ちゃん、いまうちになんにもあらへん。お芋ぐらいやったらあるけど、食べるか」芳乃は私にもそう聞いてくれましたけれど、私はつっけんどんに「いらないです」と答えてしまいました。長女の性《さが》でしょうか、弟妹が嬉しそうにすればするほど、素直に甘えることができませんでした。

家に帰っても、弟と妹は芳乃の話ばかり。耳を塞ぎたくなりました。芳乃に弟妹をとられたような気持ちになるのが、多感な時分の私にはたまらなかったのでしょう。そして不思議と、本当に不思議なんですが、弟妹に芳乃をとられたような気持ちにもなったのです。その心の痛みがどんどん強くなっていきそうな気がして、怖かったのかもしれません。

なんでや、なんでこんな気持ちになるんや。

わけのわからない複雑な感情が頭の中をぐるぐると回り、この身ごとすっぽり覆われそうで、私は芳乃を嫌うことで揺らめく心を落ち着けようとしたのだと思います。

東山勇作さんとは神戸《こうべ》経済《けいざい》大学の食堂で会うことになりました。学内で会いましょうというお申し出が、先方からあったからです。なるほど、大学でお目にかかるのが、いちばん人目にもつかずにゆっくりと話せます。ひとりで勝手に梅田やろか、難波やろか、いっそのこと京都か、などと気を揉んだのは、まったくの無駄だったのです。

祖母やヤエさんがうるさく言うのにも耳を貸さず、私はモンペのまま出かけていきました。髪も普通にうしろで結んだだけです。私は橘家の長女であるだけではなく国民学校の訓導なのだと、ちゃんとわかってほしかったからです。いまは結婚よりも、教え子らを守ることがいちばん大事なのだということを。

会うまではお顔もうろ覚えだったのですけれど、勇作さんはすっかり精悍《せいかん》な男らしい顔だちになっていました。きりっとした眉ときれいな目が、訪れた私を「お久しぶりです」と出迎え、そんなことをされるのは初めてだったのですが、食堂では椅子を引いてくれたのです。

大阪郊外の片田舎で育った誰もが、多かれ少なかれ、神戸の人々に対して憧れやヤキモチを感じているものでしょう。上品で身綺麗《みぎれい》な人たち、そんな印象をみんなが抱いていたと思います。勇作さんは、そのような神戸人の印象が丸ごと生身の人間になったような人で、図鑑に載りそうやと思いました。白いカッターシャツの襟のまわりに、まるで涼しい風が吹いているかのよう。要するに、とてもとても素敵な男性だったのです。

異性に対して舞い上がるような気持ちになったのは、このときが初めてでした。なにか言わなくてはと思っても、言葉が思うように出てきません。テーブルをはさんで座り、下を向いたまま、うつむいていることしかできなかったのです。

私が自分からはなにも話さないので、勇作さんは私の近況や祖母や学校について、いろいろなことを訊ねてくれました。答えなくてはと顔を上げるたび、ほのかに微笑んだ勇作さんの顔が目に飛び込んできます。ひとつひとつの表情が、目に焼きついて取れなくなりそうで、ちゃんと見ることができませんでした。自分の心なのに、自分で舵《かじ》を切れないような体たらくだったのです。頭の中では、たったひとつの言葉がぐるぐる駆け巡っていました。


私、この人と結婚するんやなぁ。

私、この人と結婚するんやなぁ。

私、この人と結婚するんやなぁ。

そんな、しょうもないただの小娘の私でしたが、頭の中からおなかを空かせた教え子らの顔が消え去ったわけではありません。

あかんあかん、すぐには結婚でけへんと、ちゃんと言わんと。

ごりんごりんにやせた子どもらの手や足、しわしわの小さな背中、それだけは、いつも心のまん中にあります。「浮かれてたらあかんで！」と、自分で自分を叱りました。

「あの、勇作さん。私、話しておかなければならないことがあります」

目が回りそうになりながらも、私は話を切り出しました。勇作さんがすぐにでも結婚したいと考えているのだったらと思うと、それのみが怖かったのですが、言ってみなければそれもわかりません。

言葉が何度も上滑りしそうになりましたけれど、飢えた教え子らのこと、まだ学校をやめたくないことを、やっとのことで勇作さんに話しました。

勇作さんは、私をじっと見つめながら最後まで聞き、コップの水を少し飲んでから、「続けたらええやないですか」と答えました。

「僕もまだ学生の身です、すぐに所帯を持ちたいとは考えてません。親は早いとこ身を固めさせたいようですけどね。前に、ほんの思いつきで志願しようか言うたら、父は真っ青になってました。妻があれば志願したいやのなんやの言わんやろと、きっとそう思うてるんです」

そう言うと勇作さんは、やさしそうな目で笑ってくれました。どんなにホッとしたことでしょう。自分のまわりの空気がフワフワとやわらかくなったようでした。

「そやけど、大阪の窮状は神戸のよりずっとひどいですね。配給言うても、ほとんどないのと同じじゃないですか」

そう言う勇作さんに、私は吐き出すように現状を話しました。

「米の配給はまったくありません、雑穀が少しあったらええほうです。そやけど、雑穀もろても、炊く燃料がどこにもないんです。このままやったら、また死んでしまう子が出てきてしまいます」

生きていた頃のヨシ子ちゃんの顔が、脳裡《のうり》にちらついてきました。目に涙がいっぱい溜《た》まって膨らみました。なんべん思い出しても、涙が出るのです。そうや、結婚結婚と浮かれている場合やないんやと、改めて自分を戒める気持ちになったのでした。

「そうか……」

勇作さんは少しうつむいて、眉をぎゅっとしました。そして、ふと顔を上げて私を見ると、「トシ子さん、パフライスという菓子を知ってますか」と訊ねてきたのでした。

「なにライスですて？」

「パフライスです」

「そんなん聞くの、初めてです。どこの国のお菓子ですのん」

「大きい声では言われへんのですけど、アメリカです」

「ライスいうからには米で作るんですか、アメリカにも米があるいうことですか」

「アメリカにも、まずい米やったらあります。まずいから、そんな菓子にして食べてるんやと思います。歯ごたえがあって、噛むとそこから溶けていくんです。きっと、消化にええんでしょう。それは、専用の機械で作るんですけど、ポーンて、ごっつい音がします」

なんと、それは四歳の頃に母の背中で食べた、あのお菓子そのものです。

「それ、食べたことあります！　四歳のとき、たった一度だけやったけど、よう憶えてます。ほんまに、おいしかった」

「ほんま？　食べたことあるんですか、さすがやな。珍しいですよ、ほんまに」

「私、原料が米やいうことも知りませんでした」

「どんな仕組みで菓子になるか、知ってはりますか。鉄の筒に米を入れて、密封して熱すると、中がえらい圧力になります。熱せられて、ぎゅうっと圧力がかかったところで、ぽんとフタをはずすんです、そしたら圧縮された米が、一気に膨張してポーンとはじける、それであんなふうに膨らむんです」

私は話を聞きながら、頭の中に大まかな機械の図面をしゃっしゃと描きはじめていました。そんな私を見て、勇作さんは私の一生を変える言葉を口にしたのです。

「大事なんは、ここからです。あれは、米だけやない。麦でもヒエでも、穀物やったらなんでも菓子にできるんです。その機械さえあったら、水を入れて炊くよりもずっと少ない燃料で、たくさんの穀物を菓子に変えることができるらしいんです。それも、嵩《かさ》がえらい増えます。一〇倍どころやないぐらいや。それやったら、たくさんの子どもらが食べられるん違いますか」

そんな話を聞いて、目から火を噴き出しそうでした。

「それで、その機械はどこにあるんですか」

今にも齧《かじ》りつきそうな顔をして訊ねる私に、勇作さんは些《いささ》かたじろいだ表情を見せました。

「日本にはないやろなぁ、ほしいんやったら造るしかないなぁ」

私はもう、機械のことしか考えることはできませんでした。

それやったら、造る。この私が、造るんや。

子どもを飢えから救う、夢のような機械。

どんな仕組みの機械なんやろか。

どうやったら、そんな機械を造れるのん？

今はわからへんけど、私がきっと造ってみせる！

家に飛んで帰った私は、ちょうど軒先でヤエさんと世間話をしていた修造さんを、引き剝がすようにして部屋へ引っ張って行きました。

「パフライス？　なんだ、それ」修造さんは、目をまん丸にしていました。

「『粟《あわ》おこし』て、あるやろ。あれ、食べたことない？」

「あるけど、そんなの食べたの、昔のことすぎて思い出せないなぁ」

「思い出してぇな。あれとちょっと似たとこあるねんけどな、あれはパリパリやけど、パリパリ違うねん、もっとやわらかいねん」

私は興奮しながら、勇作さんから聞いたことをそのまんま修造さんに話して聞かせました。修造さんも目を見開いて、話に食いついたのでした。

「それなら、もう農家に行って土下座しなくても、子どもに食わせられるな」

「そやねん、子どもらだけやないで、大人もぎょうさん食べられるわ。夢のような機械や思わへん？　修造さんも造りたなってきたやろ」

四歳の記憶をたぐりよせると、強烈な記憶だけあって、けっこう細かいところまで思い出せました。私は機械の絵を描き、すぐさま修造さんの鼻先に突きつけたのです。

「ここな、木炭か石炭かよう知らんけど、なんかの燃料で熱を加えるようになってた思うねん。その上にこんな鉄の筒があってな、なんや取っ手がついてて、ぐるぐる回すようになってた。回転さして、まんべんなく米に熱当てんと焦げてまうんやろな。ちょっと難しいのはそこだけや。構造自体は、複雑なことないやろ」

「この絵だけでは、なんとも言えないなぁ」

「なぁ、この筒やけど、いらん煙突みたいなもん改造して造られへんやろか」

「まぁ、待てよ。米に熱と圧力をかけるんだろ、そしたら、筒を密封する必要がある。密封しなかったら、ただ鍋で米を煎るのと同じだよ。密封できるものを造るとなると、それは大変だぞ。鍋にフタするぐらいのものじゃ、密封なんぞできない」

「粟おこしは煎って作ってるのと違う？　あれ密封やの、そんなんしてへん」

「あれはモチ米と粟を一度蒸してから、さらに煎ってるんだと思うよ。普通に炊く米の倍の燃料が必要だよ。おそらく密封するからこそ、少ない燃料でおこしみたいな菓子が作れるんじゃないか」

「そうか……密封か……それやったら、蒸気機関車のシリンダーぐらいのごっついやつ、造らなあかんなぁ。ちゃんと鋳型を設計して造らんと」

パフライスの機械を造るには、想像していたよりもずっとずっと本格的なしつらえが必要なことがわかってきました。構造だけではなく造形も重要で、それを造るには職人さんの技巧も必要だということも。私と修造さんだけで、できればヤエさんや祖母に知られずに造りたいと思っていた私は、とんでもなく甘かったのでした。けれども、機械を諦める気にはどうしてもなれません。

「修造さん、私な、ちょっとやけど貯《た》めたお金があるねん。蔵をあちこち探したら、売れるものかてある。それら全部使《つこ》うてもええし、機械造りたい」

私は、真剣にそう言いました。修造さんは私の目をじっと見て、ちょっとうつむき、また顔を上げて大きく頷いてくれたのでした。

「鋳型の設計図が必要だぞ。でも、そんなものが日本にあるかどうか」

「お金さえあったらなんでも手に入る、それが大阪や、そやない？」

「でもなぁ、どんなツテで誰に聞いたらいいんだろう。それを間違うと、機械は手に入らず金だけ失うことになるぞ」

ふたりして頭を抱え、しばらくは唸《うな》るだけでしたが、ふと閃《ひらめ》いたのがあの、髭モジャモジャの工学の教授です。

「天野教授や！　きっとなんか知ってはるて」

そう、あの教授なら、少なくとも私たちよりは、どこで誰に鋳型の設計図のことを聞いたらいいのかを突きとめられるはずです。あのやさしそうな教授であれば、協力してくれそうな気がしました。

けれども、私には若干の心配がありました。天野教授は、父の知り合いです。会うためには、父から話を通してもらわなければならないだろうと思ったのです。父が機械造りに賛同してくれるかどうか……芳乃の家に入りびたる父に対してずっと距離を置いてきた私には、それがわかりませんでした。こんな懸念を修造さんに話していいものか……、少し迷いましたけれど、思いきって父や芳乃への思いのすべてを話してみたのです。

「大丈夫だよ、オレたち大正《たいしょう》国民学校の訓導なんだぜ」

私の話を聞いた修造さんは、そう言いました。

あの、泣いたような笑ったような笑顔と真っ白い歯が見えたとき、ちょっと沈みかけた気持ちに再び光が射《さ》したように思えました。

「教育上の助言を求めるということで大学に面談を申し込むのさ。お父さんを頼るかどうか考えるのは、それがダメだったときでいいんじゃないか」

「そや、そや、その通りや！」

「それで、その天野教授は、どこの大学にいるんだい？」

「知らん」

「知らんのかよ」

「ヤエさんに聞いてみるわ」

「オレが聞くよ、君が聞くと、なにか企《たくら》んでるんじゃないかと勘ぐられるだろ」

修造さんは早速、その日のうちにヤエさんに聞き込みをしてくれました。

天野教授は大阪帝国《おおさかていこく》大学にお勤めされているとのことでした。

「まずは、手紙を書けよ」と修造さんに言われ、私は火の玉のようになって、すぐに書きました。焦って書き損じないよう、すべての神経を集中して。胸がきゅうっと絞られるほどの切願を、阪大にいる天野教授宛に送ったのでした。

三

天野教授は、すぐに面談許諾の連絡をくださいました。

助言を求める旨の申し入れ書を大学宛に送ったとき、実は、私はもう一通の手紙を同封しておきました。明日をも知れぬ子どものために機械を造りたいことをひたすら綴《つづ》り、記憶にあった機械の絵もきれいに描き直して添えたのです。天野教授には、単刀直入に要件を伝えたほうがいいような気がしたのでした。そんなにも早くお返事をくださったところを見ると、たぶんそれが正解だったのだと思います。

いそいそと大学まで訪ねてきた私と修造さんに、教授はわざわざお茶を淹《い》れて、しかも自ら運んできてくださいました。

「おお、おいとちゃん。立派になったもんだねぇ、そうかそうか、国民学校の先生になるとはねぇ」

懐かしい笑顔。少しおやせになったようで、モジャモジャのお髭も白いものが目立つようになっていました。やさしそうなお顔は全然変わりありませんでしたけれど、どことなく疲れがあるような気もしました。きっと、本当なら私たちに割く時間などないくらい、お仕事が忙しかったのだと思います。

「穀類膨張機というそうだ、トシ子ちゃんの探している機械は」

教授は相変わらず話すのがとてもゆっくりですけれど、無駄な話はしない人でした。

「トシ子ちゃんからの手紙を読んでね、さっそく調べてみたよ。いやぁ、よくそんな機械を知っていたものだねぇ。さすがは、豆博士だ。機械そのものは、残念ながら日本にはないそうなんだ。四〇年ほど前に、アメリカかドイツかどちらかで発明されたものだそうでね、我が国では製造されたことも輸入されたこともないと言われたよ」

「はい、私が見たのも、博覧会のために運ばれてただけで、いまはもとの国にあるんやと思います。どこかに鋳型の設計図だけでもあればと、いま必死になって探してます」

私が大きく頷きながら答えると、教授は目をまん丸にして言いました。

「あるそうだよ、設計図は」

思わず私と修造さんは顔を見合わせました。

「日本橋《にっぽんばし》に、外国の機械を輸入して売っている照井《てるい》商事という貿易会社がある。主に食品を製造する機械を取り扱っていてね。まぁ開戦以来、食品製造機といっても軍需のものを中心に取り扱っているようだがね。残念ながら、私とはつきあいがないんだ。私は商売に使う機械には、ちょっと疎《うと》いもんだから」

「そこに、鋳型の設計図が？」

「そういう会社の連中は日本中あちこち商いに飛び回るけれど、重い機械を持ち歩くわけにはいかないだろう。だから絵図や設計図を持っていって商談するんだよ。その中に、たまたま穀類膨張機の図面があることが、訊ねてみたらわかったんだ」

修造さんが、身を乗り出して「わざわざ訊ねてくださったんですか、ありがとうございます！」と言いました。私もその横で、机にゴンゴンぶつけそうなほど頭を下げました。

教授は「よせよせ」と言うかのように手を広げて振り、照井商事という会社の住所が書かれた紙を手渡してくれたのでした。

「ほんまに、なんてお礼を言うたらええか」

私は小躍りするほど喜びましたが、そんな私を見て、なぜか教授はサッと表情を曇らせました。一天にわかにかき曇るかのように、悲しげなお顔になったのです。なんやろと思って見つめていると、教授はおもむろにおっしゃいました。

「でもね、トシ子ちゃん。それに、修造君だったね。よく聞いてほしい。いまの日本で、この機械を造るのは無理だと私は思うね」

ふたり揃って、穴に突き落とされたような気持ちになりました。

「なぜだか、わかるかね」

「できない理由ですか……、そら、こんなご時世やし、数えたら理由はなんぼでもありま
す……」

まず、私には少しのお金しかありませんでした。職人さんも、多くは召集されて数が少なくなっていました。この非常時下にお菓子を作るなどということに反発する人が出てこないとも限りません。

「どれを言うたらええのんか、すみません、わかりません」

私は、息を殺して教授の言葉を待つしかありませんでした。

「鉄がないんだよ」

それか！

心の中で、そう叫びました。修造さんの顔をふと見ると、修造さんも同じ気持ちのようでした。考えてみれば、教授のおっしゃる通りです。その頃、日本には戦闘機を造る鉄も、戦艦を造る鉄もなくなっていました。日本全国、あらゆる鉄が軍に供出させられていたのです。お寺の釣鐘、学校の門、家の洗面器まで、金属という金属がなくなっていました。天王寺《てんのうじ》動物園は檻《おり》を供出するために、動物たちを毒まんじゅうで殺してしまい、大阪の象徴だった通天閣《つうてんかく》も解体され、もう見上げることはできなくなっていたのでした。

「本当に、やりきれないね。とりわけ、子どもたちのことを思うとなぁ」

天野教授のやさしげな目が、しょぼしょぼと奥に引っ込んだようでした。

「なんとかならないでしょうか」

それでもやっぱり、私は諦められませんでした。子どもたちの命がかかっているのですから。

「どんなクズ鉄でもええんやったら、教え子にも動いてもろて、なんとか集めます。いらんお玉やの鍋ブタや火箸やの、まだあちこちの家にあるはずや」

「いや、それはまずいよ」修造さんが、私を制しました。「たくさんの人に呼びかけて集めようとしたら、それだけ多くの人の知るところになる。不穏な動きに目をつけられてアカだと間違われでもしたら、潰されるぞ。学校にいることすら、ままならなくなるかもしれない」

「そんなん、かまへん、疑うほうが悪いんや」

「無茶言うなよ」

「トシ子ちゃん」天野教授が、やわらかいけれど厳かな声で言いました。「修造君の言う通りだ。気持ちはわかるが、短慮は身を滅ぼす。お控えなさい」

教授にそう言われては、しゅんと下を向くことしかできません。そんな私に天野教授は、ポカポカ体が温まるような目をして、微笑みかけてくださいました。

「焦ってはいけないよ、トシ子ちゃん。日本を救いたいさまざまな開発者が、同じ思いで仕事を停滞させているんだ。きっとそのうち、戦況だって変わってくる。その一念を持ち続けさえすれば、いずれ子どもたちを救うことができるだろう。一念だよ、トシ子ちゃん、一念だ」

「一念」という、精神論みたいな言葉が工学の教授の口から飛び出してきたことに、私は驚きました。理論のかたまりが人になったような学者先生の発した、「一念」という言葉。だからこそ、むしろ私の心に沁《し》みいったのかもしれません。

そやな。お金や条件さえ揃えば、ひとりでに機械ができるわけやない。なによりいちばん大事なんは、一念なんや。この世にある、人々の暮らしを変えた機械、そのどれもが開発者の一念でできてるんや。

とても大切なことを、教授から教わったような気がしたのでした。

修造さんとふたりで訪れた日本橋、特に黒門市場《くろもんいちば》のあたりでは、食べ物を求めてさまよい歩く人ばかりが目に飛び込んできました。

「鉄がないってのに、図面を手に入れてもしかたないんじゃないか」

しきりにそう言う修造さんを「鉄のこと考えるんはあとにしよ、まずは機械のこと、よう知らんことにはなんにもできひん、そやない？」と説き伏せた私は、虎の子の貯金を入れた袋を胸に押し抱き、修造さんの背中を押すようにして、この道頓堀川《どうとんぼりがわ》にほど近い街にやってきたのでした。

そんなふたりを待っていたのは、大阪の窮状を絵に描いたような光景でした。何時間でも並んで食べ物を待つ人たち、食べ物を探す力もなくなって座り込む人たちが、あちらにもこちらにも、あふれかえっていたのです。見渡すと、食べられぬ恨みをぶつけるかのように、「撃ちてし止《や》まん」「鬼畜米英」など敵意むき出しの紙札が、大阪のどの街よりもたくさん貼られている気がしました。

「みんな、待っててや。私がいまに機械造りまっさかい」私は心の中で、ひたすらひとりひとりにそう語りかけていました。

住所を頼りにたどり着いたのは、雑踏を抜けた一角にある建物の一室でした。ガラス窓から中を覗いてみると、人がいるのかいないのかわからないほど、陰気でほの暗い感じがしました。普段なら入るのに躊躇《ちゅうちょ》しただろうと思うのですが、使命感に燃えていた私は、意気揚々と声をあげたのでした。

「ごめんください、阪大の天野教授にご紹介いただいた、橘と申します」

とにかくこれで図面が手に入るんや、どんな図面やろ、楽しみやな。扉を開いたときの私は、緊張しながらも希望に満ちあふれた表情を浮かべていたと思います。けれど、帰り道はボロ布のように萎《しお》れた顔で、夕暮れの道頓堀脇を歩くことになりました。

そうです、穀類膨張機の設計図は、手に入らなかったのです。

「そんなにガッカリするなって、あそこに図面はちゃんとあるんだってわかったんだからさ」

修造さんはいつも、絞り出してでもなにか言葉をくれます。このときも、なんとか私を力づけようとしてくれました。それでも、失意のどん底にいた私は、じっとりと、さっき起きたことを思い返すことしかできませんでした。

「あの照井さんて人な、忘れられへんような目ぇしてたわ。この娘売ったらなんぼになるやろみたいな顔してたてん。ずっとやで。あんな泥の中のガマみたいな人、ほかによう知らん。あんな目ぇで見られたん、初めてや」

照井さんという社長さんは、私の父と同じ歳ぐらいの男の人でした。私を値踏みするような目で、足の爪先から頭のてっぺんまでジロリと見ると、急にウシャシャと笑い「お越しやす、橘さんいわはりますのんか、そら、ええお名前でんなぁ」と言いました。修造さんにはただの一度も、まったく目もくれません。私は、背中にぞわわという寒気が走るのを抑えられませんでした。

それでも負けてはならじと、機械造りへの思いの丈を、いつもの調子で熱く訴えました。どうにかして私のこの思いを伝えれば、きっとわかってくれると思ったからです。

ところが、照井さんが私に告げた図面の代金は、私と修造さんをあわせた一年分の給金が吹き飛ぶような金額でした。私も修造さんも、すぐには言葉が出ません。肩をすくめて硬直したまま、目をまん丸にしているよりほかはありませんでした。

「あいつ、トシ子ちゃんが旧家のお嬢さんだということが、一瞬でわかったんだな。それで、値を吹っかけてきたんだよ」夕陽《ゆうひ》に照らされた修造さんが、くやしそうな顔でそう言いました。「トシ子ちゃんの熱弁、どんな気持ちで聞いていたんだろうな」

「なんにも思わへんかったん違う?」

ふたりで、少し黙りました。

見渡すと、道頓堀川の縁には人々が長い影を落としていました。

飢えて食べ物を探しつづける人、ようやく手に入れた芋煮の汁を大事そうに啜《すす》る人、それを羨ましそうに見てる人、お乳は出ないだろうおっぱいを赤ん坊に吸わせてる人、川辺にいるそんな人々が夕陽に染まっていました。そんな光景をじっと眺めていると、やりきれなさが腹の底から突き上げてくるようでした。

「みんな、食べたい。みんな、生きたい。弱い子どもらかて、生きたいのんは同じや。でも、子どもらに食べさせることより、自分の儲《もう》けが大事な人もいてはるんやな」そうつぶやいて、私は泣きそうになりました。滲《にじ》んだ視界に死んだヨシ子ちゃんの面影が浮かんできて、もう睫毛《まつげ》の間から涙がじわじわとあふれそうでした。

今からでも引き返して、あの男の襟を引っ摑み叫んでやりたい。

あんた、顔はガマでも人間なんやろ、ちょっとは人間らしししたらどないやッ。

くやしさで肩がわなわな震えだす私をじっと見ていた修造さんは、突然、いつもの笑顔で私の前に回り込んできました。こんなときに、いつも修造さんは気分を変えてくれるのです。

「でも、行ってよかったのさ。あんなにガマガエルに似たおじさん、そうそう見られるものでもないしな。たぶん、あの会社ではガマの油も売ってるんだよ。ハハハ。それにさ、あそこに行かなかったら、鉄のことも聞けなかっただろう」

なに能天気に笑《わろ》うてはるんやと思いましたけれど、どんなに怒ったところであのガマ男は毛筋ほども考えを変えないでしょう。それが修造さんにはわかっていたのだと思います。せめて笑って、なにか得たものはないかと考えるほうが、たしかにマシなのです。修造さんのおかげで私は気を取り直し、鉄について照井さんから聞いた話を思い出すことができました。

照井さんの提示した値段に驚いた私は、「いま鉄もないのに、そんな値段で図面買う人、いてるんですか」と、たじろぎながら言いました。すると照井さんは、今にもよだれが垂れそうな締まりのない口を広げて、むひひと笑いました。

「鉄か。そやな、鉄がないことには図面買《こ》うてもしゃあないわなぁ。いま鉄は確かに、大阪にも東京にもありまへんわ。そやけど、八幡《やはた》にやったらありまっせ」

「八幡？　八幡てあの、九州の八幡のことですか？」

大阪から八幡まで行くには、丸三日も汽車に揺られねばなりません。もちろん、私も修造さんも、行ったことなど一度もありません。行ったことがある人を知りさえしません。鉄は未知の外国にあると言われたようなものでした。もちろんのこと、そんな遠いところで鉄を買うお金も時間もありません。

「八幡には製鉄所、鉄工所が集まってますねん、日本の鍛冶場《かじば》ですわ。機関銃かて戦闘機かて、八幡でぎょうさん造ってますんやで」

頭の中に八幡の文字が焼きつくようでしたけれど、話があまりにも途方もなさすぎて、そのときはかえって肩が重くなった気がしていました。

けれども、これも修造さんの笑顔のおかげでしょうか、よくよく考えてみたら、「可能性がまったくないわけではないんや」と、そう思えてきたのです。

「修造さん、私な、どうしてもあの図面、手に入れたい」

「まさか、トシ子ちゃん」

「そや、お父ちゃんに土下座して頼んでみるわ。お父ちゃんのことよう知らんけど、照井さんみたいなガメクリとは違うはずや。人のええとこかて、きっとある。誠心誠意話したら、わかってくれるはずや」

「そうか、ハラを決めたんだな。でも、どうしてお父さんなんだい？　お祖母《ばあ》さまに頼むんじゃないのか」

「あかん、すぐ嫁に行かされてしまうわ」

祖母は決して冷たい人ではありませんけれど、なにかにつけ「世の中、祇園精舎《ぎおんしょうじゃ》の鐘の声や」と言う人です。私が庭先で教え子らにすいとんを食べさせているのを見て祖母は、「いまは凌《しの》げてもな、いずれまた飢えるんやで。橘でできることにも、限界があるんやさかいな」とつぶやいていました。私が子どもらにのめり込むのを見るたび、そんなふうに釘《くぎ》を刺してきた人なのです。

そや、お父ちゃんやったら話を聞いてくれるかもわからへん。心を込めて、説得するんや。きっと、わかってくれる。明日にでも梅田に行こう。

ふと川を見ると、水面には夕陽が映って、まるで燃えさかっているようでした。

「うわぁ、真っ赤だな」と言う修造さんの姿が、夕映えを背に、影絵のように見えました。

「トシ子ちゃんの目に、川の夕焼けが映ってる。目が燃えてるみたいだよ」

「そうやねん、私、この川ぐらい燃えてんねん」赤く染まった川を見つめながら、私はそう答えたのでした。

明くる日の夕方、勤務を終えた私は、その足で梅田に向かいました。芳乃は夜になれば店に出てしまいますから、夕方に行けば父と二人きりで話ができると思ったのです。なんとしても父を説得しようと、それこそ赤穂浪士《あこうろうし》みたいな覚悟で、私は大阪行きの電車に揺られたのでした。

ところがです。出鼻をくじかれるとは、まさにこのこと。訪ねてみたら父は家におらず、普段着の芳乃が「お父ちゃんやったら、今日は帰らへんで。ムダ足やったなぁ」と笑ったのです。風船がしぼむように、へなへなと気持ちが萎えました。

久しぶりに見た、芳乃の顔。白粉《おしろい》をつけたりしなくても白く、透き通るように美しい顔でした。嫌いで嫌いで仕方がなかったその顔なのに、なんだか魅入られてしまいそうで、なかなか正視できません。

「ここのところは梅田の料理屋も、みんな店開けられへんのや。酒やら食べもんやらがのうてなぁ」芳乃はそう言うと、帰ろうとする私の袖を引っ張って座敷に通し、「ウチ、暇やねん、お茶でも淹れよか」と言いました。私は「いえ、結構です」と、ひきつる笑顔で答えたのですが、それでも芳乃は私の目の前に湯飲みを置き、急須からゆったり湯気のたつお茶を注《つ》いでくれました。芸者さんだっただけあって、どんなときも身のこなしがきれいです。

「いつも、弟や妹がお世話になってます」

弟と妹はその頃、学徒動員により軍需工場に勤めていましたので、かつての私のように月謝をもらいにくることはありませんでした。けれども、芳乃にすっかりなついたふたりは時折ここに遊びに来ていて、なにか食べさせてもらっていたようなのでした。

「かまへん、かまへんて、トシ子ちゃんもなにか食べていくか？　芸者の時分に世話になった置屋の女将《おかみ》さんがな、お米と小豆、分けてくれはったんやで」

そう言うと芳乃は、火をつけた煙草の煙を吐き出し、「まぁ、こちらも軍需で羽振りのええ旦那はんを何人も紹介してるし、おあいこやねんけどな。戦争や戦争や言うても、お盛んなもんやで。旦那はんらは、呆《あき》れるほど色ごとがお好きやさかい」と、皮肉な笑いまじりにそう言いました。

やっぱり嫌いや、この人。

まだまだ子どもだったからでしょうか、なんとも言いようのない嫌悪感が私の胸をいっぱいにしました。戦争のおこぼれで儲け、酔狂な女遊びにうつつを抜かす人がいる、その一方で、戦争のせいで食べるものもなく石ころを舐《な》めてる子どもたちがいるのです。それも、目と鼻の先に。芳乃の吐き出す煙の中に、その両方が映し出されるのを見ているような気持ちになったのでした。

「今日はなんやったん？　お父ちゃんに、なんや話でも？」

いえ、別にええんです、ほなもう帰ります。

そう言いそうになりましたけれど、私は咄嗟《とつさ》に思い留《とど》まりました。大事な用件で梅田に来ていることを忘れてはいません。ここはぐっとこらえ、腹を割って芳乃と話してみるべきかもしれないと思ったのです。

父は我が子よりも芳乃が大事です。だから祖母に子どもを押しつけ、ずっと梅田で暮らしているのです。その芳乃がもしも反対したら、父は私の願いを簡単には聞き入れないでしょう。逆に芳乃が味方についてくれたら、これ以上の追い風はありません。

「あの、芳乃さんにも折り入って聞いてほしい話なんです」

高いところから飛び降りるような気持ちで、私は話を切り出しました。飢えた子どもたちのことからはじまり、目玉が飛び出るほどの値段の設計図を買うそのお金を父に無心しようと思っていることまで、なにもかもを芳乃に話したのです。

芳乃は煙草を揉み消して、私の目をじっと見つめて話を聞いていましたけれど、途中から顔を背けてお茶を啜りはじめ、耳だけこちらに向けたような姿勢で、最後まで聞いていました。話を終えて芳乃の答えをじっと待っていると、芳乃は深く息を吐き、それから目を見開いてこちらを向きました。美しく妖艶な、そして、背中に凍《い》てつく焔《ほのお》が見えるような恐ろしい笑顔でした。

「いかにも、ええとこのお嬢さんが思いつきで言いだしそうな話やな」

吹雪《ふぶき》のような言葉を吹きかけてくる芳乃に、私は驚いて、思わず気色《けしき》ばんでしまいました。

「ええとこもなにも関係ありますか、私、子どもの命の話してますやろ、そのための機械やて」

芳乃はさらに冷たい顔で微笑みました。

「本気で子どもらのため言うてるんか」

「もちろん本気です、そやなかったら、こんなん言いませんて」

「おいとちゃんの本気か、ふふふ、そんなん私から見たらおままごとや」

おままごとやて！

頭の血管の中で、怒りがふつふつと泡だつような気がしました。

「芳乃さんには、食べられへん人の気持ちはようわかりませんのやろな」

「自分にはわかるみたいに言いな、お姫《ひい》さんが」

この一言で、とうとう私は火山みたいに噴火してしまったのです。

「私は毎日、やせた子ども見てますねん！　なんで理解してくれへんの。私は子どもらに死んでほしない、そのためやったらなんでもしよ思てます！　芳乃さんみたいなヒラヒラの元芸者に相談したんが、そもそも間違いやったわ！」

「そら、ご立派やな。そやけど私には、ちょっとも本気に聞こえへんで」

芳乃は、私の剣幕にも眉ひとつ動かしませんでした。

「よしんば機械造ったとしますやろ、そしたら子どもらにお菓子食べさすわなぁ、それでええんか、それで万歳三唱なんか」

「なにが悪いことありますか」

「隣の学校の子どもらかて飢えてるんやで、そんなん見たら、自分らもお菓子がほしい、機械がほしい言わはるで。どないするん」

「もひとつ、機械造ってあげたらええやないですか」

「その隣も、また隣も、ほしい言うやろな」

「鋳型があったらなんぼでも、鉄のある限り造れますやろ」

「そんなん、タダで配るんか」

「造るのにかかったぶんだけ、もろたらええ……」

私がそう言うと、芳乃は爆発したように笑いました。顔を天井に向け、おなかを抱えて笑ったのです。それはそれは、けたたましい声でした。

「ほんまに本気で考えてるんか、自分」

きょとんとする私に、芳乃は急に真顔になって、冷たく重い鉄のような声で言いました。

「造った機械をちょっとの銭で売るとするやろ、タダで配るんでもええけどな、やるとなったらそれはもう事業なんやで。ぎょうさん銭と人が動くことやねんから。機械を造るいうことは、事業を作るいうことや。あんたは、事業家にならはるねん」

事業家になる……そんなこと、考えたこともありませんでした。

「事業のまん中には当然、銭がある。銭は砂糖と同《おんな》じ、蟻《あり》がたかりますのや。銭目当ての奴らがやな、あんたにぎょうさんたかって嘘《うそ》をつくで。なんとか砂糖を舐めようと、どんな嘘でもついてくる。蟻んこはやな、子どもらの命はどうでもええねん、甘いのほしいだけやねん。なんも知らんあんたを美味《おい》しいエサや思て、よってたかって騙《だま》しにくるで。あんた、ウチが芸者の時分から、地獄に落ちた人間どんだけ見てきたかわかるか？　首吊《つ》った旦那はん、何人知ってる思てんねん」

いまにも平手打ちしてくるかのような怖い顔になった芳乃は、気を落ち着けるためか、また煙草に火をつけました。

私には、返す言葉がありませんでした。確かに芳乃の言う通りなのだと、世間知らずの私にもすぐにわかりました。設計図でさえ、ガマに吹っかけられたそのまんまの値段で買おうとしていた私なのですから。

「あんたはな、本気とはなにかいうことすらわかってない。そんな深窓のご令嬢がやな、なにが子どもらの命やねん、笑わさんとき。銭はビタ一文出さんよう、お父ちゃんにもよう言うとくわ。無駄な考えしてんと、お嬢さんらし早《は》よ嫁にでも行ったらどないや」

芳乃のそんな言葉に吹き飛ばされるようにして、私は家路についたのでした。

四

滅多に他人様《ひとさま》に言わない自慢話ですけれど、子どもの頃の私は読み書きでも算術でも、なんでもずっと一番でした。勉強だけではありません、駆けっこも速かったですし、腕相撲も強かったのです。男の子に勝ったら悪いので手加減していましたけれど、本気を出したらおそらく一番だったと思います。同じ小学校に通った弟妹は「おねえちゃんは優秀やったのになぁ」と大人たちから言われ続け、ちょっとかわいそうに思うほどだったのです。けれど、そんな私のちっぽけな自信は、あの夜、芳乃のあの一撃によって跡形もなく吹き飛ばされてしまいました。

あれ以来、長いこと私は、自分の不甲斐《ふがい》なさを噛みしめ続ける羽目になったのです。布団をかぶって寝込んでみても、頭の中でずっと芳乃の笑い声が鳴り響きます。ふとした瞬間に、芳乃のあの雪女みたいな顔が浮かんでくるのです。頭の中の芳乃は、ただ笑うだけでなにも言いません、けれど、その代わりに自分自身が激しく自分を罵《ののし》りました。

あんたはアホのトシ子やねん、なんで賢い思うてたんや、アホ、サル、便所虫。

パフライスの機械を造る夢は、ささやかな自信とともに海の藻屑《もくず》になったのです。

ところがです。

なんということでしょうか。

そんな折だというのに、まるで信じられないことが起こりました。

それは、私が芳乃に木っ端微塵《みじん》にされてから、一〇日ほど経った日のことです。

修造さんが突然、「穀類膨張機の設計図、手に入ったぞ！」と叫びながら、橘の家まで見せに来たではありませんか。

なんということでしょう。それまで生きる屍《しかばね》になっていた私は、白目を剥いて本物の亡骸《なきがら》になりかけました。

「なんで、どないしたんや、なんで修造さんが！」

そう叫ぶ私に、修造さんはちょっとバツが悪いような、いたずらがバレた子どものような顔をしました。

「実はな……、怒らないで聞いてくれよ。東山勇作さんが動いてくれたんだ」

なおさら、わけがわからなくなりました。どこで修造さんと私の許婚者《いいなずけ》がつながったのか、勇作さんがどのようにして設計図を入手してくれたのか、サルの私にわかるわけがありません。

修造さんが話してくれた経緯は、もっと私を驚かせました。「修造さん、あんた天才や」

そんな言葉が思わず口から飛び出したほどです。

修造さんと私が連れだって阪大に行ったとき、天野教授は照井商事とは直接のつきあいがないとおっしゃいました。「私は商売に使う機械には疎くて」と。その言葉が妙に引っかかった修造さんは、「商売に使う機械をよく買う人とは誰だろう、照井商事も贔屓《ひいき》の筋から頼まれたら、図面の値段を吹っかけたりしないのではないか」と考えたそうです。頭をひねって考えるうちに、製薬会社社長の長男と聞いていた勇作さんの名が頭に閃いたそうなのです。

「食品も薬も人の口に入るものだろ、製造する機械を同じ問屋が扱っても不思議はないんじゃないかと思ったんだよ」

さらに修造さんは、勇作さんが神大《しんだい》の学生だと私が言ったのを憶えていました。勇作さんに会いに大学を訪ね、パフライスのことを同僚の私から聞いたと話したのです。機械を造りたいと思い設計図を売っている会社を見つけたものの、値を吊り上げられて困っていることも。

「出口さんとおっしゃいましたなぁ、本気でパフライス作ろう考えてはるんですか」勇作さんは驚きつつも、えらく感心されたそうです。

「東山君は、実に男前だったなぁ。ハハハ、トシ子ちゃん、そのことはオレや根本先生に言わなかったね」

「隠してたわけやないもん」

「赤くなることないだろ」

「いらんこと言わんでええて」

勇作さんは早速、照井商事のことを親御さんに訊ねてくれました。そうしたら、なんと、修造さんの勘は見事に的中したのです。勇作さんのお父さまの会社は照井商事の大口の得意先だったのでした。すかさず勇作さんはお父さまに頼んでこの設計図を買い上げてもらい、それを修造さんに送ってくれたというわけなのでした。

「なんぼで買《こ》うたんやろ」

「それがさぁ、オレたちに吹っかけた値段の一割どころじゃなく五分ぐらいだったそうだよ」

「なんやて！　ぼったくりもたいがいにしてほしいわ、あのガマ男！」

「さすがにガマガエルも大口のお得意様の信頼は大事なんだね、だから、ぼったくるなんてできなかったんだろう」

「そやけど、なんで修造さん、このこと私に黙ってたん？」

私がじっと目を覗き込んでそう訊ねると、修造さんはちょっとすまなそうに、頭をかきながら白状しました。この件はあくまでも修造さんの単独行動であって、私は修造さんに穀類膨張機の話をしただけ、一切かかわっていないということにしたかったそうなのです。勇作さんを巻き込んでしまうことが、誰かの耳に入り、なにを言い出すかわかりません。私の縁談になにか影響があってはいけないと思ったとのことでした。

「お祖母《ばあ》さまの耳にでも入ったら、それこそ大変なことになるからな」

「勇作さんにお礼の手紙、書かな」

「オレが書くよ、トシ子ちゃんは知らないことになってるんだから」

「けど、図面代は私が払います」

「いいって、オレが出す。勇作さんは親父《おやじ》が出した金だからいらないと言っていたけど、そういうわけにもいかないもんな」

私の部屋で設計図を広げ、修造さんと頭を寄せ合って眺めました。

やっとや、やっと会えた。

小さな部品の細かいところまで、きっちり正確な線が引かれた設計図です。鋳型の図面も、組み立ての設計図も、完成図も全部揃っていました。線のひとつひとつ、ほんの細かいところまでが、なんと端正で美しいこと。思わず見惚《みほ》れてしまうほどでした。

「ここがお米を入れる筒やな、このフタをカナヅチでポンとはずすんや。そうするとな、ポーンて、そら腰抜かすほどの大きな音がするねん」

「ポーンか、なんか景気がいい感じがするなぁ」

ふたりして手を広げ、ポーン、ポーンと叫んで、本物のアホみたいに笑いました。修造さんが叫びながらサルみたいな顔をしたものだから、本当にもう、おなかが痛くなるほど笑ったのです。そして、ひとしきり笑ったあと、修造さんは不意にこちらを向いて言いました。

「パフライスって呼び名は敵性語だから、なにかほかの言い方を考えないといけないよ。一時的な、仮の呼び名でいいんだ。ポーンとできる菓子だから、ポーン菓子ってどうかな」

「ポーン菓子か、なんや響きが明るいなぁ、ええと思うわ」

こうして、まだできてもいないお菓子に新しい名前がつきました。

ますます私は、機械を造りたくて造りたくて仕方がありません。学校では子どもたちが空腹のあまり、ふやけた指をねぶっているのです。それを見るたび、地団駄を踏みそうになりました。八幡、八幡、八幡と、胸の中で半鐘がずっと鳴っているかのようでした。

八幡に行ったら、機械ができるんや。

八幡に行ったら、造れるねん。

八幡に行かな、すぐにでも。

そんな心の声に駆り立てられ、衝《つ》き動かされるかのように、自分でも信じられないのですが、私はもう二度と道を引き返せなくなるような、とんでもなく無鉄砲なことをしてしまったのです。


「アホ！　なにをてんご言うてますのや！」

「ほんまです！　目ぇ覚ましてくださいッ」

閑《しず》かなはずの奥座敷に、怒号が響き渡りました。声の主はもちろん、祖母とヤエさんです。

「あんた、自分の歳なんぼや思うてるんや」

そうです、私は石にされるのを覚悟で、八幡に行かせてほしいと手をついて頼み込んだのでした。

「もう一九ですけど……」私が言葉をはさむと、「まだ子どもや言うてるんですッ」と、ヤエさんが雷みたいに叫びました。

「そやけど、そんな子どもの私をお嫁に行かそうしてはったやないですか」

祖母の部屋は中庭に面しています。滅多にない私の口ごたえに、しばしの沈黙が流れ、しんと静まった座敷に鹿威《ししおど》しの音が響きました。

「トシ子や、よう聞きなはれ」

ヤエさんがかっぽう着の裾を目にあてて泣き出すその横で、あまり表情のない祖母。けれど、目の奥が火鉢の炭のように光っているのがわかりました。

「もう学校の先生はやめさせるしな」

祖母は静かに、そして恐ろしい空気を漂わせながら、私に言いました。

「あんたはな、トシ子、橘家のいとはんらししといたらええんや、わかったな」

その言葉に、驚いた猫みたいに飛び上がった私は、あわあわと抗議しました。

「私はもう大人です、自分のことは自分でできるようにしてきました。そしたら、自分らししてええ言うたやないですか。私、そのために、なんでも気張ってきたんや。学校は、絶対にやめへん。やめるんは、八幡に行くときです」

「なにが大人や、あんたには世の無常がわかってないやないか」祖母は低く重たい声で私を制しました。「とにかく東山さんに言うて、再来月にでも結納、すぐに祝言《しゅうげん》や、ええな、そう思とき」

「そんなん、あんまりや」

思わず涙ぐんで叫んだそのとき、襖の外から「入るで」という声が聞こえてきました。

男の人の声です。誰かと思えば、襖を開けたのは父でした。滅多に顔を出さないくせに、こんなときに限って来ていたのです。「丸聞こえやったさかい、話は聞いたで」父はそう言うと、祖母の隣に胡座《あぐら》をかいて座り、腕を組みました。

「トシ子は、北九州がどんなところか知ってるんか」父の問いに私は、「製鉄所や鉄工所がぎょうさん集まってる、日本の鍛冶場《かじば》です」と答えました。

「そういうことやない」

父は深く息を吐くと、北九州の街について話しはじめたのでした。

北九州というところは、大阪の比ではないぐらい大勢のヤクザ者が跋扈《ばっこ》しており、ヤクザでない男はみんな荒くれた職人たちだと語りました。とにかく街中が飲んだくれだらけ、喧嘩《けんか》沙汰の坩堝《るつぼ》で、九州どころか日本でいちばん治安の悪い土地柄であると。

なんぼなんでも、同じ日本にそんな怖い場所があるはずないやろ。

なにか私の知らない理由で祖母に点数稼ぎをしたい父が、わざと大袈裟に言っているのだと思えました。

「嘘や、知って怖がるよう言うてはる」

ムキになって抗議すると、父は薄ら笑いを浮かべてそっぽを向きました。どうやら、父が怖がらせようとしたのは、私ではなかったようです。

「ひぃぃぃえッ」と、ヤエさんが震え上がって叫びました。「いとはん、行ったらあかん、ヤエは死んでも行かせまへんでッ」

私を怖がらせるよりも、ヤエさんを怖がらせたほうが抑止力になる、それを熟知する父の奸計《かんけい》だったのです。祖母はそんな父を見て、ちょっと、ほくそ笑んだように見えました。それから祖母は、私に鬼のような顔を向けたのです。

「もう去《い》に、ちょっとは頭冷やし！」

祖母の言葉に弾かれるように部屋に戻った私は、早まったことをしてしまった後悔でいっぱいになり、布団をかぶって眠ることしかできませんでした。

「今ごろ三人で、私の結納の話してるんやろな」と、眠りしなにそう思いましたが、なにも考えたくはありませんでした。

翌日から、橘の家の中は八幡や北九州を悪く言う人しかいなくなりました。

男衆も女衆も悪い噂《うわさ》を、聞いてもいないのに耳に入れてくるのです。ヤエさんがみんなをけしかけ、ありもしないことを吹き込んできているに違いありませんでしたが、そうとわかっていても怖くなるような話ばかりでした。

「ヤクザに殺された職人が、よおけ港に浮かんでるそうでっせ」

「博打《ばくち》でケツの毛まで抜かれたチンピラが、金目当てに襲てくるねんて」

「壇ノ浦《だんのうら》で死んだ平家《へいけ》が幽霊になってて、足引っ張って海に沈めるんやて」

「製鉄所の煙吸い込んで、病気になる人いてはるらしいですわ」

中でも怖かったのは、古参の女中さんの話でした。

「飛田新地《とびたしんち》の遊郭ありますやろ、あそこのお女郎さんはな、たいがい九州から来てはりますねんで。九州にはな、娘をつかまえて売り飛ばす人がようけいてるんです。外国に売られることかてありますねん。死ぬほど春を鬻《ひさ》がされてな、病気になったら桶《おけ》に入れられて海に流されてしまいますんや」

それと似た噂を女学校時代にも聞いたことがあっただけに、嘘だとわかっていてもじわじわと怖くなってきました。網をかぶせられジタバタもがきながら売られていく自分を、何度も何度も想像してしまったのです。


何日かするうち、根本先生が担任をしていた教え子のひとりが亡くなりました。授業中の教室の窓から、白目を剝いて痙攣《けいれん》を起こした子どもを抱いて校舎の前を走っていく根本先生の姿が見えました。これまでも何度か見ている、いたたまれない光景です。私が受けもっていたのは根本先生よりも年上の子どもだったので、まだましなほうでした。根本先生の教え子はほんの小さな低学年で、抵抗力が弱く、それまでに何人も死んでいたのです。

なんとかしようと駆け回る根本先生を横目で見ながら授業を続けるなど、私にはとても無理でした。教え子全員がみんな、ただ死を待っている子どもたちに見えてきて、頭を抱えてしゃがみこみそうでした。けれども、中断したところでなにかしてあげられるわけでもありません。少しのあいだ下を向き、目をつぶって祈ることしかできないのです。

北九州がどんなに怖いところでも、行ったほうがええんやないか。いま大阪におっても、また子どもが死ぬんやないかて、毎日こんなに怖いんやし。

自分の心が、自分を追いたてるように叫び続けます。

けれど、機械を造りに八幡に行く目処《めど》は、まだひとつも立っていませんでした。私がそうしてぐずぐずしているあいだにも、祖母は私の結納の段取りを決めるべく、着実に動いていたのです。私に気づかれないようにしているようでしたけれど、父が頻繁に橘の家にやって来るようになったのが、その証拠みたいなものでした。

以前、父に設計図代金の相談をしに梅田を訪れ、芳乃に叱咤《しった》されたことについて、父は私になにも言いませんでした。なにひとつです。

芳乃と父、どちらがしれっと黙っているのか、気にはなりましたけれど、小心な私は、あの屈辱の夜のことを蒸し返されたくなくて、聞くのを避けていたのです。聞けないぶん、なんとか表情から推し量ろうと、その顔をまじまじと見つめていたのでした。

父の顔を見るたびに「機械を造るいうことは、事業を作るいうことや」という芳乃の言葉が思い出されます。何度も思い出すうち、ひとつ私の胸の中で閃いたことがありました。

事業いうんやったら、お父ちゃんはまぎれもなく事業家や。財界や政界にも、少しは顔がきくはず。機械を造ることが私にでけへんのやったら、お父ちゃんに託したほうがええんちゃうやろか。

父に共感してもらえさえすれば、世間知らずの私がするよりも、速やかにことが運ぶのかもしれない、そう思えてきたのです。

お父ちゃんと一度、話しあってみるべきや。

そう思いながらも、「あんたの本気なんか、おままごとや」と芳乃に言われたことを思い出すと心が千々に乱れ、どうにも肝が据わりませんでした。意気地のない自分に腹を立てながらも、なにも言い出せなかったのです。

そんな私でしたが、教え子がまた死んで声をあげて泣く根本先生の背中を見たとき、炎が風に煽《あお》られたようになりました。根本先生は立ち上がることもできず、床に手をついたまま「戦争てなんやのん、誰のためにしてるんや」と、嗚咽《おえつ》しては何度も何度も叫んでいました。

目の前で子どもが死んでいくこと以上に怖いことなんか、なんにもあらへん。子どもの死に慣れることなどない、絶対にないんや。

ようやく決意を固めた私は、「お父ちゃんが来たら、私に知らせてくれますか」と家の者に頼み、父とふたりで腹を割って話すことにしたのです。

父の部屋で私は、床の間を背にした父と正対し、ありったけの思いをぶつけました。時に涙がこぼれ、言葉に詰まることもありました。けれど、命がけでした。一世一代の勝負のつもりで、真剣に父を説得したのです。

お父ちゃん、なんて答えはるんやろ。

すべてを話し終え、父の口が開くのをじっと待つ私に、腕を組んだままの姿勢で父は告げました。

「このご時世では、それは無理や」

これが、私の渾身《こんしん》の訴えを聞いた父の答えでした。

「いま、戦争の状況がどうなってるか、おまえは知らへんのやろ。日本はな、ガダルカナルでもテニアンでも、アメリカに負けてるんや」

「知ってますて」

あちこちで戦況が悪化していることは知っていましたが、日本の国民のほとんどが、日本がこの戦争に負けるなどということはあり得ないと考えていました。いざとなれば神風が吹いて、日本は必ず守られると。私もそう教わりましたし、子どもらにもそう教えていたのです。

「サイパン島《とう》も、アメリカにとられてもうたやろ。これが、なにを意味するかわかるか。きっと、いまサイパン島には敵機がよおけ集められてるんや。今までは小規模やったけどな、本格的に日本の本土を襲撃しに来る気やで」

海に囲まれた本土を大規模攻撃することなど不可能だと、誰もがそう思っていました。アメリカからの距離では、戦闘機は日本まで飛んで来られません。来られたとしても、帰りには燃料が切れて落ちてしまいます。けれども、サイパンほどの距離からなら往復することができるのです。そんな要所をあちこち制覇され、敵はいつでも日本を大規模に攻撃することができるようになったと父は言いました。

「こんな状況でな、事業に出資する者《もん》はいてないで。銀行かて投資家かて、ワシかて同《おんな》じや。まるっと焼かれてみい、大損やないか。八幡は日本の鍛冶場や言うたな、そや、軍需工場がようけある。狙われやすいところや。あそこは中国からでも、戦闘機飛ばせるんやで。そんなとこ、いちばんひどうやられてまうぞ。実際、去年いっぺん空襲されとるやないか」

投資家としての父の言葉に、なにひとつ反論することはできませんでした。

「なぁ、トシ子。戦況を鑑みたら、いまトシ子の希望を叶《かな》えることは難しい。けどな、東山家はこの家よりよおけ資産がある。代々、ごっつい資産家なんや。そこを、よう考えや。資産家はなぁ、同じような資産家たちとのつきあいもあるねん。嫁に行ってしばらく様子を見てみい、いろいろ出会ううち、まとまる話もあるかもわからんで」

私には父のこの言葉が、えらく子ども騙しに思えました。

「うまいこと言うて、先生やめさそうしてますやろ」

父は私から目をそらして笑い、「お祖母さまはな、次の大安には結納やて言うてたで」と言いました。そして、「帰るで、今日は泊まれへんのや」と、せかせか帰っていってしまったのでした。

どないしよ、このままやったら、ほんまにお嫁に行かされてしまう。

焦りながらも、なんともしようのない幾日かを過ごしたのですが、人生はわからないものです。ある日、橘の家は結納どころではない空気に包まれたのでした。

その日の朝は私が出勤する前から、いつにも増して家の者が忙《せわ》しなく動き回っておりました。そして、よそ行きの着物を着た祖母が、ヤエさんたちに見送られて、どこからか呼んだらしい黒い車で出かけて行ったのです。

「お祖母さま、どこ行かはったん？」ヤエさんにそう訊ねても、「私もようわかりまへんねや」と、とぼけた答えしか返ってきませんでした。ヤエさんが祖母の行き先を知らないはずがありません。なにか隠しているに違いないとは思ったのですけれど、問い詰める時間もなくて、そのまま出勤したのです。

勤務を終えて家に帰ると、出迎えてくれた女中さんが「大ごりょんさんがお呼びです」と、私に告げました。きっと、結納の日付が決まったという話に違いないと思い、ぎゅっと拳に力を入れて、私は祖母の奥座敷に向かいました。

途中で父とすれ違ったのですが、父は私から顔を背け、声をかける間もなく、逃げるようにして出て行ってしまったのです。

一体、なんやの？

奥座敷に入ると、祖母は珍しく狼狽《ろうばい》したような顔で座っていて、ヤエさんが鼻を啜っていました。ただごとではない雰囲気です。

「トシ子、ええか、世の中はな、諸行無常の鐘の声ですのや」

「祇園精舎の鐘の声ですやろ」

「そや、それや」祖母はちょっとニガ笑いし、またすぐ真顔になって言ったのです。

「東山さんとことの縁談、ありましたやろ、あれ、破談になったんや」

ホッとしたのか、失意のどん底に落ちたのか、自分の気持ちがよくわかりませんでした。一瞬、設計図のこととなにか関係があるのではと冷や汗が出ましたけれど、どうやら、そうではなかったようです。

「あそこの旦那はん、息子がどんなかわいいんか、ちょっとでもケチがつく縁談はあかん言わはったんや」

「ケチて、なんですのん」

「あんたのお父ちゃんが、妾宅《しょうたく》に入りびたってますやろ。それが、あかんのやて。神戸に飛んで行って、なんとかならんもんか頼んでみたんやけどな、どうにもこうにもならへんかったんや」祖母はそう言うと、急に一〇歳ぐらいは老け込んだようになり、がっくりと項垂《うなだ》れました。

「それやったら、お父ちゃんのせいで？」

「さっき、叱りつけたとこや。堪忍してあげなはれ、またええ縁談見つけてくるさかい」

父が私から逃げるように出て行ったのは、そういうわけだったのです。

「勇作さんは、どない思ってはるんやろ」

「ぼんの気持ちまではわからんけど、財閥のぼんいうたら、親が縁談を断るぐらい当たり前のことやしな。破談がいややったら、あんたになんか言うてくるはずなん違うか」

言われてみれば、その通りです。勇作さんが私と会ったのは、大人になってからはたった一度きり、ほんの短い時間だけです。それも大半は穀類膨張機の話をしていたのですから、お見合いにもなっていませんでした。男前な財閥の長男にとっては、私との縁談など破談になってもさして未練のない話だったのでしょう。

生まれて初めて、ときめいた人でした。それに、将来の落ち着き先が決まっていることでなんとなく安心していたところが、心のどこかにありました。女として正直、ちょっと寂しいと思いました。

「いとはん、気にせんといてください、いとはんはなんにも悪ないんですから。これからや、いとはん、これからでっせ。このヤエが命に代えても、いとはんには幸せになってもらいます」

泣き崩れるヤエさんを眺めながら、私は言葉が出せませんでした。

これでとりあえず、学校やめずにすんだわけやな。

茫然《ぼうぜん》としながら、そう思っただけでした。

五

三寒四温といいますけれど、その朝はとても寒くて、布団から抜け出すのが、えらくしんどく感じました。冬かと思うほど冷たい水で顔を洗い、赤くなった手で新聞を開いてみると、心臓が止まるような記事がそこにあったのでした。

「B29約百三十機、昨暁、帝都市街を盲爆」

そう、それはあの東京大空襲《とうきょうだいくうしゅう》、一〇万人もの命を奪った大虐殺を報《しら》せる記事です。

「東京の下町はもう、まるまる全部焼かれたそうですわ、黒焦げの死体の山ができてるんやて」

「そのうち大阪もやられるん違いますやろか」

「大阪にはようせんやろ、東京で敵機を一割も撃墜してまんのや、一割やで。敵かて勿体《もったい》ない思うん違うか」

「そんなこと、先月に天王寺がやられたばっかりやんか」

家の者が騒然としていました。おそらく大阪はもちろん、日本中のすべての都市の人々が空襲を恐れ震えていたに違いありません。私も例外ではありませんでした。その晩、そして次の晩も、ちっとも眠れなかったのです。

三日目となり、男衆たちが「空襲されたら、このへんも焼かれるんかな」「焼かれますかいな、敵かてあの飛行場ほしいやろ。大阪を占領できてもやな、飛行場使われへんかったら、よう来れんやないか」と話しているのを聞き、その晩はようやく、うとうとすることができたのです。

そして、深夜。

この大阪に住んでいた人々の誰もが忘れもしない、あの夜。

浅瀬のような眠りについた耳に、水をぶっかけるような警報の音が鳴り響いたのでした。

「空襲や！」

「壕《ごう》に入り！」

叫び声が聞こえる中を門まで出てみると、西のほうの空は赤く染まり、空に向けて照空灯が線を描いていました。時折、火の柱が龍のようにたちのぼっては消えています。遠くから地獄を見ているようでした。市内の人々の命は、絶望的に思えたのです。

「ラジオで、難波のほうもやられはじめた言うてますッ」「この辺は大丈夫や、壕に入っとき！」誰かが叫んでいます。

確かに、片田舎のこの辺は集中的に攻撃されることはないかもしれません。けれど東京大空襲についての新聞記事には、「単機各所から低空侵入」と書かれていました。どこからか敵機がふらっと飛んできて、教え子の家に焼夷弾《しょういだん》を落とすかもわかりません。

隣町から通っている、マサ子ちゃんという教え子のことが頭をよぎりました。お父さんは召集され、病気で起き上がれない母と幼い弟とで暮らしています。ほかの子は家族とともに防空壕に避難しているでしょうけれど、マサ子ちゃんのことだけは、どうにもこうにも心配でした。

あの子、避難してるんやろか。

私は部屋に飛んで戻って、水筒と防空頭巾を引っ掴んで外に飛び出そうとしました。玄関のところで両手を広げ立ちはだかったのは、大きな体のヤエさんでした。

「いとはん、どこ行かはるんです」

「平野《ひらの》のほうにな、教え子がいてるんや。たぶん、壕に入られへん。心配やし、ちょっと見てくるわ」

「気ぃでもおかしなったんですか、行かせまへんでッ」

ヤエさんはそう叫び、血走った目から大粒の涙をぼろぼろとこぼしました。ヤエさんの、こんなに必死な声を聞いたのは初めてです。思わず、私まで泣いてしまいそうになりました。

「いとはん、なんで、そんなんしはるんでっか。平野やったら、男衆の誰かに行かせます。なぁ、そうしまひょ。いとはんは、ここにじっとしといたらええんです。後生ですから行かんといてください、この通りです」

ヤエさんの気持ちは、本当に有り難いと思いました。ヤエさんのこの顔、この声、この言葉が心にじんと沁《し》みて、痛いほどでした。けれども、もしもマサ子ちゃんの身になにかあったら、私は一生、自分を許せなくなる気がしました。どうせ私は深窓のお嬢様に過ぎないのだと、できることなどひとつもないのだと、自分で自分を見放してしまうだろうと思えたのです。

私は顔を上げて、ヤエさんに言いました。

「そして、ええとこのいとはんは、こんなときでも呑気《のんき》にしてはるんやなぁ言われるんやろな。私、なんて返したらええのん？　堪忍や言うといたらええのん？」

そう言うと、ヤエさんの目からまた、涙がぼたぼたとこぼれました。

「私、ちゃんと帰ります、心配せんといて。ちょっと行ってくるだけや」

ヤエさんの腕をくぐり抜けて駆けだすと、うしろからヤエさんの呼び声が聞こえました。悲痛な声でした。涙で前が見えなくなりそうなので、防空頭巾を深くかぶって聞こえないようにしたのです。

マサ子ちゃんの家までは、どこにも灯《あか》りがついておらず、歩いている人はいませんでした。みんな避難していたのでしょう。西の空はますます赤くなっているようでした。敵機を見つけるための照空灯が遠くで動くたび、屋根屋根に光が映って、まるで見たこともない生き物が蠢《うごめ》いているように見えました。よく知っている道なのに、まるで知らない世界のように見えたのです。ずっと聞こえている警報も、なんだか夢を見ているかのような気分にさせました。

家々が並び建つ路地の奥にあるマサ子ちゃんの家まで行くと、寝ているお母さんの布団に、マサ子ちゃんと小さな弟がもぐりこんで隠れていました。「マーちゃん!」と声をかけると、布団からおかっぱ頭をひょっこり出して「先生!」と叫んだのです。

「なにしてるんや、弾落ちてきたらひとたまりもないやないの、壕におらなあかんで」

「お母ちゃん重たいねん、運ばれへん」

「先生が肩貸すし、お母ちゃん連れてってあげよな、さぁ、お母さん、つかまってくださ い」

マサ子ちゃんのお母さんは息がゼイゼイしていて、話すこともできません。とても歩けるような状態ではありませんでした。仕方がないのでおんぶして、いったん表通りまで歩き、その先の防空壕に向かいました。

大きな壕の小さな戸を開けてもらうと、中は真っ暗で、膝を抱えたたくさんの人々の目だけが光っていました。入り口近くにいた人たちに手伝ってもらい、マサ子ちゃんのお母さんをまずは中に入れました。お母さんの顔見知りが何人かいたので、警報が解除されたあとのことをお願いしたのです。

マサ子ちゃんに「訓練したやろ、壕に入ったらどうするん?」と聞くと、マサ子ちゃんは「じっとすんねん、大きい声出したらあかんねや」と答えました。「そやそや」と頭を撫で、私はふたりを中に入れようとしました。

そのときのことでした。

バラバラという戦闘機の音が聞こえてきて、早く早くと焦る私をよそに、マサ子ちゃんの弟が、「あそこにお母ちゃんの手拭い落ちてるねん」と言い出しました。指差すほうを見てみると、確かに、表通りから路地に入る手前の道ばたに手拭いが落ちているのが見えています。私の背中で揺られているうち、はらりと落ちたのでしょう。いま思えば、そんなことが命取りになるのが戦争というものです。マサ子ちゃんの弟は「先生が取りに行くさかい」と言う間もなく、駆けだしていってしまったのです。

「そっち行ったらあかん!」

慌てて小さな背中を追いかけると、マサ子ちゃんも走ってついてきてしまいました。背後から、壕の戸が閉められる音が聞こえてきました。

表通りで弟をつかまえて、ふと見上げると。

暗闇を照空灯が照らす中、高度を下げた敵の戦闘機が一機、すぐそばまで迫ってきていました。動く私たちを、上空からとらえたのでしょう、あっというまに、操縦士の顔が見えるほどに降下してきたのです。私は言葉もなく、呆気《あっけ》にとられるばかりで、動くこともできませんでした。子どもを胸に隠すようにしてうずくまると、敵機はすぐ近くの地面を機銃掃射してきたのでした。

恐怖に縮みながら見上げると、操縦桿《かん》を握る空軍兵の顔は、にやりと笑っていました。まるで、逃げあぐねた民間人を嬲《なぶ》って楽しんでいるかのような表情です。すぐに撃ち殺さずに逃げ惑わそうと、わざと弾をはずしたのかもしれません。

敵機が頭上を通り過ぎるのを待ち、マサ子ちゃんに「マーちゃん、駆けっこ得意やったな、壕まで走れるか？」と聞くと、マサ子ちゃんと弟は泣きそうな顔で頷きました。

「走るで、よーいドン！」

三人で壕を目指し、狭い路地に入ると、背後で火が燃える音がしました。旋回してきた敵機が、焼夷弾を落としたのです。私と子どもたちが逃げ込んだであろう場所を根こそぎ焼き払おうとしているのだと、慄然《りつぜん》としました。

火はあっというまに燃え広がり、すぐ近くにいる私たちは顔が焼かれるように熱くて、必死に壕の戸を叩き「入れてくださいッ」と叫びました。

やっと開いた壕にマサ子ちゃんと弟を押し込み、自分も入ろうとしたとき。

なにやら女の人の声が、私の耳に届いたのでした。

「助けて……」

言葉は聞こえてくるのですが、どこにいるかがわかりません。ちりちりと髪が焦げそうな熱風に、袖で顔を隠しながら探してみるのですが、目を開けているのもしんどいほど風が熱いのです。

「助けて……」

「どこですか、どこにいてるんですかッ」

叫んでみましたが、もう声は聞こえなくなりました。

「ここやろか」と思い、近くにあった、もう中が燃えているらしい家の引き戸を開けてみると、私はそこで、生涯忘れられない光景を見ることになったのです。

中はまさに、紅蓮《ぐれん》の炎に包まれていました。そこに女の人がうつ伏せに倒れていました。背中では火が燃えさかっています。今の今まで、なんとか生き延びようと叫んでいたのに、もう動いていません。じっと焼かれているだけの屍になっていたのです。

焼けながら固まっていくからでしょうか、指先がどんどん広がっていきました。脂が音をたててはじけるたびに、体のあちこちから小さい火が上がっていました。

熱風が火の向きを変え、その背にあるものが見えたとき、私は膝から崩れ落ちそうになりました。

「そんな……、むごすぎるわ……」

火だるまの背には赤ん坊がいました。母親にしがみついたまま焼かれていたのです。もう後ろ側は真っ黒焦げでした。顔は焼けただれて、もう顔ではなくなっています。鼻があるはずの部分からは、鼻提灯《はなちょうちん》のような泡がいくつも膨らんでいました。ぎゅっとつぶった目だけが辛うじてわかったのですけれど、目蓋の部分が熱でみるみる膨らんでいき、茶色く焼け縮んでめくれあがり、黄色く濁った水分を涙のように流す目玉が見えました。

「これが、戦争なんや……。赤ん坊でもなんでも殺すんや、殺し合いなんや……」

見たものがあまりにも強烈で、なにも考えられなくなりました。火の熱さも、一瞬、感じられなくなったのです。私は生涯、この光景を絶対に忘れることはありません。

とにかく壕に戻らねばと燃えた家から出て、一瞬、振り返って手を合わせました。そのときです。すぐ近くに炸裂弾《さくれつだん》のようなものが落ちたのでしょう、爆発音と言うより轟音《ごうおん》のような音が鳴り響き、目の前のものが、焼かれた母子も、炎もろともすべて吹き飛ばされていきました。時間の流れがそのときだけ変わったみたいに、黒煙が目の前にゆっくりと広がり、木片やガラス片が飛んでくるのが見えました。たぶん、私もいっしょに飛ばされたのでしょう。

地面に落ちた衝撃というよりも、爆発音が私の頭を打ちつけたのだと思います。よろよろと立ち上がったものの、脈がおかしくなりはじめ、目の前が暗くなってしまいました。そうです、学校で倒れたときと同じように、私は気を失っていったのでした。すぐそこ燃えてるなぁ、こんなとこで倒れたら死んでしまう、もうあかん、もう死ぬんやろなぁ。

朦朧《もうろう》とする意識の中、かすかに「トシ子ちゃん!」と呼ぶ声が聞こえてきました。誰か呼んではると思ったその瞬間。いきなり顔を平手打ちされた痛みが脳天を貫き、私は「痛いッ」と目を開けました。そこにいたのは、なんと修造さんと家の男衆だったのでした。

「ヤエさんが、トシ子ちゃんが平野に行ってしまったって、うちに飛び込んできたんだよ。なんでオレに黙ってひとりで来たんだ、死ぬとこだったんだぞ」

修造さんは、本当に怒っていました。爆音を聞いて駆けつけたところに私を見つけたときは、寿命が縮むかと思ったと。

大阪の中心部は、その大部分が焼け野原になりました。
直撃を受けて亡くなった人、火や煙で亡くなった人、犠牲者はそれだけではありません。大火傷《やけど》を負った人は治療も受けられず次々と死んでしまい、子どもを含めた四千人近くが命を失ったのです。

けれど、父と芳乃が住むあの梅田は、焼かれずに残りました。軍需工場のある堺も焼かれなかったので、弟と妹は変わらず働きに行っていました。炎と灰と死が普段の生活と隣りあわせにあるような、そんな感覚を誰もが味わっていたのです。

マサ子ちゃんとその弟は、お母さんだけが親戚の家に引き取られ、しばらくは私の家の近くの久宝寺《きゆうほうじ》さんという大きなお寺さんに預けられることになりました。空襲で家を失った大勢の子どもたちが、親が暮らしを立て直す目処がつくまで、とりあえず久宝寺さんで寝泊まりするようになったのです。もちろん、親が死んでしまった子も少なくありません。そして、本当に耐えがたいことですが、空襲のときの火傷や傷から菌に感染して、死んでいく子どもが何人もいました。大きい子はまだしも、幼児は持ちこたえられず、半分以上が死んでしまったのです。

学校では、お寺さんが預かる大勢の子どもたちを受け入れねばならず、その体制を作らねばなりませんでしたけれど、子どもたちを生かすことだけで精一杯でした。

　久宝寺さんでは、なけなしの食べ物を少しずつ子どもたちに食べさせていました。けれど、すぐに底をついてしまうのは誰が見ても明らかなことでした。私や修造さん、そして根本先生、ほかの先生方も、奈良や和歌山の農家を訪ね回り、なんとか少しの米や芋などを分けてもらいました。炊く燃料がないので、校長先生がなんとかかき集めようと駆け回りました。私も家の者に「ワシらのぶんかて、ほんまにないんでっせ」と言われながら、少しだけ薪や石炭、代用燃料などを分けてもらい、それでなんとか、かつかつ凌いでいる有様でした。もちろん、飢えていたのはお寺さんの子どもたちだけではありません。全校の教え子が、みんな食べるものもなく、いよいよもって風前の灯火《ともしび》だったのです。

　その日、学校に植えたジャガイモを収穫し、久宝寺さんで修造さんが塩茹《ゆ》でして、子どもたちに食べさせていました。まだ収穫には早くて、ほんの少しでしたけれど、口に入るものがあるだけでも、有り難いことでした。

「お母ちゃんも、お兄ちゃんも死んでもた」

「お母ちゃん、もう、どこにもいてないんや」

　親や兄弟の死の衝撃から立ち直れず泣き続ける子がたくさんいるのは、無理もないことです。傷が癒えるまで、長い長い時間がかかることでしょう。

けれど、修造さんはそんなときでも、子どもたちの前でなにか楽しいことをやります。修造さんがサルのような顔で歌ったり、ちょっとしたお芝居をしたりすると、子どもの顔が明るくなるのでした。どんなに悲惨な状況であっても、ちょっと歌う、ちょっと笑うことがどんなに大事なことか、修造さんを見ていたらわかるような気がしました。

井戸から水を汲《く》んで、ケガをした子どもの包帯を洗っているときでした。

修造さんが「手伝おうか」と、歩き寄ってきたのです。まだまだ水が冷たいので、命の恩人にさせたくはありませんでした。もともと肺が悪いのに、私を助けるために煙を吸ってしまったせいか、ここのところ修造さんはまた咳《せ》き込むようになっていたのです。

「私がしますさかい、役者さんは休んでてくださいませ」私がそう言うと、「そういうこと言うなよ」と修造さんは照れて笑い、私の隣にしゃがんで包帯をすすぎはじめました。

しばらくは、ふたりとも黙っていたのですけれど、やがて私は修造さんにだけ言える一言をつぶやきました。

「この戦争、負けるんやろな」

修造さんはうつむいて、「オレもそう思う」と答えました。

こんな片田舎の町ですら一億総玉砕と書かれた紙があちこちに貼られている世の中で、こんなことは誰にも言えません。けれど、私の胸の中だけにしまってはおけないことでした。

「私を撃ってきた戦闘機やけど、あの空軍兵な、ニヤニヤ笑てたんや。あんなん、勝って知ってる者の顔や。修造さん駆けっこ遅いし、私、修造さんと競走するたび、あんな顔して走っててん」

「なんだいそれ、ほかの例をあげてほしかったな」

「けど、私は戦争に勝っても負けてもかまへん。子どもらに死んでほしない、それだけや。負けても生きてたら、なんとか幸せになれる。勝っても飢えて死んだら、そこまでやしな。そやない？」

　修造さんはなにも答えずに、黙々と包帯をすすぎ続けていました。私は絞った包帯を干しながら、晴れた空を見上げていました。

「大阪がされたばかりやのに、神戸がまた空襲されたそうやね。名古屋は駅が焼かれたそうや。東京もまだ続いてる。みんな、こんな思いしてはるんやろな」

　この空の下、また今夜も、どこかがやられるのかもしれない。それは、自分たちの町かもしれない。運良く生き延びても、飢えの苦しみに耐え続けねばなりません。誰のために、こんな思いをしているのか。なんのために、こんな苦しみに耐えねばならないのか。誰が、なんで、こんな戦争を始めたのだろう。言いようのない悲しみで、胸がいっぱいになりました。

泣いたらあかんと思い、唇を噛みしめながら包帯を干していたとき。

私は驚いて体がぎゅっと硬くなりました。

修造さんが不意に、激しく咳き込んだのです。咳の合間にひきつけるような声を出す、尋常ではない咳でした。

背中をさすりに駆け寄ると、むせながら、修造さんはなにか泡のような白いものを吐きました。よく見ると、泡の中に赤いものが混ざっていたのです。驚いて目を見開くと、修造さんは吐いたものをサッと水で流してしまいました。私に見られまいとしたのでしょう。けれども、泡は水に浮くものです。白と赤の混ざった泡が排水の穴に吸い込まれていくのが、この目にはっきり見えました。

「修造さん……、病気、悪なってるの？」

修造さんは召集されたものの肺が悪くて免除となったと聞いていましたが、私の前ではいつも元気にしていたので、ことさら意識はしていなかったのです。

「こんなもの吐くほど悪いやなんて……」驚いた私は、真っ青になって立ちつくしてしまいました。

「大丈夫だよ、こういうときもあるんだ、何日かしたら落ち着くんだ」

咳が落ち着くと修造さんは口をゆすいで、あの笑顔を見せてくれました。私は、修造さんが死んでしまったらと思うと、涙がぼろぼろとこぼれ、突っ伏してしまいそうになりました。

「修造さん、私な、お祖母《ばあ》さまに頼んで病院で診てもらえるようにするさかい、お願いや、病気治して。ほんまにお願い、修造さんがいやや言うても、いやや言うてもやな、私、これだけは譲られへん」

「そこまで悪くないって！　大丈夫、オレは震災だって生き延びたし、前線にも行かずにすんだ。強運なんだ。まぁ、お国のために戦えないのは情けないけどな」

修造さんは笑って言いましたが、どこか悲しげでもありました。やはり前線に行かずにいることが、男性として、どこか引け目を感じているように見えたのです。

「修造さんは私の命を助けてくれたやないの、子どもらかて、修造さんの集めてくれたお米やお芋で生きてるんや、みんなの命の恩人や」

「そうかなぁ」

「そうやて！」

ありったけの言葉で修造さんを励まさねばならない、そう思いました。修造さんが元気になるのだったら、何とひきかえにしてもいいほどでした。全身全霊で思いの丈を絞り出そうとしたところ、なぜでしょう、意外な言葉が口から飛び出してきたのです。

「戦地で敵を殺すより、子どもら生かしてるほうが、修造さんらしいて」

修造さんらしい……どうして、そんな言葉が出てきたのか、自分でも不思議でした。女らしいてなんやろ、いとはんらしいてなんやろ、自分らしいてなんやろ、そんなことをずっと考えても、答えなど出なかったのに。

そんな私の戸惑いをよそに、修造さんは白い歯を見せて笑ってくれました。

「そうか、それがオレらしいか。よし、いま決めた。それがオレらしさだ、これからまた頑張るよ」修造さんはそう言うと、大きく背伸びをしました。

修造さんは、いつも私に気づきをくれます。修造さんのこの言葉に、私のこれからを大きく変えるような気づきを与えられた気がして、「それや！　ほんまにそうや！」と、大声で叫んでしまいました。

「自分らしいてなんや思て、私、ずっと答え探しててん。探しても探しても見つけられへんかった。いま、それがなんでか、わかったんや。答えは探すもんやないねん、見つけるもんでもない、決めるもんなんやって！」

心の中の霧が晴れ青空が見えたような気持ちになって、なんだか力が漲《みなぎ》るような気がしました。

「なにが自分らしいて、これや。私は子どもらにポーン菓子、おなかいっぱい食べさせたるねん。それが私や、私らしさや」私は両手を広げて、そう言いました。

もう、なにがなくてもええ。

そうや、なんにも持ってへんでも、私は北九州に行くんや。

食べられずに死んでいく子どもたちが目の前にいる、それだけで理由は充分です。とにかく、八幡行きの旅費と少しの間の生活費を工面できればいい、あとは向こうで旅館の仲居でもなんでもして食いつなぎ、絶対に、いまは図面でしかない機械を現実のものにしてみせる。そう心に固く決意したのです。

「あんたの本気なんか、おままごとや」

そう言った芳乃の顔が、頭に浮かんできました。その顔に向かって、私は叫びました。

「これからは、ままごと違うで。私は、学んでみせる。なんべん失敗しようと、摑みとってみせます。見ててや。私、絶対に成し遂げるしな！」

私は家に帰ると、自分の貯金の額を確かめました。勤めはじめてから給金は、東山勇作さんに図面代を修造さん経由で払った以外はほとんど貯《た》めてありました。けれど、八幡に移るには心許《こころもと》ない額です。なんとか、最小限のお金の都合をつけねばなりません。天野教授の言葉を胸の中で呪文のように唱えながら、必死になって考えました。

「一念だよ、トシ子ちゃん、一念だ」

やがて考え疲れて畳に寝転がってしまいましたが、思わぬところに閃きは潜んでいるものです。お寺にいる女の子の着物が裂けていたのを思い出し、妹のお古でもと、起き上がって母屋の中にある物置に探しに行ったときでした。やっと届くほどの高さの棚を手探りして、風呂敷包みを引き寄せると、顔に煤《すす》がたくさん降ってきました。顔をしかめて包みを受け止めた、そのとき、私の中で昔の記憶がよみがえったのです。

お母ちゃんの肖像画！

そう、有名な画家が描いた母の肖像画が蔵にあることを、私は思い出したのでした。あれからその画家は亡くなったと聞いています。絵画というものは画家が亡くなってから価値が決まるもの。もしかしたら、高値で売れるかもしれません。

あれ、こっそり売っても、誰も気づかへんのと違うやろか。

京都には、美術商がいます。橘の家に来たことがある画商を、名前だけは知っていました。京都はあまり空襲を受けていませんから、この非常時でも、お金持ちたちは美術品の売り買いをしているに違いありません。

これ、なかなか名案やないの、私にしては上出来や。

明日にでも絵を持って京都に行ってみようと、私は小躍りしながらそう思ったのでした。

六

母の肖像画は、女学生の頃までは、たまに見ていました。

門からいちばん近いこの蔵は、母屋からはいちばん遠い蔵です。出し入れが滅多にないものばかりがしまわれているのです。

絵はすぐに見つかりました。風呂敷をほどいてみると、彫刻が施された額縁の中の絵は傷みもなく、色も鮮やかなままでした。けれど改めて見ると、なんとなく絵の印象が変わったような気がしました。

絵を見る私の目が変わったのでしょうか、母の顔が以前よりずっと美しく見えたのです。昔は、唇がこんなに艶やかに描かれていることに気づいていませんでした。頰に少し桃色が差してあったり、瞳の中にほんの少しだけ緑の絵の具が使われていることにも、初めて気づきました。

「きれいやな」

これからも、もっともっと印象は変化していくのでしょう。何年かしたら、私が母と似てきたことがわかるのかもしれません。でも、もうこの絵は橘の家のものではなくなるのです。

「もう見納めなんや」

そう思ったとたん、なぜだかわかりませんでしたけれど、涙があふれました。本当に、どうしてなのかわかりません。そんなにたびたびこの絵を見ていたわけでもないし、ましてや、絵の中の母に話しかけたことなどありません。絵は絵に過ぎないと、ずっとそう思ってきました。なのに、この絵を手放すと思うと、なんだか無性に寂しくなってしまったのです。喉の奥からなにかが込み上げてきて、嗚咽が止まらなくなってしまいました。けれど、もう決めたことです。手早く風呂敷をきゅっと結んで、絵を背負い、私は小走りで蔵を出たのでした。

蔵の木戸を閉めて閂《かんぬき》をかけ、さぁ急がねばと振り返ったところで、私は驚きのあまり「ひゃんっ」という素っ頓狂な声を出してしまいました。ヤエさんが仁王立ちしている姿が、目に飛び込んできたのです。

「いとはん、それ、どないする気ですか」

ヤエさんはいつもより三割増しほどの大きさになっていました。特に鬼瓦のようになった顔は巨大に膨らんでいて、いまにもなにか恐ろしいものを噴き出しそうです。

「子どもらに見せよ思てん」膝が震えるのを抑えながら、咄嗟《とっさ》に私は嘘をつきました。

「京都の画商のこと、家の者に聞き回らはりましたやろ」

聞き回ったのは事実ですが、ほんの小一時間前のことでした。どれだけ注意深く私を監視していたのでしょう。

「いとはんがなにをしようとしてるか、ヤエにわからん思てますのんか。もう、大ごりょんさんも、このこと知ってはります。ヤエが言いつけましたさかい。とにかく、奥の座敷まで来てください。話がある言うてはります」

ここで逃げたりしたら、ヤエさんは人間離れした速度で追いかけてくることでしょう。傷つけてはいけない絵を背負っていましたから、競走になったら私のほうが完全に不利です。ここはいったん従うしかないと悟り、ヤエさんに引っ立てられるようにして祖母の座敷に向かいました。

閑かな奥座敷では、祖母がしゃんとして待ち構えていました。

「そこに座り」

祖母に低い声で促され、私は罪人らしく手をつきました。背後から、早速ヤエさんが鼻を啜っている音が聞こえてきました。

「まずは、ごめんなさい。これやったら私、盗人《ぬすっと》やね。ほんまに謝ります」

祖母は、無表情でじっと私を見つめていました。はじめからちゃんと言うべきだったと後悔しましたけれど、今からでも正面を向いて話すべきと思い、私は顔を起こしました。

「そやけど、私はどうあっても九州に行きます、お願いや、わかってください」

「いとはん！　まだそんなこと！」

ヤエさんの雷が落ちるのはわかっていたことです。怯《ひる》まず、私は続けました。

「橘のいとはんらしぃでけへんことは、ほんまに申し訳ない思てます。こんな私にするつもりで育ててくれたんやない、そや思います。けど、戦争であんまりなことばかり起きます。それやのに、橘のいとはんらししてたら幸せになれるんでしょうか。言う通りしといたら幸せですか。じっとしてても、子どもがぎょうさん死んでいきます。どこかの知らんところで死んでいくんやない、目の前でです、子どもの頃からよう行ってる久宝寺さんでや。そんなん見ながら、私が幸せになれるはずがないんです。それが、私なんや。私、そういう人間やねん。誰も子どもらよう守らんのやったら、私が守るしかない。そうやなかったら、私の幸せはないんです。わかってください、それが私なんです」

うしろにいたヤエさんがどんな顔をしていたのかはわかりませんでしたけれど、祖母はずっと無表情のままでした。なにか言ってほしいと思い、言葉を待ちましたけれど、なにも言ってくれません。私は再び伏して、真剣に許しを乞いました。

「お願いします、後生です、私を北九州に行かせてくださいッ」

祖母はゆっくりと中庭のほうを向き、少しの間、黙っていました。そして、中庭に顔を向けたまま、「ヤエ」とつぶやきました。「どないしまひょ」、ヤエさんが返事をすると、「男衆、何人か呼んできて」と祖母は言いつけました。

なんで男衆呼ばはるんやろ。

ヤエさんが飛んで行くのを後目《しりめ》にきょとんとしていると、「トシ子や、あんたは子どもら死んだら、さぞつらいんやろな」と祖母は問いかけてきました。「それやったら、あんたになにかあったとき、わてらがどんな気持ちになるか、わかるいうことやな。そやのに、よう勝手なことできるなぁ」

祖母はそう言うと、体ごと中庭のほうに向き直りました。まるで、私に涙を見せまいとしているかのように見えました。

泣いてはるんやろか。

祖母の背中を見ながら、私は言葉が出せずに、項垂《うなだ》れるほかはありませんでした。自分の気持ちばかりを考え、祖母やヤエさんの気持ちをわかろうとしていなかったことに気がついて、胸がぎゅんと痛くなったのです。

けれど、座敷に四人の男衆がヤエさんとともに入ってきたとき、振り向いた祖母は、ちょっとも泣いてなどいませんでした。眉間に縦皺《たてじわ》を寄せた怖い顔で、「トシ子を蔵に閉じ込めとき」と命令したのです。

「そんな！」

思わず叫んでしまいました。そうです、祖母は、こんなときにめそめそ泣くことなど一切ありません、それがこの婆《ばば》なのです。

「早《は》よしぃッ！」

戸惑って顔を見合わせていた男衆は、祖母の声に弾《はじ》かれたように私を取り囲み、四人がかりで抱え上げました。「学校、行かれへんやないの」思わずそう言うと、祖母は「行かんでええ、学校には病気や言うとくしな。もう、学校へは二度と行かせへん」と、しゃがれた声で叫んだのでした。

暴れても状況が変わらないことは、祖母の気性を知る私にはすぐにわかりました。あっというまに私は屋敷のいちばん隅の蔵に運ばれ、外から閂をかけられてしまったのです。この蔵を選んだのは、男衆のせめてもの気配りかもしれません。その蔵には古いランプがしまってあります。きっと私は夜になっても出してはもらえないと、そう男衆は思ったのでしょう。私も、そう思いました。

木戸の外の男衆に向かって、私は中から叫びました。

「ご不浄行きたなったら、どうするん。ああ、もう行きたなってきたなぁ、どないしよ、ああ漏れそうやな、どないしたらええのん？」

　男衆ではなく、ヤエさんの声が聞こえてきました。

「この蔵には、おまるがありまっせ」

「できるわけないて！」

　慌てて抗議しましたが、もう返事はありませんでした。


　明かりとりの窓から春の陽《ひ》が差し込んで、暗い床にきれいな四角形を描いていました。

小さい頃から、何度も何度も見てきた四角です。

　この蔵でよく遊んでいた私は、土壁に取りつけられた地窓の格子が、力いっぱい押したらはずれるようになっているのを知っていました。本当のところ、子どもの頃に私が三輪の手押し車をぶつけて壊したのです。また嵌《は》め込んで、それを、しれっと誰にも言わずにいたのでした。けれども蔵から脱出したところで、なんにもなりません。外に飛び出しても、私のなけなしの貯金では、九州までの汽車賃を出したら、ほんのちょっとしか残らないのですから。

　なにか、お金の工面をする手立てを考えねばなりません。けれど、考えつくはずもなく、一時間、二時間と、時間が過ぎていきました。挙げ句の果てには、うとうと眠ってしまったのです。

眠っている間に、夢を見ました。

あの空襲以来、何度も見ている夢です。

燃えさかる炎の中で倒れているお母さんと、その背中で燃えていた赤ん坊が目の前に現れました。炎と熱風の中、私は必死に手を差しのべ、つかまってくださいと叫ぶのですが、伸ばしたお母さんの手は焼け焦げ、崩れて落ちてしまいました。赤ん坊はただ黙って焼かれています。見開いた目から黄色い液体を流し、痛みに歪《ゆが》んだ表情で私を見ていました。どうしたらいいのかわからない私が悲鳴を上げたところに、燃える屋根が落ちてきたのです。

そこで、はっと目が覚めました。

まだ肌寒い時期なのに、汗をびっしょりかいていました。

また、この夢や。

暗くなった蔵の中、手探りで探したランプを点《とも》しながら、息を整えました。

これからずっと、こんな夢見るんやろか。

そう胸の中でつぶやいて、膝を抱えて座り、北九州が遠ざかってしまった無念さを嚙みしめました。

「設計図のお金を東山さんに払《はろ》たんが、痛かったなぁ。あれさえあったら、もう少しラクやったんや」そんな、いまさら言っても仕方のないセリフが口をついて出てきました。

そのとき。一体なぜでしょう、なんの前触れもなく頭の中にランプの灯りが点りました。

そうや！　東山勇作さんに相談しよ！　お父さまに出資してもらえるよう、東山さんから頼んでもらえへんやろか。

破談になった元許婚者《いいなずけ》にお金の相談をするなど、非常識極まりないのはわかっていました。けれど、もともと穀類膨張機の話を私にしたのは東山勇作さんです。私の父は戦況が悪化する中で出資する者などいないと言っていましたが、東山さんが直々にお父さまにお願いしてくれたら、ましてや東山さん自身は神戸にいるままでいいのであれば、奇跡的にことが運ぶかもしれません。たとえお父さまに頼むのが無理でも、東山さんなら力を貸してくれる人を教えてくれるかもしれません。

当たって砕けろ、だめでもともとや！

明日の朝一番で蔵を抜け出し、神戸に行こうと私は思いました。

まずは、話を切り出す練習です。

「東山さん、忙しい中をいきなり訪ねてきて、ほんまにすみません。実は、折り入ってお

まだ本番ではないのに、うまく言えません。どうしても悪い想像ばかりしてしまうからです。東山さんの煙ったそうな顔が、かき消そうとしても何度も何度も頭に浮かんできます。だんだん、やめておいたほうがいいような気がしてきてしまうのです。そんな自分を鼓舞《こぶ》しようと、修造さんのマネをして、サルのような顔で歌いはじめました。

そや、どんなときでも、ちょっと歌う、ちょっと笑うことが大事なんや。

歌っているうちにだんだん盛り上がり、楽しくなってきました。サルの顔のまま大袈裟に体を動かして、ついにはサル踊りを踊りながら、私は大きな声で歌っていたのでした。

すると突然、「なにしてるんや」と、頭の上のほうから声が聞こえてきました。

ぎくりとして見上げると、なんと、父が明かりとりの窓から顔をのぞかせていたのです。本当に、とんだところを見られてしまいました。もう取り返しがつきません。父は私と目が合うと、にやりとして口髭の下の歯を見せました。

「いま開けたるし、もういっぺんやってや」

私は顔から火が出そうで、「梅田はどうですか」と聞くのがやっとでした。父は、そんな私をつかまえて、「梅田はどうですかやあるかい、歌のうまいサルやなぁ」と、ケタケタ笑ったのです。残酷な人です、ほとんど人でなしです。

父はいったん窓から顔を引っ込めると、おそらく梯子《はしご》を下りて、木戸の閂をはずし、蔵に入ってきました。

「私になにかッ」

ことの顚末《てんまつ》をなにもかも知っているであろう父は「まぁ、座り」と言い、ふたり並んで長机に座りました。

「ヤエが梅田に来たんや」父は横を向いたまま、ぼそりぼそりと話してくれました。「夜通し蔵におったら風邪をひいてまう、大ごりょんさんに頼んで出してやってくれ言うてな」

「仕方なかったんや、お父ちゃん、私な……」

そう言いかけたとき、それを遮って父は、予想と真逆なことを言ったのです。

「九州で菓子の機械造りたいんやろ。その金な、ワシが出そ思てるんや」

なんということでしょう。さっきまで残酷な人でなしだった父が、とてつもなく慈悲深い、ほとんど仏様に見えました。けれど、なぜそんな気になったのでしょう。一度はきっぱりと撥《は》ねつけた父なのに。

「ヤエが話をしてるのをな、芳乃が隣で聞いてたんやんか。ヤエが帰ったあと、芳乃がな、銭出したれ言うてきたんや」

「芳乃さんが！」

あの吹雪を吐く雪女が、なぜ？　まったくわけがわかりません。

「何年も前に、芳乃が門の前で追っ払われたこと、あったやろ。あのときおまえは蔵で、お母ちゃんの絵抱いて倒れてたな。その話、すぐに芳乃の耳にも入ってたんや」

それは、初めて知ったことでした。私が倒れていた話を聞かされた芳乃は、「そうですか、あれ、おいとちゃんがお母ちゃんの絵を抱いて見てたんや」と、何度となくつぶやいていたと父は言いました。

「なんや感じるところ、あったみたいやで」

父の話によると、そんな母の肖像画を売ろうとしたと聞いた芳乃は目を見開き、ヤエさんが帰ると、父でも見たことがない表情を浮かべて言ったそうです。

「おいとちゃん、本気や。たった一枚の母の絵を売る言うてますんやろ、そら、とうとう本気になったんや」

父は芳乃の表情に驚いて、「本気はおまえやろ」と思ったそうです。

「あんた、もう誰もおいとちゃん止められへんで。それやったら銭だけでも出してあげたらどうですやろ。銭がのうても、おいとちゃんは九州に行ってしまいます。本気になった人間は、あれがない、これがない言わんと飛び出して行ってしまうもんや。銭があらへんかったら、ようけ無理します。危ない目にかて遭いまっせ。銭だけでも持たせたほうが、安心できるん違いますか」

私は別に母の肖像画にそんなに思い入れはありませんでした。父も芳乃に「あの絵は、そんなに大事にしてたもんやないで」と言ったそうです。

芳乃は父に「それは、いつでも見られる蔵にあるからや、手放すとなったら話は違うやろな。あんたかて、大ごりょんさんと毎日会わんでもええけど、死んだら泣きますやろ」と、反論したそうです。

「絵のことだけやあらへん。おいとちゃん、子ども助けるために空襲の中を飛び出して行かはったんや。それこそ、本気の証拠やで。そんなん、口ばっかりの人間はようしまへん、そやろ。あんたや大ごりょんさんがどんなに止めても、きっと九州でも外国でも行ってしまう。丸裸でも行かはるで、違いますか」

私の本気などままごとだと言っていた、その同じ口が、そんなことを言うなんて。にわかには信じられない思いでした。

「なんで子どものことになると、おいとちゃん、そこまで本気になるかわかりますか。おいとちゃんはな、ずっとかわいがられたかったんや。よちよち歩きの子どもになって、お母ちゃんにかわいがられたいねん。でも、大きなったらそれはできひん、そやから学校の子どもをかわいがることで、自分で自分をかわいがってはりますねん。わかってますか、そんなんなったん、ウチとあんたのせいでもありますねんで」

父がギクリとしたところに、芳乃は「許婚者との話が破談になった借りもあるやんか」と追い打ちをかけ、ゆっくりと静かに言ったそうです。

「おいとちゃんにとって、学校の子どもが死ぬんは小さい頃の自分が死ぬんといっしょなんですやろ。そのこと、おいとちゃん自身、ようわかってない。わかってないから、どんな無茶でもしてまう。そこが、怖いとこやねん」

そうなんかな、そやから私、さっきあの絵ぇ見て泣いたんやろか。

自分の中に知らないもうひとりの自分がいて、それが私を衝《つ》き動かし操っているような気がして、なんだか胸がざわざわしました。

私が「そやけどな、お父ちゃん。お祖母《ばあ》さまやヤエさんは、絶対に首をタテには振らん思うねん。どないしたらええんやろ」とつぶやくと、父は「それがな、芳乃は怖い女やねん」と、眉を八の字にしました。

芳乃は、「この芳乃が銭を出す言うてるて、大ごりょんさんに言うてください。ウチが店で稼いで貯めた銭、こっそりおいとちゃんに渡す言うてるて」と言ったそうです。

「ウチが企んでることにしといたらええねん。こう言うてるて。ええか、紙に書いといてや。〝九州行かせたったら、おいとちゃんはウチに頭が上がらんようになる、ウチが正妻になること反対できひんようになるねん、大ごりょんさんがボケたらウチは正妻になって橘家の資産、思うがままにできるんや……〟ウチがそんなん言うてるて大ごりょんさんの耳に入れるんや。そしたら、芳乃に銭出さすな、あんたが出しとけて言わはるはずやで」

芳乃は父に、そう話したとのことでした。

「わかったやろ、芳乃は母親になるような女やないけどな、悪人違うねん。おまえのことかて、よう考えてるんやで」

芳乃が、そこまで言うてくれたなんて。

私があんなに露骨に嫌っていたのに、芳乃は全部受け止めて、私を案じてくれていたのです。私は、感極まってしまいました。

父は、娘の気持ちがひとつもわからない人です。肩を震わせる私に、「そんなに怖いか、そやろ、あれ、ほんまに怖い女やねん」と、言いました。芳乃のほうが、よっぽど私をわかってくれているのだと思いました。

芳乃の作戦は、見事に功を奏しました。

父は祖母に、「芳乃はな、橘家の資産操れるようになるんやったら、トシ子を九州行かしたるぐらい安いもんや言うて、高笑いしてるんや。あのバアさんもヨレヨレや、あと一年か二年したらボケてくるやろしなとも言うてたで」と話しました。ちょっと言いすぎではないか、いくらなんでも芳乃がかわいそうだと思いましたが、効果てきめんだったようです。聞いている間に祖母はみるみる顔色が変わっていったと、父は話してくれました。すぐさま祖母は、私の知らないうちに、いろいろ動いたようでした。それも、信じられないほどの手早さで、金に糸目をつけず、八幡の鉄工所まわりの知識がある人を次々屋敷に招き情報収集をする傍ら、八幡の役所に親戚がいる人を見つけ出して電話をかけさせ、現地の様子を聞き込みさせていたのです。

そして、ある日のこと。

祖母は学校から帰ってきた私を奥座敷に呼んで、父の申し出を受け入れると告げたのでした。私を九州に行かせることにしたと、はっきりと言いました。

「あの芸者上がりの妾が、あんたになんか言うてきてないか」と、祖母に問われたので、私はしれっと「なんにも言われてないけど」と答えてしまいました。

それから祖母は、八幡の隣の『戸畑《とばた》』という街に私の家を買ったと言いました。八幡に探すつもりでいたけれど、日本製鉄本社がある八幡には大資本の工場が軒を連ねていて、私が目指すような小規模な工場はむしろ戸畑に多いことがわかったからだとのことでした。

戸畑にも日本製鉄の工場があるそうなのですけれど、やはり八幡のほうが製鉄・鉄工の中心なのでしょう。敵もそれがわかっているから、八幡が先に空襲に遭っているのです。そのあと戸畑、小倉《こくら》がやられましたけれど、この先を考えたら、戸畑のほうが僅《わず》かでも狙われにくいだろうと言う人もいて、考えた末に祖母は戸畑に決めたのだそうです。

家は買ったものの、工場の物件はどのようなものが使い勝手がいいものかわからず、現地で吟味したほうがよかろうということになったそうで、向こうに行って自分自身で探し、決めねばならないとのことでした。

また、現金は父と祖母の両方が用意するけれど、橘の家の者を九州にまで行かせることはできないので、戸畑で人を見つけて雇うようにと。戸畑に住む斎藤稲吉《さいとういなきち》という人に当面の私の面倒を頼んであるので、大事も小事もなく力になってもらうよう言われました。

そんなふうに、祖母はさまざま手配して、向こうで私が戸惑わないよう道筋をつけてくれていたのです。

「身の回りのもんは、行李《こうり》に詰めときなはれや、あんたが向こうに着いたら送ったるしな。すぐに使うものは詰めたらあかん、背負って運ぶんやで。誰もいっしょに行かれへん。ひとりで行くことになるで。ほんまに大丈夫なんやな」

祖母は、同じことを何度も私に言いました。

「大丈夫や、ほんまにありがとう」

私も何度も手をついて、祖母にお礼を言いました。何べん言っても足りないぐらい、祖母への感謝の気持ちでいっぱいでした。

すべて言い終えた祖母はゆっくりと、よく晴れた中庭に体を向けました。ツツジの葉の緑が濃くなって、皺のよった目蓋の中にある目に映っていました。

「あんたがいてへんようになったら、寂しなるなぁ」

いつもあまり表情が変わらない祖母ですが、心なしか微笑んでいるような気がしました。滅多に見ることのない笑顔を見て、私はかえって切ない気持ちになったのでした。

「孫は私だけやないです。ふたりのこと、ほんまによろしくお願いします」

そう言いながら私は、ぐっと涙がこぼれそうになるのをこらえました。

芳乃とは、敢《あ》えて会いませんでした。「ほんまにありがとう、お元気で」と、父に言付けるだけにしたのです。芳乃も、会って湿っぽくなるのはいやだったと思います。けれど、心の中にいつも芳乃の声が届いているような気がしました。

九州行かれることになったんはええけどな、
浮かれてたらあかんで。

これからがえらい大変なんや、
気ィ引き締めや。
学校の子どもと久宝寺さんの子どもらのことは、校長先生、根本先生、そして修造さんが「心配するな」と言ってくれました。

七

弟と妹は、学徒動員が発令されてからずっと、真面目に軍需工場に通っていました。私が戸畑に行くことが決まってから、妹は抱きついてきては泣き、弟は私の顔を見るなり怒ったような顔をして近寄って来なくなりました。

「おねえちゃん、九州行ったらあかんて、売られてまうで」妹も、あの噂を聞いたのでしょう。私のことが心配で心配で仕方がないようでした。「平気や、もしかしたら、売られて大阪に戻ってくるかもわからへんけど」私が笑うと、弟は「売れたらの話やろ、売れへん思うで」と、憎まれ口を叩きました。そんなところも、かわいい。ふたりとも、かわいい弟妹です。

ふたりには話していなかったのですが、旅立ちの何日か前、私は母と会いました。そう、私がまだ小さい頃に離縁して家を出た、私の生母です。もちろん弟妹の母でもありますけれど、「ふたりには内緒にしてほしい」と、祖母やヤエさんにもお願いしたのです。まだまだ弟妹は子どもで、母がどんな人なのか、橘に残してきた我が子のことをどう思っているのかわかるまでは会わせられないと思ったからです。実の母親から傷つけられたり、逆に傷つけて後で後悔などしてほしくありません。それは私だけでいいと思ったのです。

特に会うつもりもなかった母と会うきっかけになったのは、あと幾日かで最後の勤務になるという日の、根本先生の一言でした。

「橘さん、お母ちゃんに会いたい思わへんの？」と、根本先生が不意に訊ねてきました。

「別に会わんでええ思てます」と答えると、「会《お》うといたほうがええんと違う？」と、根本先生は私の目をじっと覗き込んできたのでした。

確かに、その通りかも。

九州に行くのは外国に行くようなもの、いつ帰って来られるかもわかりません。本土への敵の襲撃がますますひどくなっていく中、このまま死に別れになるかもしれないのです。

「それはそうやけど、なんや怖い気もするんです」私がそう言うと、「子ども助けようと空襲に飛び出して行かはった人やろ、なにが怖いねんな」と、根本先生は笑いました。

「そやけど会われへん。家の者《もん》も、ほんまに母の消息を知りませんし」と私は答え、話はそこで、いったん終わったのです。

ところが、翌日のことです。意外な人物が母の居所を知っていることがわかりました。

根本先生は、久宝寺さんの住職さんと気が合ったのか、子どもの世話をする傍ら、よく世間話をするようになっていました。「橘さん、お母ちゃんに会わんでええ言うてますけど、ほんまやろか」という一言から私の母の話題となり、住職さんが母の住所をご存じであることがわかったのです。

かつて母が橘の家の若ごりょんさんだった頃、相談相手のいない母は住職さんによく助言を求めていたと、戦争がはじまるまでは久宝寺さんに時折お供物《くもつ》を送ってきていたと、住職さんは話したというのです。根本先生はすかさず、京都に住む母の住所を聞き出してくれたのでした。

本当に会うべきなのかどうかさんざん迷いましたけれど、「会《お》うといたほうがええて」と根本先生に背中を押され、母と会うことに決めたのでした。

ヤエさんは、「心配やからいっしょに行きますて。京都にも空襲あるかもわからへんし」と言ってくれたのですけれど、もしも私が母の態度に動揺して半泣きにでもなったりしたら、ヤエさんのことです、母を投げ飛ばしかねません。なかなか諦めてくれないヤエさんをどうにか振り切って、ひとりで京都に向かったのです。

京都の洛中《らくちゅう》にある母の住まいは、大きくはありませんでしたが、品のある家でした。母はモンペにかっぽう着をきちんと着こなし、ちゃんと結った髪で、私を出迎えました。絵の印象のせいか、もっと大きい人だと思っていたのですけれど、実物は私より小柄でした。少し年をとってはいましたけれど、どことなく勝ち気な感じのする目元は、まるで絵のままでした。

座敷に通されると、七歳か八歳ぐらいの女の子がいて、母に促され「こんにちは」と挨拶してくれました。そう、母はもうとっくに再婚していて、ふたりの子どもが生まれていたのでした。

母と卓をはさんで正対し、九州へ旅立つ前に会っておきたかったと伝えると、母は驚かず、「そうですか、お気張りやす」と短い返事をくれました。特段、感激があったわけではありません。涙のご対面では少しもありませんでした。「ああ、こんなお顔や思ってた」と、胸の中でつぶやいただけです。

「九州の戸畑やったら、行ったことある人、私の知り合いにも一人いてます」

一五年ぶりに娘に会ったにしては、母は少しよそよそしい声でそう言いました。距離を推し量っているというよりも、壁を作っている感じがしたのでした。

「そうですか、私は戸畑いう街があるのも知りませんでした。なんでも、八幡は大きい工場ばかりで、私が入れる隙間がないそうで」

「戸畑には、祇園祭《ぎおんまつり》があるて聞いてます」

「祇園祭が？　戸畑にもですか？」

「九州のいろいろな土地で、祇園いう名前のお祭りしてはるそうですのや。名前だけ同じでも京都の祇園さんとえらい違いやて、知り合いが言うてはりました。なんでも、職工さんも女将さんもお偉いさんも無礼講になって、めちゃめちゃするそうですねん。この非常時でも、そんなんするんやろか」

「してほしい、楽しそうや」

「私もそう思いますのや、楽しそうですやろ」

母は、卓を睨むようにうつむいて語りました。

「世の中、みんなそうやったらええなぁ思います」

それから母は、橘を捨て家を出た前後のことを、少しだけ話してくれました。

「橘にいた頃の私は、若ごりょんさんらしせぇ言われて、自分が自分でのうなるのんが、ほんまにいややった。私は私や思てた。けど、女はなんでも枠に嵌められてしまいますやろ。娘らしぃ、女らしぃ、妻らしぃ、母親らしぃ。すべての枠が私はいややった。そんな枠と戦う中で、私は知ったんや。ほんまに自分らしぃしよ思たら、すべてを捨てなあかんときがありますねん。あれも惜しい、これも惜しい言うてるうちに、人は自分らしぃできひんようになりますねや」

父が芳乃を囲いはじめたのをきっかけに、母は私や弟妹を置いて家を出た、それは以前から知っていました。子どもたちを連れて行くことを、祖母が頑として許さなかったことも。そのときの母の気持ちはどんなものだったのか、それは知る由もありませんでした。このとき母は多くを語ってくれたわけではなかったのですが、私は、僅かであっても聞いてよかったと思えました。

「橘を出たとき、寂しいとは思わへんかった。失《うしの》うたもののこと考えるんはやめとこ、この手にあるものだけ見ていこう思いましたんや。なにもかもなくしたように見えても、自分が自分であることだけはこの手に残ったんやて。あのときほどこの人生が、ほかの誰のものでもない、自分の人生なんやと強う思たことはありませんでした。いちばん大事なもんのほかはすべて捨てた。そしたら人間、強なれるんや」

母は終始、笑顔を見せませんでした。会いたかったとか、一日も忘れたことはなかったとか、そんなことも言いませんでした。私が帰るまでずっと、絵と同じ厳しい目をして、私に手も触れませんでした。

なんや知らん、それでええような気がする。

心の中で、私はそうつぶやいていました。母が自分らしい生き方を選んだことが、少しも悲しくありませんでしたし、怨《うら》めしくもありませんでした。私も私で、「いとはんらしい」という枠から飛び出して行くのだから……心からそう思えたのです。

「さいなら」

私はそう言って頭を下げ、一度も振り返らずに母の家を後にしたのでした。

いよいよ、九州に向けて旅立つ日がやってきました。

最初に目指すのは、北九州の要所・小倉です。小倉から戸畑までは、汽車を乗り換えて二〇分ほどで着けるとのことでした。大阪からは、三日間の長旅になります。早朝からヤエさんが、おむすびや、蒸《ふ》かしたお芋やら、日持ちがするように甘く煮た蓮根《れんこん》など、なけなしの食べ物をお重に詰めてくれました。

妹は泣きながら、「手紙書いてや、私も書くし」と言い、何べんも手を振り軍需工場へと出かけていきました。弟に「体に気ぃつけなあかんよ」と言うと、「ねえちゃんもやで」と答え、私を見ないまま弟は出勤していきました。

ヤエさんは、どうしても大阪駅まで荷物持ちをすると言って聞かず、ここで見送ってくださいと懇願する私と、なかば揉み合いになりました。

「ヤエさん、ほんまに大阪駅まで帰るん？　やっぱり心配や言うて、汽車に飛び乗るん違う？」私は遂に、そんな本音を叫ばねばならなくなったのです。ヤエさんはハッとした顔になり、「ほんまや」と、やっと諦めてくれたのでした。

祖母を先頭に家の者たちが私を見送りに、門前にずらりと並んでくれて、まるで出征するかのようでした。恥ずかしいから大袈裟にせんといてと再三言ってあったのですが、無駄だったようです。

祖母はあまり表情が変わらない人ですけれど、相変わらずの顔で私に送別の言葉をくれました。顔は相変わらずだったのですが、その言葉は、いままで祖母の口から聞いたことがないものでした。

「ここ何日かで、思たんやけどな。私も、ひとりの母親や。子どもらには死んでほしない。それは母親として、私かてそう思う」

祖母はそう言うと、私の腰のあたりにそっと触れました。

「トシ子、あんた、わかってるか。あんたは昔から、無茶なことでも平気でやってきた子や。何べんこの顔から目玉が飛び出たことか。そやけど、そんな人だけが世の中変えるんやろな。なにも考えんと、ぱっと飛び出して行けるんは、あんたの天分や。ええか、トシ子、気張るんやで。トシ子やったら、でけへんことはないんやから。気張りや」

なにも考えへんかったわけやないでという言葉は引っ込めて、私は祖母の手を取り、「ありがとう、どんなに感謝してるか。私、きっとやり遂げるし、それまで元気でおってください」と答えました。立ったまま向き合うと、祖母はなんて小さいのでしょう。不意に涙が込み上げてきそうでした。

泣きそうになるのを止めたのは、ヤエさんです。ヤエさんが祖母の横で滝のような涙を流し、大口を開けて泣いていたものですから、私は泣くに泣けなくなってしまったのです。

「いとはん、気張らんでもええんです、気張らんでも、生きてはったらええんや。しんどい思たら放って帰ってきてください、いとはんを悪ぅ言う者《もん》おったら、ヤエがただではおきまへんしな」

ヤエさんが祖母と真逆のことを言ったので、私も家の者たちもニガ笑いしました。

「おお怖っ。いとはん、それやったら余計に気張らなあかんようになりましたで」

「そやそや、ヤエさんの犠牲者出させんようにせな」

男衆がそう言うと、笑い声が門の前にあふれました。ヤエさんには、笑い声など聞こえていなかったようでした。くしゃくしゃになった顔で、「これ、九州に着いたら開けてください」と、紙包みをひとつ私にくれたのでした。

「なんやの、これ」

「なくさんよう、カバンの中に入れといてください」

大勢の声に送られ、私は家を後にしました。手を振るために振り返ると、一九になるまで暮らした橘の家が、「さいなら」と言っているように見えました。

大阪駅の窓口で切符を買い、大きな荷物を貨物として積んでもらう手続きをすませると、出発までにはまだ時間がありました。私は駅の前に座って出発時間を待つことにしたのでした。

焼け残った梅田方面だけを除けば、見渡す限り瓦礫《がれき》が積み重なった焼け野原です。百貨店の焼けた建物が、痛みに耐えるかのような姿で残されていました。モダンガールさんやら芸者さんやらが、お祭りの行列のようにそぞろ歩いた、あの大阪。日本一活気にあふれた街の、変わり果てた、あまりにも悲しい光景でした。

空襲の夜が明けたとき、ここ駅前は焼死体の山だったと聞いていました。その死体をまたいで、そんな日でも人々は働きに行ったと。それからひと月以上が過ぎ、もう死体を見かけたりはしませんでしたけれど、それでも瓦礫の下から出てくることもあり、たくさんの人が撤去作業に勤《いそ》しんでいました。

カバンを横に置いて腰掛け、「ここで死なはった人もいてたんやろなぁ、また空襲がきたら、誰かがここで死ぬんやなぁ」などと、そんなことをぼんやり考えていたときです。

「トシ子ちゃん」

聞こえてきた声に顔を上げると、そこに立っていたのは修造さんでした。

立ち上がって「見送りに来てくれたん？」と言うと、修造さんは、「いよいよ行くんだな」と、あの笑顔を見せてくれました。

修造さんには前日、大正国民学校で、ほかの先生方といっしょにお別れのご挨拶をしてありました。修造さんは「ひとりで行かせるのは心配だよ、自分もいっしょに行きたい」と、ずいぶん粘ってくれていたのですけれど、私は必死になってそれを止めました。八幡も戸畑も、製鉄所や鉄工所の煙突がもくもくと煙を上げていると聞いていましたから、肺が悪い修造さんを行かせるわけにはいかないと思ったのです。

けれども修造さんと離れるのは、正直、とてもつらいことでした。

ポーン菓子の話を東山さんに聞いて、いちばんはじめに相談したのが修造さんです。考えてみたら、子どものことでもなんでも大抵、なにかを最初に相談していたのは修造さんなのです。特にポーン菓子製造機についてはなにもかも、ふたりでやってきました。うまくいったこと、いかなかったこと、それらは全部、ふたりの共有の思い出です。まさに、ずっと思いを同じくしてきた戦友、同志なのです。

「やっぱり、あとからでもトシ子ちゃんを追いかけて戸畑に行こうかな」

修造さんがまたそんなことを言い出したので、私は慌てました。

「そんなん、絶対にせんといて！」

「でも、工場の物件を探したり、職工を集めたり、そんなこと、トシ子ちゃんひとりで本当にできるのか。正直、無理なんじゃないかと思ってさ」

「ひとりでできるて、何べんも言うてるやん」

「いやぁ、どうかな」

「修造さん！　私の心配は、自分の胸を治してからや」

修造さんがなにか言い返さないうちにと、私は続けました。

「修造さん、私が九州に行けるんは、私の力だけやない、お父ちゃんやお祖母《ばあ》さまのおかげでもあるし、修造さんのおかげでもあるんや。修造さんが大阪にいて、子どもの面倒見てくれはるから、私は九州に行けるんやないの。修造さんが大阪にいてなかったら、子どもらが気になって行かれへん、そやない？　修造さん、何べんも言うたけど、いま改めて言います。子どものこと、ほんまによろしゅうお願いします」

それでも心配そうな顔の修造さんに、なんとか安心してほしくて、私は胸を叩きました。

「ええとこのお嬢さんや思て、私を甘く見てるやろ。これでも、めちゃめちゃしっかり者やねんで」

「しっかりしてないだろ、現金をそんなところにポンと置いて！」

修造さんに言われ、振り返って荷物を見てみると、なんということでしょう、祖母と父から託された大金が入った包みがカバンの上に無防備に置かれていたのです。肌身離さず持っていようと懐に入れておいたものを、座ったときに邪魔だったので、それが現金だということも忘れ、無造作にカバンの上に置いていたのでした。思わず悲鳴を上げました。

「なんちゅうことや！」

「やっぱり、ええとこのお嬢さんだなぁ」

「ごめんなさい、ええ薬になりました。これからしっかりします、そやから修造さん、ほんまに病気治してや」

私がそう言うと、修造さんは急に真顔になって言いました。

「そうしたら、なにか困ったことがあったら、すぐに知らせるって約束してくれよ。トシ子ちゃんがひとりでちゃんとやれているようなら、オレは大阪にいる。でも、ひとりじゃどうにもならないのだったら、すぐに戸畑に行く。そういうことで、いいだろ」

光があたって透き通った茶色の瞳が、動かずにじっと私を見つめました。修造さんとこんなに近くで、こんなに長いあいだ見つめあったのは、初めてのことです。

修造さんは一瞬、なにか言おうとする顔になり、すぐにためらう表情を見せ、下を向いてしまいました。私も、いまは聞かないほうがいいような気がして、ちょっと慌てて「もうすぐ汽車出るし」と修造さんに告げました。

修造さんは私のカバンを持って、乗降場まで来てくれました。汽車に乗り込み、私が笑顔で「行ってくるわ」と言うと、修造さんは真顔で、「困ったら、必ず知らせてくれよ」と手を振りました。

やがて汽車が動き出すと修造さんは、「ポーン菓子、作ったら食わせてくれよ！」と叫び、私は大きく手を振りながら「もうイヤやて言うほど食べさせてあげますて！」と、修造さんに負けない声で返しました。

「元気でな！」という言葉が耳に届いてすぐに、修造さんは見えなくなりました。

修造さんや、教え子らがいる大阪。育った家がある大阪。愛《いと》おしい大阪はすぐに遠のき、しばらくすると、車窓からは山と海だけが見えるようになりました。

窮屈な汽車の旅を覚悟していたのですけれど、汽車は思いのほか空《す》いていました。特に神戸を過ぎてからは、向かい合った四人掛けの席には、私ひとりだけです。

ほんま、助かったわ。

大金を胸に抱えていただけに緊張していましたが、私だけになると、だんだんと気も休まり、あれこれと思いを馳《は》せるようになりました。

ヤエさんがくれたん、なんやったんやろ。

別れ際にヤエさんが手渡してくれた紙包みがふと気にかかって、「九州に着いたら開けてください」と言われていたにもかかわらず、ゴソゴソとカバンから取り出して開いてみました。

包みの中には、巾着袋がひとつだけ入っていました。

祖母のお気に入りの着物をほどいた生地でできた巾着でした。これを持っている限り、祖母がいっしょにいるような気がする、そんな袋です。私のために、祖母が作ってくれたのでしょう。

そんな巾着を開けてみると、中には小さな封筒がいくつも入っていました。ひとつひとつに、ヤエさんの字が書かれていました。

はらいた

あたまいた

かぜ

せき

などなど、封筒の中には薬が入っているようです。赤チンや膏薬《こうやく》も入っていました。いつも私を見守ってくれていた祖母と、いつも私のことが心配で仕方がないヤエさん、ふたりそのもののような巾着だったのです。

目からぼろぼろと涙が流れ出して、とうとう、しゃくりあげてしまいました。祖母がいてくれたこと、ヤエさんがいてくれたこと、それがどんなに有り難いことなのか、それが身に沁みるようにわかったのです。

ほんまにおおきに、ほんまにおおきに。もう、それ以外に言葉がありません。

それから、どのくらい時間が経ったことでしょう。

泣いて、泣いて、さすがに泣き疲れました。

昨夜は、いったん荷造りをし終えてはまたやり直したり、思いつく限りの人に手紙を書いたり、子どもたちの服を繕ったり、そんなことばかりをしていたので、あまり眠っていません。そのうちに日が沈みかける頃、私は、うとうとしはじめました。

どのくらい眠ったのか。

思いのほか、深い眠りに落ちていたのだと思います。

夢の中で、私はまた、あの空襲の夜に戻っていました。

燃えさかる炎の中には、また、あのお母さんと、その背中で燃える赤ん坊が見えました。

「つかまってください!」

私は必死で手を伸ばすのですが、お母さんはただ「助けて」と、焼けただれた顔で叫ぶだけです。背中では、赤ん坊が焼けながらこちらを見ていました。

炎は燃えさかり、家の壁も屋根も、なにもかもが焼け崩れていきました。

お母さんは燃えている赤ん坊を背中からおろして私に差し出し、「この子だけでも助けてください」と懇願するのですけれど、赤ん坊は全身が火に包まれていて受け取れません。

「なんで助けてくれへんのや」

お母さんは、恨みのこもった目で私を睨みながら、熱さに身をよじらせ、そう言いました。私は震え、身動きをとることができません。火はどんどんと燃え広がって、遠くまで延びていきました。その先には、私の教え子らが身を寄せ合っていたのです。

「逃げて！　逃げなさいッ！」

私が叫んでいるのが、子どもらには聞こえていません。ひとりの背中に火がつき、すぐに全員に燃え移りました。女の子の髪の毛にも火がついています。

「熱いッ」

「助けてえッ」

教え子らの悲鳴が、ますます私の声をかき消していきました。

そこでハッと目を覚まし、窓を見ると、日はもうすっかり落ちてなにも見えなくなっていました。カバンから手拭いを取り出し、額と胸元の汗を拭き取りながら、「またか……」と、思わずため息をつきました。

私はなにかを乗り越えない限り、ずっとこの夢を見るのだろう、見続けていくのだろう。そんな思いに駆られながら、じっと真っ暗な窓の外を見つめました。

子どもたちひとりひとりの顔が、汽車の窓に浮かんでは消えていきます。

死なさへん、誰も死なさへんで。先生、気張るさかいな。いちばん大事なものだけ抱えて行くんや。

「さいなら、大阪」

私は、巾着袋をカバンの底にしまい、もうずっと遠く離れてしまった大阪に向けて、そうつぶやきました。後戻りはもうできない、そんなところまで、汽車は走って来ていたのです。

八

大阪で生まれ暮らしてきた私は、ずっと戸畑という街の名前を聞いたことがありませんでした。

「日本書紀《にほんしょき》にも戸畑のことが書かれてるらしいよ」

素早く戸畑のことを調べてきた修造さんが、そう教えてくれたときは、「九州の隅っこやないの、そんなとこあるのん？」と、戸畑に失礼な言葉が口から飛び出してしまいました。

「古代のさ、邪馬台国《やまたいこく》の卑弥呼《ひみこ》だって、あの近くにいたんだって言う学者がいるくらいなんだぞ」

「ほんま？　大阪のほうがずっと古い思てたわ」

「大阪も日本書紀には出てくるさ」

機械ばっかり好きで世間をよく知らない私でしたけれど、戸畑は、千四百年以上も前から人が住む、歴史のある土地なのだそうです。

私の郷里の龍華が古くは立花と書き表されていたように、戸畑は万葉集《まんようしゅう》に「飛幡」と記されていると、戸畑に来てから聞きました。また、街を歩いてみると、鳥旗町《とりはたまち》という地名が残っています。読み方は違っていても、おそらく、そのように書いた時代もあったのでしょう。

戸畑が工業の街となったのは、明治維新のあとからだそうです。戸畑鋳物《とばたいもの》や旭硝子《あさひガラス》、日本製鉄の前身の官営八幡製鉄所《やはたせいてつじょ》が戸畑に工場を作ってからは、工業が産業の中心となりました。大勢の職工で賑わう街となったのです。その後も街はどんどん大きくなり、戦争がはじまる前にはもう、さまざまな大工場があったのです。

産業は工業ばかりではなく、漁業もありました。戸畑漁港には、日本水産《にっぽんすいさん》の大きな遠洋漁業基地が建っていて、そのまわりには、戦時下でも魚売りがいました。たしかに都会とは言えない街ですけれど、不自由はありません。物は充分ではないものの、街の中心には商店街があり、港の近くには色街まであったのです。また、街の南側は閑静な高級住宅街でした。父が話していた北九州とはまったく違う街だったのです。焼け野原の中で飢えに喘《あえ》ぐ大阪に比べれば、日々の暮らしはまだまだ凌ぎやすいと思えたのでした。

もちろん、お米が充分にあったわけではありません。誰もが日々の糧を手に入れるのに必死でした。けれど、お粥ぐらいなら毎日一回は食べられますし、野菜もお魚もお酒もあることはありました。やはり国を支える職工たちが住む街ですから、私が思うに、配給が少しは優遇されていたのでしょう。

ちょっとでも米や芋が手に入ると、修造さんや教え子らに送りたくて送りたくて仕方がありませんでした。けれど、送ったところで十中八九、途中で盗まれるか没収されてしまいます。切なくて切なくて何度も涙がこぼれましたけれど、諦めざるを得なかったのです。

ほんまに私、いま遠くにいてるんやなぁ。

戸畑に来てから、そうつぶやく日々がずっと続きました。思えば、大阪から丸々三日もの間汽車に揺られて、戸畑に着いたその瞬間から、目に触れるなにもかもが驚きの連続でした。日常のさもないことでも、大阪と違っていれば違っていたで、同じなら同じで、いちいち天を仰いでしまうのです。

この街には、大阪では見たこともないような高い煙突がありました。もちろんそれらは、製鉄所の煙突です。大阪のどんなビルより高く、それも、街の向こうに何本もありました。家々や商店が建ち並んでいるすぐ隣で、もくもくと黒や灰色の煙をあげているのです。

はじめて、戸畑に来た日。

大きなカバンを背負って戸畑の駅を出る私の目に最初に飛び込んできたのは、駅前の往来を行き交う自転車でした。私には信じられない光景です。大阪では金属という金属はほとんど、洗面器や鍋のフタまで供出させられていて、どの街にも自転車など一台も走っていなかったのですから。

鉄がある、ここには鉄があるんや。

私の目はもう、自転車に釘付けです。たぶん、いまにも飛びかかりそうな顔で睨みつけていたのでしょう、自転車を漕《こ》いでいたどの人も、私と目が合うと一様に怪訝《けげん》な表情になっていたのでした。

「橘トシ子さんやねぇ」

不意に聞こえた声に振り向くと、そこに立っていたのは、父が私の面倒を見るように頼んでくれていた斎藤稲吉さんでした。父と同じぐらいの歳に見える、ずんぐりした、私より背が小さな人です。

「若い娘さんがよそから来るんは珍しいけ、すぐわかったわ」

稲吉さんはそう言うと、ガチャガチャした茶色い歯を見せて笑いました。

この人と戸畑でやっていくんやなぁ。

そう思いながら、「橘トシ子です、よろしゅうお願いいたします」と挨拶すると、稲吉さんは家の方角を指差して「汽車がひどかったやろ、家までそんなに歩かんけ」と言いました。

昼間だというのに稲吉さんの息からはお酒の臭いがぷんぷんして、この人ほんまに大丈夫なんやろかと、不安な気持ちになるのを抑えきれませんでした。しかも、街の中を歩き出してみると、稲吉さんだけではなく、すれ違う男の人の何人かは、全身からお酒の臭いを撒《ま》き散らして歩いていたのです。

思わず、身が硬くなりました。

「オイがカバン持つけね」

「いえ、結構です、自分で持てますさかい」

大金の入ったカバンをぎゅっと胸に抱きしめて、しばらくは顔をこわばらせて歩いていましたけれど、道ばたの猫に身が残った魚の骨をあげているお爺《じい》さんを見てからは、やさしい人もたくさんいてるんやんかと思えてきました。世間知らずの強みでしょうか、数分ほど歩く間に、怖さはみるみる薄れていったのです。

よく見れば、私と同じ年頃の娘さんでも平気な顔で歩いていましたし、往来で子どもも遊んでいました。見渡しても、誰も喧嘩などしていません。ヤクザもどこかにいることはいるのでしょうけど、私の見る限りでは誰ひとり、襲いかかってくるような気配はひとつもありません。

なんや、百聞は一見にしかずや。お父ちゃん、ええ加減なこと言うてくれたなぁ。そう思いましたけれど、それが父なのだから仕方がないことです。

「雨降るんやろか、えらい曇ってますなぁ」と話しかけると、稲吉さんは「戸畑の空は、いつもこげな色っちゃ。煙突の煙がそのまま雲になるんよ」と答えました。

この人もお父ちゃんぐらい、ええ加減やな。思わず心の中でつぶやきましたけれど、不思議と、ホッとした気持ちにもなりました。この人でもここで生きてきてはるんや、そしたら私でもなんとかなるやろ、と思えてきたのです。

稲吉さんはその昔、日本製鉄の職工だったそうです。工場の事故でケガをして、腕が思うように動かなくなったせいで製鉄所にいられなくなったとのことでした。一時は大阪で働いていたと、歩きながら話してくれました。

「大阪じゃ土木工事の人足を集める仕事してたけね、トシ子さんのお父ちゃんが三重に紡績工場作ったとき、働かしてもらったんよ。戸畑に帰って何年もして、トシ子さんの手伝いしぃ言われたけん、いやぁ、たまがったわ。やけど、お父ちゃんにゃ相当世話になったけん」

製鉄所や鉄工所にはいまでも顔がきくし、職工たちの知り合いも多いから任せておけと稲吉さんは力強く言ってくれました。けれど、酔っているのかシラフなのかは、ちょっと、わかりませんでした。

稲吉さんが私のために見つけてくれた家は、駅からほど近い場所にありました。商店街までも歩いて数分で、空襲で狙われやすいのではないかと心配でしたけれど、平時ならばさぞ暮らしやすいところなのでしょう。びっくりしたのは、私ひとりで住むにしては不相応に大きな二階建ての家だったことです。

「こんなん、八人家族で住める家やないですか、私ひとりやのに」

家を見上げて思わずそう言うと、稲吉さんはまた茶色い歯をむき出しにして、にやりと笑いました。

「すぐ、ふたりになるやろ、来年にゃ三人になるっちゃ」

うわ、いやらしいおっちゃんや。

ケタケタ笑う稲吉さんを前に、いっしょに笑ったほうがいいのか、はたまた怒ったほうがいいのかわかりません。

顔をこわばらせて立ちつくしている私の耳に、玄関の引き戸を開ける音が聞こえてきました。振り向くと、かっぽう着姿の女の人が出てきたのです。

「谷口《たにぐち》サト子と申します、一生懸命しますけん、なんでも言うてください」そう言って深々と頭を下げる横で、稲吉さんが「メシやの掃除やの住み込みでやってくれるけ、トシ子さんも安心やろ」と紹介してくれました。

それならば、私ひとりで暮らすわけではありません。なにもわざわざ、すぐにふたりになるだとか、そんないやらしいことを言わなくてもよかったのにと、ちらっと考えましたが、それよりもなによりも、目をまん丸にしてサト子さんを見つめてしまいました。とてもとてもやさしそうで、きれいな人だったのです。

「そうやったんや、いや、なんていうか、その、よろしゅうお願いします」私のほうがあたふたしてしまい、挨拶を返すのがやっとでした。

サト子さんは三〇歳で、お子さんとふたりでこの家に住んでくれるとのことでした。この戦争初の本土空襲で八幡と戸畑、そして小倉が爆撃されたとき、運悪く旦那さんを亡くされたのだそうです。北九州に空襲があったのは、去年の六月のこと。まだ月日もそんなに経っていませんでした。さぞかしまだ、ご心痛のことだったでしょう。けれど、母ひとり子ひとりで厳しい時代を生き抜いていこうという気丈さが、サト子さんの全身からあふれ出ている感じがしました。ずっと年上なのにとても若々しくて、賢そうな大きな目で微笑む顔を見ると、女学校の級友のような気がしてしまいます。なにか話せばすぐになんでもわかってくれそうな、いっしょにいるだけで安心できそうなお顔をした人でした。

この人いてくれはるんやったら、なんにも心細いことないなぁ。

稲吉さんはたしかにお酒くさいけれど、このサト子さんを見つけてくれただけでも大手柄です。

「コブつきやけん、子どものことで迷惑かけんよう気ぃつけますね」と、サト子さんは言いましたけれど、家の中に子どもがいるなんて、子どもらと離れて寂しい私にとって、願ってもないことです。嬉しくて仕方がありません。

サト子さんは私のカバンを持って、「おなか空いとるんやないですか、お芋蒸《ふ》かしたけん」と言いながら、中へ案内してくれました。

サト子さん、えらい働き者やないの。

家に入った途端、思わずそう思いました。家の中はキンという音を感じるほど清潔で、隅々まで、舐めてもいいくらいに拭き清められていたのです。さすがに畳は新しくありませんでしたけれど、障子は貼り替えてありました。襖の破れは丁寧に修繕されています。物干しのある小さな中庭も、ちゃんと草を刈ってありました。片隅には、小さな日々草まで植えてあったのです。

荷物を置いている間も、私は早く子どもに会いたくて仕方がありません。

「お子さんの歳はなんぼですか。男の子、それとも女の子やろか」

サト子さんはにっこり笑って、「いま挨拶させます」と答え、二階に向かって「ハル子、トシ子さんが着きんさったけ、挨拶しぃ」と呼びかけました。小さな足で階段を降りてくる音が聞こえてくると、もうそれだけで、私の顔はニヤけてきます。

ハル子ちゃんと呼ばれた子は八歳にしては少し小さかったですけれど、サト子さんとよく似た賢そうな大きなお目々をしていました。「こんにちは」と私から言ったのですけれど、初めて会う私に人見知りしたのか、じっと睨みつけるように私を見つめるだけでした。

「私、橘トシ子と言います。大阪で学校の先生してましたんや、これからいっしょに暮らしますさかい、よろしゅうお願いします」

「ハル子、挨拶せんね」

サト子さんがそう言っても、ハル子ちゃんは怒ったような顔をしてなにも話しません。

「そしたらな、ハル子ちゃん。ええもんあげる、手ぇ出してみ」

私はそう言って、ヤエさんが隠し持っていた黒飴を私にくれたのをひとつ、ハル子ちゃんに差し出しました。ハル子ちゃんは私の手のひらの飴を握ると、黙ったまま走り去ってしまったのでした。

「こら、ハル子！　なん、はぶてちょん！」サト子さんは背中に向かって叱りましたが、ハル子ちゃんは二階へと駆け上がっていってしまいました。

「すんません」サト子さんは眉を八の字にして謝り、稲吉さんのほうを向いて「近頃、私にもしゃっちがはぶてるんよ」と言いました。

「はぶてる……はぶてるて、どんな意味ですか」まったく外国語のように聞こえたので、思わずそこから聞いてしまいました。

「はぶてるっち言うんはね……斎藤さん、大阪ではなんち言いよん？」サト子さんが訊ねると、稲吉さんが私に「むくれるっち意味です、『なにをむくれてる』っち言うんは、『なん、はぶてちょん』言いよるんよ」と答えました。

「しゃっちがて言わはったんは？」

「しゃっちがは、いちいち、いうことやね」

ああ、言葉が違う、ほんまに私、遠くまで来たんやな。

少し動揺しましたけれど、こんなことで揺らいではいられません。素早く気を取り直して、私はサト子さんに改めて顔を向けました。

「私、空襲で親が亡くなった子ども見てましたさかい、なかなか人に心開けんようになってしまう子がいてるのも知ってます。時間がかかるもんや。ハル子ちゃんが私に『はぶてる』しても叱らんといてあげてください、私は慣れてますさかい」

そう言いながら胸を叩きました。けれど内心では、こんなん大阪弁で話しても戸畑の人に意味通じるんやろかと、なんだか心配が拭えなかったのでした。

「いやや、そんなん話が違《ちご》おてますやろ！」

戸畑に着いた日の、その翌朝。こんな叫び声を上げたのは、私でした。

工場を作るのは、初めてのことです。それも、初めて来た遠い街で。おまけに、誰も見たことのない機械を造るのです。いろいろ予想外のことがあるのだろうと、心構えはしていました。けれども、工場の物件探しを始めようとした矢先、早速とばかりに、私は水をぶっかけられたような気持ちになったのでした。

やって来た稲吉さんに、「稲吉さんもしんどい思いますけど、今日から物件探ししよ思てますねん、こんなんしてる間も子ども死にかけてますさかい」と話しました。すると稲吉さんは、穀類膨張機を造る前に、まずは日本製鉄の下請け会社として軍需品の製造を請け負わねばならないと答えたのです。そこから侃々諤々《かんかんがくがく》、大阪弁と北九州弁の言い争いがはじまりました。

「なんで私が鉄砲やら戦闘機やらの部品造らなあかんの、そんなんしに来たん違います、私、ポーン菓子の機械造りに来てますんやで」

稲吉さんと議論をしている間にも、私の頭の中には飢えて指をねぶっている子どもたちの顔が浮かんできました。ひもじくて、ふやけて皮がめくれても指を口の中に入れているのです。頬は病人みたいにやせこけて、足などすりこぎ棒のようです。子どもたちをそんな目に遭わせているのは、戦争にほかなりません。軍需品など、死んでも造りたくありませんでした。

「私、なんのために汽車で三日もかけてここに来たん」

「わかっとう、わかっとうち、言いよろうもん」

朝だったせいなのか昨日にも増してお酒くさい稲吉さんは、充血した目を見開いて、駄々っ子を諭すような声を出しました。

「菓子の機械造るっち言うて、工場の認可は下りんやろ。こげな非常時になん言いよるっち、しばかれるっちゃ。鉄はどうするね、菓子の機械っち言うたら、仕入れられんよ」

「そんなん、なんとかできますやろ。そのために、お金用意したんやさかい」

「職工は？　お菓子の機械ば造りに来んねぇっち言うても、誰も来んちゃ。職工ら、そげな機械知らんけのぅ。職工は、慣れた仕事したいんよ。見たことないもん、誰も造りたいち思わんちゃ」

軍需品造ったかて、この戦争、負けるんや。

そんな言葉が、喉まで出かかりました。でも、そんなことを言ったら最後、誰も彼もから背を向けられてしまいます。私はグッと言葉を呑み込んで、稲吉さんを睨みつけました。

いまの私、ヤエさんぐらい怖いんやない？

ふと、そう思いましたけれど、鬼になっても夜叉《やしゃ》になってもいい。私のいちばん大事な、どうしても捨てられないものが穀類膨張機を造ることなのですから。

「一ヶ月や」

稲吉さんを見据えながら、私は言いました。

「一ヶ月で、穀類膨張機造りたい。設計図かてちゃんとしてます、でけへんことないですやろ。けど、ほかのことしてたら間に合わへん、違いますか」

稲吉さんは呆れたような表情を浮かべ、首を横に振りました。そんなの、とても無理だと言うかのように。

軍の監視だけではなく、民間人もお隣同士を見張りあっている中、人に知られず穀類膨張機を造るには、軍需品を造る工場として経営しつつ、こっそりと職工にやらせるしかないというのが稲吉さんの言い分でした。

私の言っていることが現実的でないのか、稲吉さんがうまいやり方を知らないのか、そのどちらかなのでしょう。どちらなのかが知りたいと思いました。

そんなん、誰に教えてもろたらええんやろ。

修造さんがいてくれたらと思いましたけれど、そんなことは考えても仕方がありません。

とりあえず、戸畑に来て早々に石頭のガンコ娘だと思われたら、今後に影響してしまうでしょうから、まずは落ち着こう、言葉のチャンバラはいったん終わらせようと、すうっと深呼吸をしました。

そのとき。

部屋の外から、断続的なブザーのような音が聞こえてきたのです。

「空襲警報や」襖を開けて、サト子さんが顔をのぞかせました。「お話途中やろけど、すんませんねぇ、壕はすぐそこやけ」

「ハル子ちゃんは?」

「学校におるけ、避難しよる思います」

稲吉さんは慌てる様子もなく、「この音、まだ遠いっちゃね」とつぶやきながら、まるで休憩時間がきたみたいに背伸びをしていました。

たしかにブザーのような音は、遠くに飛ぶ敵機への警戒を命じる合図の音です。いよいよ敵機がすぐ近くまで来たときは、サイレンのような音が鳴るのです。それは、全国共通なのでしょう。大阪ではブザーが鳴っただけでも、大人も子どもも飛び上がって防空壕に駆け込んでいました。戦闘機など、遠くの空にあるように思っても、あっというまに頭上に来るのです。

「斎藤さん！　なにを呑気にしてるんや、壕に行かな。サト子さんも早《は》よう」

「ああ、ウチ、戸締まり見て行くけ、先行ってください」

ふたりには、緊迫感があまり感じられません。

どうしたことかと思いながら稲吉さんといっしょに壕に向かうと、はるか遠くの空にB29が数十機の編隊をなして飛んでいるのが見えました。旋回してきて焼夷弾でも落とされたら、折角の家もたちまち灰になります。私は、真っ青になりました。

「おおお、今日はぎょうさん飛びよる」

稲吉さんが、まるで雁《がん》の群れでも見るかのような声で言うので、思わず、「なにを悠長な、急がんと、そんなん言うてたら死んでしまいます」と気色ばんでしまいました。

けれど、しばらくすると、近くにいた街の人たちも稲吉さんと同じ表情を浮かべているのに気がついたのでした。みんな、日向《ひなた》ぼっこでもするような顔。走るでもなく敵機を見上げ「今日は多いぃ」などと口々に話していたのです。なにか冗談でも言いあっているのか、笑っている人もいました。

呆気にとられているうちに、敵機の編隊は空に溶け、見えなくなっていきました。「すぐ警報解除っちゃ」などと、街の人が話しています。

稲吉さんは、やれやれといった顔で立ち止まり、家の方向へとゆっくり歩きはじめました。

「このへんは、二日にいっぺんは警報があるけのぉ」

「そんなに！」

驚いた私の顔を見て稲吉さんはケタケタ笑い、八幡や戸畑の空は敵機の編隊が各地を襲撃しに向かう通り道となっているため、頻繁に警報が鳴るのだと話してくれました。街の人たちはみんな、警報に慣れてしまっているのだと。

「それやったら、今ごろ、日本のどこかの街が焼かれてるのかもわからへんのやね」あの空襲の日のことを思い出して、私は暗澹《あんたん》たる気持ちになったのでした。

「空襲は大抵夜中にあるけ、ただ飛びよるだけやろ」

そう話す稲吉さんについて歩いていると、ふと、「斎藤さぁん！」と呼び止める声がしました。立ち止まって振り返ると、稲吉さんよりはずっと若い、真っ黒に煤けた顔の男の人が駆け寄ってきました。

「おお、信次《しんじ》」

どこかの工場の職工さんであることは、身なりから一目でわかりました。そして、信次と呼ばれたその人のお酒くさいことといったら、まるで稲吉さんが三人いるみたいでした。

「そん人誰ね」

「ああ、橘さんっちいうて、新しい工場作るんよ」

「橘と申します、戸畑には昨日着いたばっかりやさかい、まだ慣れてませんけど、お世話になることもあるかもわかりません、よろしゅうお願いします」そう挨拶すると、信次という職工さんは私を指差して、「ああ、そん言葉、京都から来たんやろ」と言いました。

「京都ちゃいます、大阪です。京都弁と違いますやろ」息の臭いに顔をしかめたくなりながら、そう返したのですが、「同《おんな》じっちゃ」と笑い飛ばされてしまいました。そのあとなにを言っても、取りあってはもらえませんでした。

「信次、仕事は？　先週から高田《たかだ》さんとこで働きよるんやなかったんか」

「やめた、あそこは好かんけ」

「なして好かんのかちゃ」

「オレ、戦車のフタ造るん得意やろ、あそこは、そげなもん造らん。細《こま》いことばっかりさせるんよ。まぁ、働き口やったらぎょうさんあるけね」

こんなやりとりから、稲吉さんの言った通り、職工さんは働き口に困ることはなく、気の進まない仕事はやらないのだとわかりました。そうなると、やはり穀類膨張機の工場だと太鼓を叩いて人集めしても、なかなか職工さんを確保できないのでしょう。軍需の仕事をしながら、ポーン菓子のことや機械のこと、私の思いを伝えていくしかないのかもしれません。遠回りに思えても、それが近道であり、唯一の道なのだと悟りました。

工場作るまではするするいく思たんやけどなぁ、私、甘かったんや。

じりじりしながら家に戻ると、サト子さんは、はじめから避難する気などなかったかのように、階段の拭き掃除をしていたのでした。

九

「ああ、もうッ、京都と違う言うてるのにっ」

晩ごはんをいただきながら叫んだ私を、サト子さんが心配そうな顔で見つめていました。

空襲警報が解除になってから、稲吉さんは戸畑の街のあちこちを私に見せてまわり、鉄工所にも何軒か連れて行ってくれました。稲吉さんが案内してくれたのは、どこも造兵廠《しょう》の下請けのような工場ばかりでした。稲吉さんにせがんで、何人かの職工さんと少し話すことができたのですけれど、私の言葉を聞くと、みんな判で押したように「京都から来たんやろ」と言いました。

京都が嫌いなわけでは決してありません。けれど、京都人と大阪人では気質みたいなものが違うと思うので、誤解されたくはないのです。「京都やあらへん、大阪です、京都弁と違いますやろ」と、どの職工さんにも訴えたのですが、それもまた一様に「同《おんな》じっちゃ」と笑われ、あとはなにを言ってもけんもほろろ、まったく相手にしてはもらえませんでした。

「サト子さん、私、えらいこと気づいたわ」

「えらいことっち、なんね？」

戸畑の駅で稲吉さんと会ったとき、「こないなお酒くさい人、大丈夫やろか」と思いましたけれど、稲吉さんはまだマシなほうだったのです。一応は話を聞いてもらえますし、議論ができるのですから。職工の男たちは話そうにも聞く耳を持ってはくれず、とりつく島もありません。それに気づいたときは愕然《がくぜん》として、危うく崩れ落ちそうになりました。

「職工は田舎者《もん》やけ、よそから来た人とはよう話しきらんですよ。ましてや女の話は、誰も聞かんちゃけん」サト子さんは、ニガ笑いしてそう答えました。

「どないしたらええのやろ、これから職工さんに働いてもらわなあかんのに。時間があらへん、早《はよ》子どもらにポーン菓子作ったらな。それやのに私、今日したことというたら、ただ京都と大阪は違う言うてただけや」

「斎藤さんが職工さん見つけに行きましたやろ」

「それや、それ！　なんやの、ほんまに。職工さん探すのに、なんで夜なんや。なんで酒場に行きますのん」

稲吉さんは日が沈む頃になるとそわそわしはじめて、職工さんを探しに行ってくると言って出かけていきました。どう見ても、職工探しよりもお酒を飲むのが目的にしか見えなかったのです。

渡船場《とせんば》近くには築地町《つきじまち》という酒場街があり、いくつかの店には酌婦やお女郎さんもいるとのこと。夜になると仕事を終えた職工さんたちはみな、酒場へ飲みに行くのだと、サト子さんは教えてくれました。

「職工は毎日飲みようけ、そっちのほうがようつかまるんやろう」

「毎日飲むだけのお酒が、なんであるんや」

「さあ、私もよう知らんけど、闇やら横流しやらのお酒が、ぎょうさんあるんかもわからんねぇ」

「職工さん酔うてはりますやん、話になるんやろか」

「酔わんでも話にはならんけ、酒場のほうが座っとるだけええんよ」

「なんちうことや」

頭をかきむしる私に、サト子さんはやわらかい口調で言いました。

「大阪から来るだけでもひどいのに、よう気張るんやね。トシ子さん、体壊さんごとしてね。トシ子さんのしよること、相当立派なことやけ、ウチがしきることはなんでもします」

サト子さんのやわらかな声に、張りつめていた気持ちが少し、ふんわりしたような気がしました。声の大きさはヤエさんの半分もありませんけれど、サト子さんの言葉にはこちらから耳を傾けずにはいられない、不思議な力があるように思えたのです。

「ハル子ちゃんのお父ちゃんは、どんな人やったん？」

私がそう訊ねると、サト子さんは少しはにかんだような笑顔になりました。

「あん人は造兵廠の中でも事務職で、酒も飲まん人でした。本が好きやったけ、あんまりしゃべらん、静かな人やったね。ハル子のことは、よう可愛《かわい》がりました。よう、びびんこしよったけ、ハル子も嬉しそうやった」

「びびんこ？」

サト子さんは、「びびんこ」にどんな言い方がほかにあるのかわからず、手振りで見せてくれました。

「ああ、肩車や！　大阪ではな、肩くまとも言いますねん」

「ここいらでは、びびんこよ。肩車っち言うても誰もわからんよ」

ふたりで少し笑ったあと、サト子さんは空襲で旦那さんが亡くなった日のことを話してくれました。

「そん頃は、親子で小倉に住みよったんよ。あん人は当直やっち言うて、造兵廠に泊まりやった。夜半過ぎに、遠くのほうで警報が鳴ったんです。そんときには本土はどこも空襲はなかったけね、私も空襲やっち思わんかった。やけど、そのうち近所の人が騒々《しゃあ》しくなったけ、えらい胸騒ぎがしたんよ。案の定、やった」

サト子さんは淡々と話していましたけれど、心の奥のほうに、深い深い悲しみが秘められていることが伝わってきました。

悲しい出来事を人に話せるようになったとしても、悲しみが消えたわけではありません。ふと、ひとりのときに思い出すと、立っていることさえできなくなってしまうこともあります。私も、教え子のヨシ子ちゃんが飢えて死んだときのあの痛みが、折に触れ頭の中で暴れ狂います。心の傷とは、そういうものなのでしょう。月日が経っても、心の傷はなくなりません。何度でも血が噴き出てきます。前に進みたければ、傷があってもなんとか生きていけるようになるしかない、それしかないのです。誰に、なんのために負わされたのかわからない傷であっても。

「ハル子をびんこしよった腕は吹き飛ばされたけん、両方ともなくなってた。持ち物も服もみんな焼けたけ、なんも残らんかった。どげな思いで死んでいったかも、なんを言いたかったかも、なんもわからん。昼までハル子と遊んどったあん人は、地面に転がる炭になっとった。息もしちょらん、ただの物になってた。真っ黒焦げになって、ところどころ焼けとらんとこが赤いんよ。ハル子に見せられんごとなっとったけん、お別れもさせられんかった」

　サト子さんは、泣きませんでした。泣いたのは、私です。

　サト子さんは白湯《さゆ》を沸かして、私の前に置いてくれました。

「戦争は、いややね」

「そうやね」

　大阪でも戸畑でも、「一億総玉砕」というチラシが街のあちこちに貼られていて、戦争がいやだなどという言葉は、迂闊《うかつ》に口にはできません。でも、昨日初めて会ったばかりでも、サト子さんの前では言えました。私とサト子さんの、まったく違う場所で味わった悲しみが、このとき、ぴったり重なったように思えたからです。そんな気持ちになったのは、はじめてのことでした。

　そこに、がらっと引き戸を開けて入ってきたのは、いい具合に酔った稲吉さんです。

「おう、べっぴんさん、調子はどうね」と、ご機嫌な声で言い、千鳥足で座敷に上がってきました。

「稲吉さん！　調子はどうねやあらへん、ハル子ちゃん寝てるし」

　稲吉さんは、サト子さんが汲んできた水を一気に飲み干すと、にやりと笑い、「職工、集まりそうや」と言ったのです。

「ほんまに！」

「ああ、あとは工場を首尾よう決めんといけん。それもな、鉄工組合の偉い人に会わせちやる。明日の夜、ちょうど組合の会合があるそうやけ」

「それも夜？　なんで夜やの？　夜の会合てなんなん？」

そう聞いたのですけれど、もう稲吉さんはいびきをかきはじめていたのでした。


翌日、早朝に目覚めた私は、夜の会合まで時間を持て余し、三通の手紙を書きました。戸畑の様子を詳しく書きたいところなのですが、手紙には書けないことがたくさんあります。大阪よりも戸畑のほうが食糧事情が少しはいいこととか、職工が酒ばかり飲んでいるようだとか、そんなことは書けません。軍の検閲は恐ろしいものだったからです。

修造さんに宛てた手紙には、体の具合はどうですかからはじめて、ちゃんと胸の治療をしてくださいと書き、子どもらにくれぐれもよろしくと結びました。子どもらの様子をたくさん聞きたいけれど、修造さんも検閲を気にして、「子どもらは元気でやっている」としか書けないことはわかっていました。

龍華町の祖母やヤエさんには検閲以前に、心配をかけるようなことは書けません。戸畑は思いのほか住みやすそうで、すべて順調にいきそうだとしか。

芳乃からは返事はないと知っていましたけれど、気持ちが伝わればいいと思って、ただただ感謝していると短く書きました。

「お仕事は夜やん、ゆっくり寝とって」と、サト子さんは言ってくれたのですけれど、そわそわして、とても横になっていられそうにありません。郵便局へ手紙を出しに行ったり、洗濯を手伝ったりと、こまごましたことをやり続けているうちに昼になったのでした。

午後になると、昨日の夜中に帰っていった稲吉さんが再びやってきました。

「昨晩は、ええ具合やったね」と腰に手をあてて私が言うと、「あげな酒で酔えんちゃ、金魚酒やったけ」と稲吉さんは答えました。

「金魚酒？」

「金魚の泳げるごと薄い酒ちゃ」

その金魚酒を飲みながら、稲吉さんは何人かの職工さんに声をかけ、ちょうど勤め先をやめたばかりの男をたくさん見つけたと言っていました。工場の場所が辺鄙《へんぴ》なところだといやがられるので、職工を集めるにはどこに工場を開くことになるかが重要だとも。

「六時頃、鉄工組合の会議所に偉い人が来るけ、ちいとええべべ着て支度しとって」

「わかりましたけど、なんで仕事の話を夜にしますのん？」

「仕事の話っち、酒飲んでするもんやろ。昼間に言うても、誰も聞く耳持たんちゃ」

偉い人やのにそこは職工と変わらへんのんかと思いましたけれど、事実、それが製鉄と鉄工の人々の常識だったのです。のけぞる私を後目《しりめ》に、夕方に迎えに来ると言って稲吉さんはいったん、引き上げていきました。

呆れてる場合やないわ、今晩、正念場やないの。

素早く気を取り直した私でしたけれど、とりあえず、じっと夜を待つ以外にできることはなにもありません。かといって、なにもしないでいるとそわそわして仕方がありませんでした。

身の置き所がない気持ちでいるところに、サト子さんが「落ち着かんねぇ、神頼みでもしたらどうね」と笑いながら言いました。近くには、戸畑八幡《はちまん》神社という大きな神社があります。戸畑に来たご挨拶も兼ねて、行ってみることにしたのでした。

空はよく晴れ、参道の樹々《きぎ》は青く茂っていました。

鳥居を見上げながら高い石段を上りきり、振り返ると、戸畑の街が見渡せます。それを眺めていると、白い雲の中に、酒くさい息を吐きながら銃弾を造る男たちの黒い顔が浮かんで見えるような気がしました。

いままでの私は、いったん今日で終わりや。これからは職工たちといっしょに軍需品を造る私になるんや。

そんな実感が急に込み上げて、少し目の前が滲んできました。もちろん軍需品を造るのは、穀類膨張機を造るための手段ではありましたけれど、なんとなく、修造さんや子どもらに対して申し訳ないような気持ちになったのです。

もう決めたことや。めそめそしてても、しゃあない。

手水舎《ちょうずや》で手を清め口を清め、振り向くと、そこには大阪の神社では見たことのない光景がありました。神殿の前には木の細枝のような、はたまた根っこのようなものがびっしりと一面に敷きつめられていて、そのそばでひとりのお婆さんが、それを数本ずつまとめて束にしていたのです。

黙々と働くお婆さんをよけるようにして神さまに手を合わせ、帰ろうとすると、お婆さんは顔を上げ、私に笑いかけてきました。

「こんにちは、これは何ですか」そう聞くと、「藤葛《ふじかずら》よ」と、お婆さんはかわいらしく笑って答えてくれたのでした。

「祇園大山笠《おおやまかさ》があるかもしれんけ、それに使うんよ」

「祇園！　そうや、戸畑でも祇園さんしはるて、聞いたことあります」

京都で母の言ったことは本当だったのだと嬉しくなった私に、お婆さんは、祇園祭をやるのであれば、その主役である山笠という大きな神輿《みこし》のようなものを造る、その際は釘を使わずにこの藤葛で縛って作るのだと教えてくれました。

「山笠いうんですか、見たことないなぁ」

「でたん大きい櫓《やぐら》みたいなもんにな、キレイな提灯《ちょうちん》をぎょうさんつけて、夜に何十人もの男らが舁《か》くんよ。それがいくつもいくつもあってなぁ、それはそれは夢ん中にいるごと美しいんよ」

提灯と聞いて、正直、今年はやらないだろうと思いました。空襲を警戒して、街は灯火管制されています。夜は窓にも電燈にも黒い布をかぶせて、明かりが外に漏れないようにしていたのです。マッチを擦っただけでも敵に見つかるとさえ言われているのに、提灯など、ここに大勢人がいると敵機に教えているようなものです。けれど、祭りを楽しみに懸命に作業しているお婆さんに向かって、そんなことは言えません。

「職工さんもお偉いさんもいっしょになって、無礼講でお祭りするて聞いてます。楽しみやね、いつ頃のお祭りなんですか」

「七月やねぇ」

「息子さんはいてるんですか、息子さんもお祭りしはるんですやろか」

そう聞くと、それまでにこやかだったお婆さんの顔が、にわかに曇りました。お婆さんはうつむいて、ぽつりと言ったのです。

「息子は死んだ、製鉄で鉄の下敷きになったんよ」

「そうですか」

私は、言葉を失いました。

「これからもお参りさせてもらいますさかい、また会いましょう、体に気ぃつけて」とだけ告げ、そそくさと退散してしまいました。そして、職工さんが鉄の下敷きになって亡くなったということが、妙に頭に残ったのでした。

職工さんの仕事も、きっついとこあるんやなぁ。必死でやらな、命を落とすことさえあるんや。

製鉄や鉄工の男たちは徴兵もされず飢えることもなく、酒ばかり飲んでいるという偏った印象が、きっと、私の頭の中で膨らみつつあったのだろうと気づいたのです。

家に戻り、引き戸を開けると、開けた瞬間に、「ハル子ッ」と叱りつけるようなサト子さんの声が聞こえてきて、お婆さんの話はそこで全部忘れました。

「なして、しゃっちがはぶてるんね、お母ちゃん、許さんけね」

「はぶてちょらん！」

「はぶてちょるやろ」

サト子さん母子は、二階にあるサト子さんたちの部屋にいるようでした。私の部屋はその隣です。夜に着る服を行李から取り出さねばならない私は、どうしたものかと戸惑いました。息を呑んで階段を上り、ふたりに気づかれないよう忍び足で部屋に入ると、隣の部屋からの声はかなり筒抜けであることがわかったのでした。

「あん人、好かんかんちゃ!」

「なして好かんのかちゃ、トシ子さん、ええ人やろうもん」

どうやら話しているのは私のことだということがわかり、「なんやて」と、耳がぴんと立ちました。

子どもでも好きな人と嫌いな人がいるのは、それは当たり前のことです。けれども、ちょっと自慢しますけど、私の学級で私を嫌う子どもはひとりもいませんでした。最後の授業の日、子どもら全員が泣きながら見送ってくれた思い出は、宝物のように胸にしまってあります。そんな私のことが、なぜ嫌いなのか。

「あん人、睨んでくるもん」ハル子ちゃんは、そう言いました。

私、いつ睨んだんやろ。稲吉さんとしゃべってるとき、怖い顔になってるんやろか。あ、ハル子ちゃん、堪忍。怒ると怖い顔になるんは、育ちのせいや、ヤエさんのせいなんや。

ヤエさんに対して失礼極まりないことを考えながら、そっと階段を下り、しれっとして

「ただいま」と大きな声で言いました。ふたりの言い争いは、そこでピタリと止まったのでした。

戸畑鉄工協同組合《とばたてっこうきょうどうくみあい》の会議所は、渡船場からほど近い海沿いにありました。そのあたりは日本製鉄などの大工場のまわりに、中小の工場がひしめくように建てられています。住宅地からそこへ向かうと、いつも煙の中へ突っ込んでいく感じがしたものです。

会議所は鉄筋で造られた立派な建物で、初めて訪れた私は瞠目《どうもく》しましたけれど、入った途端に酒の臭いが鼻をつきました。二階の広間の大卓には一升瓶がところどころに置かれていて、私と稲吉さんが着いたときにはもう、すでに二〇名ほどの役員らが、いい具合にできあがっていたのです。そう、会議の実態はまるっきり酒盛りです。とにかくお酒くさくて、空気を吸っただけで酔いそうでした。

隣県も含め、この地方には地酒の醸造所が数多くあり、戦時の厳しい規制下にあっても、実力者たちはこっそり買いつけていたのです。

稲吉さんは私を、組合の事務長のところに連れて行きました。五名ほどの年配の男たちでかたまって飲んでいた事務長は、あの日本橋の照井商事のガマ男と、ぎょっとするほど顔がそっくりでした。

「おお、あんたか、斎藤さんから話は聞いちょる、工場造るんやろ」

「はい、橘トシ子と申します。なにもかも初めてですさかい、右も左もようわかりません。いろいろと教えていただければと思てます。よろしゅうお願いいたします」

挨拶すると、私がよそ者だからでしょうか、ほんの小娘だからでしょうか、その場にいた全員から奇異な目が一斉に注がれました。

「あんた、京都から来たんか」

「京都と違います、大阪です、京都弁と違いますやろ」

「同じっちゃ」

事務長のその一声で、その場にいた人たちは大声で笑いはじめ、あとはなにを言っても、聞いてはくれませんでした。そう、組合の人々も職工さんたちと同じ反応だったのです。

ふと見ると、稲吉さんは私のそばから離れ、別のチョビ髭の男と楽しそうに飲んでいます。稲吉さんが物件の話を切り出してくれなければ、私は突っ立って笑われているだけで、なんの話もできません。

なにしてるんや、稲吉！

苛立《いらだ》ちが脳天を突き抜けそうになったとき、ふと思い出したのは芳乃の顔でした。「機械を造るいうことは、事業を作るいうことや。あんたは、事業家にならはるねん」という、芳乃の言葉。

そうや、私は事業家なんや、ここで堂々とせな。子どものためやったら、私、なんかてできるはずや。

「あのう、お話の楽しそうなところ、えらいすみませんっ！　今日は私、工場物件の話聞きに来ました！」

広間じゅうに響く大きな声で、私は吠《ほ》えるように言いました。稲吉さんは目を丸くして、こちらを見ています。

「事務長さんに聞かれへんのやったら、どちらさんに聞いたらええんでしょうか、戸畑の人は親切や言われてますさかい、厚かましい伺わしてもろてます、えらいすみませんっ！」

獅子《しし》みたいに吠えてしまったけどなぁ、誰もなんにも言うてくれへんかったらどないしよう。

広間が一瞬静まって空気が止まったようになる中で、私はたじろぎながら立っているしかありませんでした。

誰か、なんか言うて。

額から脂汗が出そうになっていると、低く響く声が沈黙を破ったのでした。

「おお、大阪から来た橘さんか。話は聞いちょるけ、こっち来《き》ぃ」

声のしたほうを向くと、そこには白髪の紳士が座っていました。取り巻きに囲まれているところを見ると、役職の高い人のようです。助け船の到来やと思った私は、つかつかと歩み寄りました。「橘トシ子と申します、このたびはお世話になります、よろしゅうお願いいたします」と、勢いよく挨拶する私に稲吉さんが駆け寄ってきて、「長谷川《はせがわ》さんち言うて組合の理事長さんや」と耳打ちしました。

助かった、なかなか上品そうな人や。

一瞬だけそう思ったのですけれど、理事長さんが上品なのは、顔だけでした。「なかなかかわいい顔しちょる」と言いながら私を隣に座らせ、脚にぽんぽんさわってきましたし、「ワシは酒も飲まん奴《やつ》とは話はしきらんけの」と、お酒などお屠蘇《とそ》ぐらいしか飲んだこともない小娘に杯を押しつけてきたのです。

広間の空気が、ぎゅんと濃くなりました。誰もが、私に注目しているようです。小娘の私が「お酒は飲めません」と、半泣きになるのを期待しているに違いありませんでした。

なめられたらあかん、なめられたら終わりや。こうなったら、飲んだる。飲めるて、私、もう二十歳《はたち》やんか。酒など、誰かて飲んではる。毒を飲むわけやないんやから。

私は理事長さんを見据え、ぎゅうっと笑顔を作り、はったりを飛ばしました。

「こないな小さいお猪口《ちょこ》やのうて、大きいお湯呑《ゆの》みでいただけますか」

稲吉さんが、目玉が飛び出しそうな顔でこちらを見ていました。理事長さんは顔が緩んだような表情で笑い、「湯呑みに酒注《つ》いで持って来《き》なぃ」と、取り巻きに命じたのでした。

この広間にいる人の中ではだいぶ若い、背の高い細身の男の人が、湯呑みを私に渡しました。私の目の奥を覗くような顔をしたので、なんやろ、と思ったのですけれど、大きな湯呑みにはあふれそうなほどのお酒が注がれていて、手加減する気は一切ないようでした。

「そしたら、遠慮なく」

もう、破れかぶれや。

そう思って一口目を飲んだとたん。

驚きのあまり吐き出しそうになりました。

なんやの！

湯呑みの中のお酒だと思っていたものは、水だったのです。

吐いてはならないと、一気に飲み干すと、広間にいた全員から「おおおっ」という声が上がりました。

「おいしいわぁ、仕事の話で来たんやなかったら、もっとおいしいんやろけどなぁ。すみません、今日は飲んでも酔えまへんのや、堪忍してください」

「わははははっ、気に入った！」そう理事長さんが言うと、男たちは一斉に笑い出し、広間の天井にその声が響きました。

湯呑みを渡してくれた青年が、年輩の男たちに翻弄される若い娘を哀れに思い、お酒ではなく水を注いでくれていたのでしょう。その青年に、目でお礼を伝えようとしましたけれど、その人はにこりともしないまま、帰るまで一度もこちらを向いてはくれませんでした。

頃合いを見て私は、理事長さんに向かって、また大きな声を出しました。

「聞いてください、理事長さん。理事長さんは立派なお方です、こないな若輩者《もん》が戸畑で工場するやなんて、おかしい思われるかもわかりません。ままごとや言う人かていてるでしょう。ようわかってます。そやけど私、本気で戸畑で根を生やそう決心してます。いろいろな人の気持ちを背負って、ここに来ました。理事長さんやったら察してくれはりますやろ、ほんまにどうか、どうか、よろしゅうお願いいたします」

真剣な目を理事長さんに向けてそう言い、私は床に手をついて頭を下げました。理事長さんはそれを愉快そうに笑って見ていました。

「まぁ、座りぃ」

そう言ってガマ事務長を呼び、空き物件の一覧表を持ってこさせたのでした。

一〇

私の工場「タチバナ機械工業《きかいこうぎょう》」は、工業地帯の一角に、なかなか良い立地で開業し、生産を開始することができました。戸畑鉄工協同組合の理事長・長谷川さんが、空き家の工場を居抜きで使えるように手配してくださったのです。

建物はもちろん改築せずにすみ、電気工事などの必要もありませんでした。旋盤などの機械もたくさん譲ってもらえましたし、足りない機械や工具なども安く買えるよう融通していただきました。さらに、理事長さんは日本製鉄の下請け製造を、ご自分の工場の仕事を分ける形でまわしてくださったのです。

「ほんまに、なんてお礼を言うたらええか」

深々と頭を下げてお礼を言った私の脚に、理事長さんがまた、ぽんぽんさわってくるのが少々気になりました。

長谷川さんのことよりも、もっとモヤモヤしたのは、ほかでもない自分自身に対してでした。請け負ったのは軍用自動車の部品製造で、「直接人を殺す道具やなくてよかった」と、どこかでほっとする自分がいました。その一方で、そんな自分に対して、「軍用品には違いないんやから、ほっとするのんもおかしいやろ」と責める自分もいたのです。まるで、ふたりの私が喧嘩しているみたいでした。

「でたん立派な工場やね、よかったねぇ」

ハル子ちゃんと工場を見に来たサト子さんがそう言ってくれても、なんとはなしに、心から晴れやかな気持ちにはなれません。

あかんあかん、確実に穀類膨張機に近づいてるんや、そこを目指すことだけ考えな。そんなふうに気を取り直し、とにかく前を向くしかありませんでした。

稲吉さんは、夜な夜な酒場に行って、職工さんたちを確保してくれました。

「若《わ》けぇの五人、熟練二人つかまえたけ、充分やろ」

鼻高々な様子の稲吉さんは、工場の開所式をやろうと目を輝かせて言いました。開所式をやれば日本製鉄や鉄工協同組合がお祝いに内緒でお酒をくれることを知っていて、きっとそれが目当てだったのだと思います。まぁ、景気づけも大切なのかもしれません。操業を開始する前日に、私とサト子さんで工場を隅から隅まで掃除して、その日の夕方に開所式をすることにしたのでした。

こぢんまりした工場でも、本気で磨こうと思えば丸一日かかります。朝から何度、雑巾を絞ったことでしょう。気がつくと私もサト子さんも汗だくになっていました。

学校が終わってからハル子ちゃんも来て、「機械に近寄ったらいけんよ」というサト子さんの言いつけ通り、隅っこに腰掛けていました。

「ハル子ちゃん、白墨あるで。絵描いてみる?」

そう言ってみましたが、ハル子ちゃんはくるりと背中を向けて、布袋から麻紐《ひも》を取り出してあやとりをはじめたのでした。

ハル子ちゃんは一向に、私になついてくれる気配はありません。一度、サト子さんにえらく叱られて、挨拶だけはしてくれるようになったのですけれど、話しかけてもほとんど口をきいてはくれません。それどころか顔もこちらに向けてくれず、私のことを目に入れないようにしている様子だったのです。

私はずっと、子どもと接するのは得意だと思っていました。けれど、ハル子ちゃんのつれなさは、そんな私の自信を揺さぶって、ひびだらけにしていきました。次第に私も、ハル子ちゃんのほうを見ないようになったのです。子どもに嫌われるのは初めてのことで、子どもが好きで好きで仕方がない私にとっては、正直言って痛すぎることだったのでした。せめて、ぶつかり合うことがないように、距離を置いておきたかった。というよりも、子どもを相手にイライラを感じる自分になるのが怖かったのかもしれません。

なるべくハル子ちゃんがいることを意識しないようにしながら、ひたすら雑巾がけに熱中していると、「何回言うたらわかるんねッ」というサト子さんの大きな声が耳に飛び込んできて、驚いた猫のように飛び上がってしまいました。

「それはもう、つまらん！　直しきらんち言いよろうもん」

叱られて項垂《うなだ》れるハル子ちゃんの手元を見ると、ブリキでできたおサルさんのお人形が握りしめられていました。私も昔、似たようなものを持っていたのですけれど、たぶんゼンマイで動く舶来のおもちゃです。

「斎藤のおじちゃんに頼んだらいけんの？」

ハル子ちゃんは目を真っ赤にして言い返していました。

「お父ちゃん、壊れたら職工さんに直してもらいなさいち言ったんよ」

聞くともなしに話を聞いていると、そのおもちゃはハル子ちゃんのお父さんが亡くなる前にくれたものらしいことがわかってきました。お父さん子だったハル子ちゃんには、いちばん大切なものだったのでしょう。

「こげな敵性品、持っちょるんが人に知られたらどうするんよ」

サト子さんがそう言うと、ハル子ちゃんは黙ってしまいました。

「お母ちゃん、もう知らんけね」

水を汲みに行ってしまったサト子さんの背中を、ハル子ちゃんは泣きそうになって見つめていました。

「それ、壊れてもうたん？　動かへんようになったんかな」

背中からそう話しかけてみると、ハル子ちゃんは振り返って私を見上げ、眉をぎゅっとひそめて睨みつけてきました。しかし、怯んでいる場合ではありません。小さい頃から機械いじりをしてきた私の、まさに腕の見せどころだったのです。

「ちょっと、見せてもろてもええ？」

ハル子ちゃんは躊躇しているらしく、差し出した私の手をじっと見ています。

「それ、ゼンマイで動くやつやろ、ゼンマイがダメになってへんかったら、直せるで」

息を呑んで待っていると、ハル子ちゃんは恐る恐る私の手のひらにおもちゃを乗せてきました。

よっしゃ、もうこっちのもんや。

かわいらしいブリキのおサルさんの外観にはサビや疵《きず》やへこみはありません、落としたりぶつけたりはしていないのでしょう。ゼンマイのネジを巻いてみると、ゼンマイ自体はしっかりしているようでした。

「なんで動かへんのやろ」

首をかしげながら振ってみると、カランカランと音がしました。

「ハル子ちゃん、聞いてみて。な、音するやろ。これな、中で歯車かなにかが取れて落ちてるねん。これやったら直せるわ、待っててや」

私は俄然《がぜん》、はりきりました。工具箱を持ってきてネジ回しを取り出すと、ハル子ちゃんに見せながら、おサルさんの中を開けたのでした。

「やっぱりや、歯車が落ちてた。自然にゆるんだんやな。つけてみよか」

ハル子ちゃんは興味深そうに、じっと私の手元を見ていました。妹が小さかった頃と同じ目です。歯車をつけて、中をキレイに掃除して油を注《さ》し、おサルさんはすっかり元通りに。ゼンマイを回してみると、元気いっぱい動き出しました。

「直った、直ったで、ハル子ちゃん！」

なんだか私のほうが嬉しくなってしまい、有頂天になって手を叩きました。けれど、ふとハル子ちゃんの顔を見てギョッとなってしまったのでした。ハル子ちゃんは、親の敵《かたき》でも見るような表情で私を睨んでいたのです。

「直してもらったんか、よかったねぇ、ハル子」

戻ってきたサト子さんの声に振り向くと、その隙にハル子ちゃんは私の手からおサルさんをひったくり、自分の布袋を掴んで飛び出して行ってしまったのでした。

「ハル子ッ！」

背中に向かってサト子さんが叫んだのですけれど、ハル子ちゃんは振り返ることなく角を曲がっていってしまいました。たぶん、家に帰ってしまったのでしょう。

「ごめんなさい」

サト子さんが眉を八の字にして、頭を下げました。

「ええんよ、私、わかってます。子どもは追いかけたら逃げるもんや。大人が楽しそうにしとったら、自分から寄ってきます。ハル子ちゃんも、いつまでも子どもやないし、うまくやっていけるようになりますて」

そう言いながらも、これからハル子ちゃんがどんどん難しい年頃になっていくことを考えると、心の暗雲が晴れない私だったのでした。

夕方近くになって、稲吉さんが職工さんたちを連れてやってきました。

稲吉さんのうしろをぞろぞろと歩いてきた職工さんたちを見て、私は言葉を失ってしまいました。戸畑に移ってから何人も職工さんを見てきましたから、ある程度の想像はしていたのですけれど、それをはるかに上回って不潔だったのです。

七人が七人とも、煤で真っ黒になったまま何日もお風呂に入っていないかのようでした。

とても、近寄れません。

「みなさん、橘トシ子です。よろしゅうお願いいたします。挨拶はあとでゆっくりするさかい、ここでちょっと、座っといてください」

そう言って、稲吉さんだけを奥の事務室に引っ張って行き、「開所式やいうのに、みんな汚すぎるわ」と文句を言ったのでした。「今日は日本製鉄の方かて鉄工組合の方かて、戸畑神社の神主さんかて来はるんやで、あんな臭いやったら会わせられへん。なんとかしてや」

「風呂屋に連れて行くわ」

「ちょうど今日、お風呂屋さん開《あ》く日やけど、まだ開いてへんやろ」

「水でもいいけ洗わせてくれち言うわ」

「もうじきサト子さんが料理持ってくるし、私も縁台置いたり支度するさかい、その間に行ってきて」

稲吉さんが職工さんたちに風呂屋に行くことを告げるのを、事務室からそっと覗いていると、稲吉さんは「トシ子さんが、おまえら臭くて汚いけ風呂屋で洗って来いっちぞ。まだ風呂屋に早いけ、水で洗えっち言いよん」と言いました。

なんやの、そんな言い方っ。そんなん言うたら、私が悪者やないのっ。

やきもきしながら見守っていたのですけれど、職工さんたちは気分を悪くした様子もなく、にやにやしながら稲吉さんに連れられていきました。

少しだけほっとした気持ちになったり、先が思いやられるような気持ちになったりしながら、開所式の支度をしていると、風呂敷に包んだ一升瓶を携えたひとりの青年が工場に入ってきました。歳は修造さんより少し上でしょうか、まっすぐに人を射抜いてくるような目をしていました。国民服が軍服に見えるぐらい、背筋のしゃんとした人でした。

ああっ、この人。

その人は、鉄工組合の会合のとき、お酒と水を入れ替えてくれたあの青年だったのです。いつかまた会えたら、あのときのお礼を言いたいと思っていました。けれど、こんなにも急に向こうから現れるとは予想だにしていなかったので、私は目を白黒させるだけでなにも言えなかったのでした。

「日本製鉄の三浦忠彦《みうらただひこ》と申します。開所、おめでとうございます」

「祝」と書かれた一升瓶を差し出す三浦さんに、どぎまぎしながら「座ってください」と椅子を引きました。けれども、三浦さんは手を前に突き出して首を振り、人手が足らず開所式には参加できないのでお祝いだけ持ってきたと言ったのでした。

「あ、ありがとうございます、お忙しいのに、わざわざお越しいただきまして」

三浦さんは顔を横に向け工場の奥のほうを眺め、「ここで何人の職工に作業させるんでしょうか」と訊ねてきました。

「いまのところ、七人です」

「あと二人か三人ぐらい雇えそうですね。なんの製造をするんですか」

「自動車の部品です。小物が主ですけど、大きいのも少し。鉄工組合の理事長さんとこに入った材料をここに運んでもろて、作業さしてもらおう思てます」

「鉄工組合の理事長というと、長谷川氏のことですか」

「そうです」と返事をすると、三浦さんは顎に拳をあてて、なにか考えている様子でした。

私はやっと気持ちが落ち着いてきて、あのときのお礼を言えそうな気がしてきたので、

「あの……」と、話しかけたのでした。

「先日、理事長さんにお酒を飲まされそうになったとき、助けてくれはりましたね。ずっとお礼を言いたかったのですけど、ごめんなさい、どこへ訪ねて行けばいいものやらわからなかったので。その節は、ありがとうございました」

三浦さんはこちらに顔を向けると、まっすぐに私の目を見つめました。目の奥がほんの少し笑っているように思えましたけれど、なにかを疑っている笑みというか、温かな表情には見えないお顔でした。

「橘さんと、おっしゃいましたね。どうして、戸畑に来たんですか」

三浦さんは静かに、それでいて切り込むように訊ねてきました。

「どうして……ですか……」

私は戸惑いました。日本製鉄はもともとは官営だった会社で、軍と深いつながりがあります。穀類膨張機を造りたいなどとは、とても言えません。けれども、ほかにどんな目的があってここで工場を開こうと思ったと言えばいいのか、別の言い訳を用意してはいなかったのでした。私が答えられずにいると、三浦さんは表情を変えずに言葉を続けました。

「軍需品を造って金儲けをしたい連中は、以前も戸畑や八幡にやってきました。けれども今は軍需の製造もどんどん量が減っています。鉄がないのだから仕方がありません。さらにこのへんは、空襲で狙われやすい、それはご存じですよね。金目当ての人間は、みんな消えていきましたよ。あなたぐらいです、祭りが終わったあとに来るだなんて」

理事長さんがこんな小娘の私に、立地のいい物件を、しかも親切に融通してくれた理由を垣間《かいま》見たような気がしました。

「しかも、ここは大阪の若い娘さんが来たがるような土地ではない。なにが目的なのかと思いましてね」

三浦さんの、正面から視線をぶつけてくるような目。嘘をついたら見透かされそうな目でした。どう答えたらいいものかわからない私は、露骨に話をそらしてしまいました。

「こちらの言葉やないんですね、東京の人の話し方みたいやわ。お生まれはどちらですのん？」

「生まれ育ちは八幡ですが、明治専門学校《めいじせんもんがっこう》に入学して以来、戸畑に住んでいます。日本製鉄の鉄工製造部門で、下請けとのモノやカネの出し入れの管理を任されています。工場は全国にありますから、電話でやりとりすることも多い、方言ではうまくいかないんです」

「そうですか、優秀な方なんですね」

「いいえ、戦争のせいで人手不足になったから、いろいろ押しつけられただけです」

三浦さんは、それ以上追及してはきませんでした。そもそもそんなに関心はなかったとでもいうかのようなお顔をされていたのです。

「あの、先日は、なんで私を助けてくれはったんですか、お酒を水に入れ替えてくださったことですけど」

おずおずと訊ねると三浦さんは、少し冷たい感じで微笑《ほほえ》んで答えました。

「あの酒は天心《てんしん》と言って、江戸時代から伝わる九州の銘酒です。八幡の人間が真摯に造っているものです。味のわからない人間に飲んでほしくありません」

軍需工場が密集する北九州は、軍都と呼ばれた地のひとつです。爆弾や銃弾や戦車、化学兵器などが、ここで造られていました。関東大震災《かんとうだいしんさい》で東京の軍需工場が壊滅してからは、東京はもちろん各地から人がかき集められ、日本軍の兵器製造の要となっていたのです。戸畑からほど近い小倉には、陸軍造兵廠がありました。

私の工場が生産を開始して幾日かが過ぎた頃、鉄工協同組合の理事長・長谷川さんが「造兵廠には挨拶したほうがいいけ、行って来《き》い」と言ったので、「それやったら、もっと早う言うてくれはったらよかったのに」などとブツブツこぼしながら、早朝に造兵廠を訪れたのでした。

戸畑や八幡が工業の街なのに対して、小倉は商人たちの街です。近郊に農家がたくさんあり、漁港もあるこの街は、戦時下でも市場が賑わっていました。お米こそないものの、野菜や麦やお芋やお魚は、大阪の人々が見たら指をくわえて羨むくらいにあります。たくさんの露店が並ぶ市場の中を、みんなが押し合いへし合いしながら買い出しをしていました。そんな、人々の生活の場のすぐ横に、造兵廠の巨大な製造所があるのです。

紫川《むらさきがわ》沿いに延々と製造所が建ち並ぶ敷地の広大さに、思わず目を見開いてしまいました。街がひとつ丸々、製造所でできているようなものです。学徒動員の子どもたちを含め、四万人もの人がここで働いていたのです。そして、一年前の日本初の本土空襲では、サト子さんの夫が死に、一〇代の子たちも八〇人がここで爆死しました。

この土地、全部畑にしたらええんや。

そんなことを胸の中でつぶやきながら歩いていると、背後から「イチ、ニ、イチ、ニ」という若い女の子たちの声と、足音が聞こえてきました。振り返ると、学徒動員で寮生活を送る女学生たち数十人が製造所に向かうところでした。そばには銃槍《じゅうそう》を持った兵隊さんが、一同を見張るように並んで歩いています。

大阪では私の弟妹も、学徒動員により軍需工場で働いていました。朝早くから夜まで休む間もない労働で、毎日くたくたになって帰ってきていたのです。

きっと、あの子たちも疲れてるんやろなぁ。

充分に眠ったり食べたりしていないのでしょう、みんな顔つきが明るくはありません。土色の顔をしていました。それなのに、小走りで製造所に向かっています。そんな子たちに、父親ぐらいの歳の兵隊さんが、「声が小さいッ」と発破をかけるのです。女学生たちが兵隊さんをひどく怖がっていることは、顔を見ればわかりました。

私は動員されることもなく女学校に通い、学ぶ喜びというものを知っています。おいしいものも少しは食べましたし、恋愛している級友もいました。けれど、あの女学生たちには、なんにも与えられません。毎日毎日ただただ朝から晩まで、鉄砲の弾や爆弾の部品などの、人を殺す道具を作り続けるのです。冷たい風や底冷えにさらされながら。

陸軍造兵廠長官が直轄する製造所は、警備の兵隊さんが銃を持ってずらりと並んでいて、空気がぴんと張りつめていました。けれど、あんな女学生たちの姿を見てしまった私には、くだらないものにしか見えません。きょろきょろと製造所を見渡しながら歩いていたせいで、「まっすぐ歩けッ」と兵隊さんから怒鳴られましたけれど、誰の犠牲の上で威張ってるんやと言いたくなったのでした。

挨拶を受けてくれたのは副廠長付きの事務官で、なかなかの高官です。「お国に挺身《ていしん》する歓《よろこ》びを忘るることなく、日々、銃後の守りの精神に則《のっと》り生産に勤《いそ》しむよう……」などと訓示を垂れておいででしたが、あの女学生の顔を思い出すと、ちっとも頭に入ってはきません。あの子たちになにか食べさせてあげてほしい、たまにはゆっくり眠らせてあげてほしい、そう願うばかりだったのです。

造兵廠から出て工場に帰ってくると、七人いるはずの職工が四人しかいませんでした。

年配の職工さんのひとりに「あとの人、どうしたん」と訊ねても、「知らん」としか答えてくれませんでした。工場を開いてから数日が経っていたのですけれど、全員が時間通りに揃ったことは、一度もなかったのです。事務室に入ると、稲吉さんが居眠りをしていました。

「斎藤さん！」

私の声に飛び起きた稲吉さんは「うわぁ」と声を上げ、椅子からずり落ちそうになりました。

「なんで職工さん、四人しかいてへんの？　あと、どないしたん？」

稲吉さんは眉を八の字にして、「オイにもわからん」と答えたのでした。

「わからんですむ思てますのん？　私ら下請けなんやから、納品が遅なったら仕事もらえへんようなるんやで。こんなんで、やっていけますのんか」

「わかっとうけど」

「職工さんの管理、仕入れと生産と納品の管理、お金の出納、これ斎藤さんの仕事なんや。職工さんら、寝てるんやったら起こしてきて」

こんなん言わさんといてほしいわ。

そう思いながら、稲吉さんがのろのろと腰を上げるのを見守っていると、サト子さんがお昼ごはんを運んで来てくれました。

「造兵廠、どうやった？」

そう笑顔で聞いてきたサト子さんは私の怒り顔を見て、素早く空気を読み取ると、「すぐ支度して帰るけね」とニガ笑いして、炊事場に行ってしまいました。

いややわ、私の顔、そないに怖かったんやろか。

そう思っていると、今度は、ますます私の顔を般若《はんにゃ》のようにさせることが起こったのです。

作業場のほうから、「斎藤さぁん」という男の声が聞こえてきました。稲吉さんといっしょに事務室を出ると、職工の信次さんが、頭をぼりぼり掻《か》きながらニヤニヤして立っていたのです。

「信次さん、いま何時や思てるの？　昨日も遅刻やったやないの、ちゃんと時間には来てもらわんと。なんべんも同じこと言わさんといてや」

私は目を吊り上げてそう言いましたけれど、信次さんはただニヤニヤするだけです。ふと、年配の職工さんが工場の外を指差しているのが目に入り、そちらを見ると、薄紅色の着物を着た、白粉《おしろい》の匂いが漂ってきそうな女の人が、工場の中を睨みつけていたのです。

その場にいた職工さんたちは、みんな信次さんと同じニヤけ顔になりました。

「あの人、誰やの」

そう聞いても、信次さんは稲吉さんに目配せするだけでした。

稲吉さんが、あの女は信次さんのツケ馬だと、ぼそりと教えてくれました。女遊びの金が払えずに、馬を引いて来たのだと。

私は二の句が継げませんでした。こんなことでは、とても工場の経営などできないし、穀類膨張機など何年経っても造れそうにありません。穴に突き落とされたような気持ちで立っていると、私のお尻のあたりを誰かがさわりました。

「きゃっ」と声を上げて振り返ると、私のお尻をさわった中年の職工が、黄色い歯を見せて笑い、舌を出したのです。

どないしよ、もう耐えられへん、なんか言うたら泣いてしまう。

そう思いながら震えていると、私の肩を誰かが摑み、うしろに下がらせました。

誰？

そう思っている間に、私の背後から前に躍り出たサト子さんが、私をさわった職工さんの頰を、顔ごと吹き飛ぶぐらいに平手打ちしたのです。

職工さんたちは旋盤を止め、誰もが石のように固まりました。ツケ馬の女も、ただ、あんぐりと口を開けていたのでした。

「あんたらッ、いい加減にしっちゃッ」

サト子さんのあまりの迫力に、誰もが金縛りにあったように動けなくなりました。

「職工がモノ造らんやったら、ただの穀《ごく》潰しやけ、メシ食わせんよッ」

サト子さんが信次さんの胸ぐらを摑み、「なん働かんと遊びよん、あんたはゴミかちゃッ、女将さんに言いつけて遊べんごとしちゃるけねッ」と言うと、信次さんはもうニヤついてはいられず、固まって、初めて見る真顔になったのでした。

「なんしよん！　仕事しッ」

サト子さんの怒号にみんながビクンとなりました。稲吉さんはツケ馬に金を払い、信次さんやほかの職工さんたちも粛々と作業をはじめました。私は呆気にとられながら「サト子さん、強すぎるわ。兵隊にされてまうで」と思ったのでした。

一一

サト子さんから「郵便ですよ」と、大きな封筒を手渡されたのは、工場が生産を開始してから数週間が過ぎた頃です。送り主は、修造さんでした。

「大きな封筒や、きっと子どもらからの手紙も入ってるんや！」

もう、なにもかもを放り出して、もどかしく封を開けたのでした。

ひとつひとつをじっくり読む前にぱらぱらと紙をめくり、みんなの書いてくれた字や絵をまずは見て、ぼろぼろと涙があふれ出るのを止められませんでした。サト子さんが、そっと手拭いを差し出してくれました。

「みんな、字ぃが薄いなぁ」

子どもはぎゅっと力を入れて字や絵を描くものです。なのに、手に力が入っていない感じがしました。おなかが空いて、空いて、力が出ないのでしょう。

東京や大阪での配給は、「海藻麺」ばかりになったという話を耳にしたばかりでした。

海藻麺とは、砂浜に打ち上げられて転がっているような海藻を粉にして、少しばかりのうどん粉をつなぎに麺のように打ち、細切りにしたものだと。それを、塩もしょうゆも味噌《みそ》もなく、なんの味もしないお湯に入れて食べるのだと聞きました。それでも手紙には、「先生、気張ってや」「病気になったらあかんで」などと、私を気遣ってくれる言葉や絵が並んでいたのです。

修造さんからの手紙を開くと、懐かしくて温かい字が躍っていました。あの泣きそうな笑顔や白い歯が、目の前に浮かんでくるようでした。

「トシ子ちゃんが私らしいと言ってくれたことを、一日一日、私らしくやっています。病院へはなかなか行けませんが、体の調子は悪くありません。トシ子ちゃんは、どうですか。体を壊してはいませんか。もし大変なのであれば、すぐに知らせてください。役場に電話をかければ、すぐに学校に伝えてもらえます。新聞を読んではいると思いますが、いまのところ大阪には敵機の襲来はありません。子どもたちのことは訓導たち全員で、やれるだけのことをやっています。心配はしないでください。体にはくれぐれも気をつけて、無茶をしないでください」

検閲もある中で、書けるだけのことは書いてくれていました。子どもたちの飢えの状況が少しでもよくなれば、それがわかることを書いてくれたことでしょう。そうは書かれていないところを見ると、ますます厳しくなっているのだろうことは明らかでした。

みんなが明日生きていられるかもわからないような飢えと闘いながら、それでも私を思ってくれている。なのに、私は工場の運営どころか、職工たちをまともに働かせることすらもできていませんでした。情けなくて、申し訳なくて、唇がわなわな震えました。修造さんや子どもらひとりひとりの顔を思い浮かべるたびに熱いものが込み上げて、目からこぼれてきました。

あかん、めそめそもぐずぐずもしてられへん。先生、気張らな。

私は、職工さんに体当りしていくハラを決めました。

職工たちは、サト子さんの一喝が功を奏して遅刻は減ったものの、一向に真面目に働いてはくれません。毎朝毎朝、酒くさい息を吐きながらやってきては、のろのろと作業し、ひどいときは居眠りすらしている有様でした。サト子さんの雷が何度か落ちて、そのたびに少しはぴしっとするのですけれど、サト子さんの迫力に頼ってばかりでは私がなめられてしまいます。

サト子さんに負けじと私も「ちゃんとしてや！　給金払わんでッ」と大きな声を出すのですが、職工たちはニヤニヤするばかりで、小一時間もすればまたダラダラしはじめるのです。中でも信次さんの態度は、ひどいものでした。

「べっぴんさんよぉ、やり方教えるけ、やってみりぃ。大阪のええとこのお嬢さんには無理かもしれんけどのぅ」と、毒づいてきます。「そんな怖い顔で見らんで。そんな顔するけ、サト子さんの娘も怖がるんちゃ」

冗談めかしてはいますけれど、私がどんな言葉に傷つくのかを知っていて、痛いところを突いてくるのです。憎らしくて、旋盤で頭を削ってやりたいと思いました。

けれども、信次さんは頭が悪いわけではなさそうだということにも気づきました。誰もなにも言っていないのに、私とハル子ちゃんの関係が微妙であることを読み取っていたのです。それに、仕事はちんたらやっているものの、できあがったもの自体は、どれも凛《りん》として美しい仕上がりでした。もし信次さんが一念発起して真面目に働きはじめたら、そのときは工場全体を引っ張っていけるのではないかと思えてもきたのです。

それはさておき、今のままではしかるべき生産高に追いつきそうもありません。信用を失ったら経営が立ち行かなくなることぐらい、私にもわかりました。どうあっても職工さんたちにまともに働いてもらわねば、穀類膨張機などいつまで経っても造れないのです。

修造さんや子どもたちからの手紙を読んで奮起した私は、どうしたものかと考えるうちに、サト子さんが職工をどやしたときに「女将さんに言いつけて遊べんごとしちゃるけねッ」と言ったのを思い出したのです。

「そうか、その手があったか！」私は思わず、膝を叩きました。

こうなったら、酒場に乗り込んで話をつけるしかあらへん。

果たし合いでもするかのような心持ちで、私は、足を踏み入れたことのなかった酒場街、築地町へと向かったのでした。

戸畑から入り江を挟んだ若松《わかまつ》へと往来する船の渡船場のまわりには、何十軒もの酒場がありますす。北九州の歓楽街といえば小倉の魚町《うおまち》がよく知られているそうですけれど、仕事を終えた職工たちが毎日酒をあおる戸畑の築地町あたりも、それに張りあえるほどに賑わっていました。

まだ日も落ちない時間でしたけれど、そんな時間でも街の中は酔っ払いがたくさん歩いています。夜勤明けに飲んでいる職工が大勢いるからです。私とすれ違うと、真っ赤な目で下から上までなめ回すように見てきます。店の戸口では、お女郎さんと思われる女たちが男たちに声をかけていて、私を見るとみんな眉をひそめて睨みつけてきました。

怖いことあらへん、子どもらのためやし！　こんなんで挫《くじ》けたら、修造さんにも申し訳ないわ。

さまざまな視線をはね返すほど、私は肝が据わっていました。稲吉さんが教えてくれた酒場の「玉野《たまの》や」という看板が目に入ってくる頃には、体が熱くなっていて、額にうっすら汗をかいていたほどでした。玉野やは、稲吉さんから聞いた通り、国民酒場《こくみんさかば》よりも少しモダンな飾り窓のある酒場でした。

女将さんに、まじめに働くように職工さんたちを説得してもらわれへんやろか。酒は飲んでも、夜半には家に帰れと。職工さんが変わってくれるためやったら、少しお金を包んでもかまへん。

気持ちをぐっと落ち着けて店に入ると、私の母よりも少し年上ぐらいの、細身の女将さんが出迎えてくれました。ツタ代《よ》さんというお名前であることは、稲吉さんから聞いて知っていました。

店の中にはくたびれた顔をした酌婦がふたり、日向《ひなた》の猫のようにだらだらしていましたけれど、ツタ代さんの身なりはきちんとしていて、背筋も凜としていました。大きな目をカッと見開いてこちらを見るので、私はなにか叱られているような気になり、萎縮してしまいそうでした。これと同じ雰囲気の人を、ほかにも知っています。絶対に噴火させてはいけない人、そう、私の祖母です。

「こんにちは、私、橘トシ子と申します。お忙しいところ、えらいすみません。実は、今日はひとつ、お願いがあってまいりました」

ツタ代さんは、まるで私が来ることがわかっていたかのような顔をしました。

「ああ、橘さんね、職工たちから噂は聞いてますよ。京都から来て工場しよる娘さんやね」

そう言って、口の端を上げて微笑みました。私は京都ではなく大阪から来たのだと職工さんたちには何回も言っていたのですが、きっと職工さんたちにはそんなことは、どうでもいいのでしょう。ツタ代さんは椅子を示して、正面に座らせてくれました。私は市場で買った少しの野菜を「よかったら」と言って差し出しました。ヤエさんからもらった黒飴も少し。ふたりの酌婦が椅子から飛び上がるように寄ってきて、ぜんぶ持っていってしまいました。

「うちの職工、毎日来てるんですか」

「そうやね、毎日来よります」

「このお店だけにですか？」

「そうやねぇ、あちこちの店で暴れて追い出されたけね、当分はうちでしか全員揃っては飲まれんやろねぇ」

「毎日毎晩、宵の口から朝まで酒飲んでて、飽きへんもんなんですか」

そう訊ねると、ツタ代さんはおかしそうに笑い、「職工ち、人の顔さえついとったら女が放っておかんちゃ、絞る銭があるけね」と、貫禄に満ちあふれた表情で答えました。

「でもですよ、でも、戸畑の日本製鉄では学徒動員の子らが昼も夜も働いてます。学業もできずに、おなかも空かせたまま、お国のために働いてはるんです。職工さんだけ呑気に飲んだくれるやなんて、そんなん、許されるんでしょうか。日本製鉄も、ほかの工場も、なんで職工にだけそんなんさせてるのか、私にはわからへん」

ツタ代さんはあからさまに、いらんこと言いな、と思っている顔で「ふんっ」と吹き出し笑いをして、私から目を背けたまま吐き出しました。

「学徒と職工と、どっちが呑気でどっちが深刻か、なんであんたにわかるんよ。学徒は戦争が終わったら、また勉強するんやろ。人間っち、どんなにつらくても、いつか終わると思えば辛抱できるもんちゃ。職工たちは、一生、真っ黒な煙の中に縛りつけられようよ。機械んごと死ぬまで鉄を削って生きるしかないんちゃ。せめて酒でも飲んで、女と遊んで暮らしたいっち思っても、不思議はないわ」

ツタ代さんを説得するのは、どうやら難しいようでした。けれども、大阪の子どもらのことを思うと、私も引き下がるわけにはいきませんでした。

「厚かましいお願いやとは重々承知ですけど、職工たちに、朝までは飲まんように女将さんから説得してもらえませんやろか。もちろん、それなりのお礼はさしてもらいますさかい。私、生半可な気持ちで戸畑に来たんやないんです」

いっぺんに理解してもらえなくても、何度もお願いに来て徐々にわかってもらう方法だってあります。あの祖母にも、そんなふうに説得して、首をタテに振らせたことが何べんもありました。そのためには、なにか揺さぶりをかけるようなことをツタ代さんに言わねばなりませんでした。次に会うときまでに考えておいてもらう、宿題にするためです。

「職工さんがお酒を飲んでばかりいられるのも、お国があるからです。兵隊さんが敵地で戦ってくれているからです。そやから銃後の我々はみんな必死で、無私無欲の奉仕をしてるんやないですか。職工さんらがつらいとしても、つらいんは職工さんらだけやあらへん。誰かてつらいんと違いますか。酒を飲むな言うてるんやないんです、お国のために自分らの仕事ぐらいちゃんとしてほしい言うてるんです。お国がなくなったら、お酒かて飲まれへんようなります」

言っていることが、ちょっと正論すぎるかと思いました。私の中では大事なのは子どもらの命だけでしたけれど、「お国」を持ち出してしまったぶん、少し本心ではないものが混ざってもいました。少なくとも、私らしくはなかったでしょう。けれど、子どもらの命などと言ったところで、この人の胸には響かないだろうと咄嗟に考え、こんな言葉が飛び出したのです。

ツタ代さんは半分笑ったような顔で聞いていましたけれど、その目の奥には怒りの火がついていて、話せば話すほど燃えさかってくるように見えました。焼き尽くされそうで、私は体が硬くなりました。

「お国のため、ですか」

硬直する私に向かって、ツタ代さんは上目遣いに私を見つめてつぶやきました。

「あんたのとこの職工は、あんたのとこにいるかぎり、まともには働かんよ。誰も長く勤めようっち思ってないけ、あんたのところで息抜きしよるんやろ。あんたは職工の仕事を、なんにも知らんけね、なめられてるんちゃ」

夫もかつては職工だったのだと、ツタ代さんは言いました。

職工は誰でも簡単になれると思っているかもしれないけれど、それは違う。工業製品を正確に造るためには、相当な訓練を積んだ職能が必要なのだと。

「職工は何年もかかって職工になっていくんよ。そうやのに伝統工芸みたいな職人と違って、誰も尊敬しよらん、誰も守ってくれん、上に怒鳴られながら鉄を造って、なじられながら鉄を削り続けるんちゃ。煤を浴び、鉄粉を肺に吸い込み続けるけ、誰も長生きしきらん。兵隊が命がけで戦いよる？　日本製鉄に行って職工の仕事のキツさを見てみりぃ、明日死ぬかもわからん、命を削りよるんよ。それでも誰も偉いとは思わん。兵隊は病気や怪我《けが》したら、どうするね？　軍の病院で治してもらうやろ。やけど職工は使えんごとなれば、ぽいと捨てられるだけっちゃ。私の亭主は、巻いてあった鋼鉄板の鉄帯が切れて、跳ね返った厚い鋼鉄に叩きつけられたんよ。歩かれん体になったんちゃ。会社も国も見捨てたけ、職工するほかに何もできん亭主は、身も心もぼろぼろになって海に身を投げたわ。職工はな、橘さん、いつ死ぬかも、いつ捨てられるかもわからんのが怖いけ、酒を飲みよんよ。そうしてでも職工が戦闘機やの戦車やの造らんかったら、誰が造る？　みんなそれをわかっとうけん、飲ましよるんよ。なんも知らん京都の金持ちのお嬢さんがお国のためなんち言うても、誰も聞かんちゃ」

戸畑神社で会《お》うたお婆さんも、息子さん死なはった言うてたなぁ。

ツタ代さんの話を聞きながら、ぼんやり戸畑に来たばかりの日のことを思い出しました。私には、説得も交渉も無理なようです。喧嘩に負けた犬のように退散した私は、製鉄所の煙突がもくもくと噴き上げる煙をじっと見つめながら、工場へと帰っていったのでした。

それからも幾日か、ちんたらと生産する日が続きました。職工さんは相変わらず遅刻してやってきては、昼過ぎまではまともに作業しません。ツタ代さんは私が職工のことをなにもわかっていないと言いましたけれど、機械の前で舟を漕いでいる職工さんたちのうしろ姿を見ただけで、わかろうとする気も失《う》せてしまいます。命がけで働いてきた男たちには、到底見えないのです。

理事長に言われた通りの生産高は、とても無理やな。ああ、開所のしょっぱなから、この始末や。

おそらく、「京都から来たお嬢さんやけ、しきらんやったちゃ」と、理事長からも、あのガマのような事務長からも笑われるのでしょう。そして、仕事を減らされていくのです。私は頭をかきむしりながら、理事長への言い訳を考えはじめていたのでした。

お昼が過ぎて、信次さんらが「ぼちぼちやるか」と欠伸《あくび》をしながら作業場に向かうのを見送り、ひとりブツブツ文句をこぼしながら伝票を帳面に転記していると、遠山《とおやま》さんという中年の職工さんが事務室にやってきました。

「どうしたん？」

「オレの旋盤が、動かん」

遠山さんは手慣れた旋盤でないといやだからと、自分の卓上旋盤をわざわざ運び込んできて小物の面削りなどの作業をしていました。七人の中では、いちばんまともに働く人です。まぁ、七人の中ではですけれど。

見に行ってみると、遠山さんを除いた六人が旋盤を取り囲んで、ぼんやりと眺めていました。彼らに割り込んで遠山さんの旋盤を覗き込むと、焦げた臭いが立ち込めていました。これは間違いなく、中の電動機《モーター》が焼けたのです。寿命がきたのでしょう。

「遠山さん、これはすぐには直らへんのと違いますか。奥にある別の旋盤で作業してもらえまへんやろか」

遠山さんは口をとんがらせて「オレはこの旋盤やないとしきらんけ、それやったら帰る」と、駄々をこねたのでした。

「これは、つまらん。直しきらんけ、もう帰りぃ」信次さんが、面白がって笑いました。

「なに言うてるのん、今日帰ったかて、明日ひとりでに直るもんやないで。違う旋盤でやってみてください、やるだけやってみてもええやろ」

遠山さんは、返事もしてくれません。

「しゃあない、誰か工具箱持ってきてや」

私がそう言うと、みんな怪訝な顔をしましたけれど、年配の職工さんが重たい工具箱を運んできてくれました。外装のボルトをはずして、電動機のあたりを開けてみると、すっかり焦げたような色がついていました。まだ新しい焦げです。さわってみると、もう熱くはありませんでした。お昼休みの間に冷めたのでしょう。私は鋏《やっとこ》でケーブルを摑んで抜き、真っ黒焦げの電動機を取りはずしました。

「電動機が古うて電気が漏れたんや、それで熱なって焦げたんやね」

職工たちは興味津々で、焦げた電動機を覗き込んでいました。私は信次さんに、奥から別の旋盤機を持ってくるように言いました。

「あんた、まさか直せると？」

目を丸くする信次さんの顔を見て、私は、閃きにまかせて言いました。

「直してもええけどな、条件がある」

「条件ち、なんね」

「仕事終わったらな、私も玉野やさんでお酒飲みたいねん。連れてってぇや」

職人たちは顔を見合わせて首をかしげましたけれど、信次さんは愉快そうに笑いました。

「おう、連れて行くわ」

「ほんまやね、嘘やったら承知せぇへんよ」

「おう、男に二言はないけ」

そう言って信次さんが旋盤を運び込んでくると、私は中を開け、同じように電動機を取りはずしました。電動機を固定するねじ穴の位置はぴったり合っているものの、そのねじ穴を設けるためのハネが少し大きくて、遠山さんの旋盤にうまく嵌《は》まりません。

「誰か、このハネを削ったたって」

職工のひとりが簡単に削ってくれました。嵌め込んでねじを止め、ケーブルをつなぐと、今度は電動機に差し込む回転軸の軸棒が小さくて合いません。もう一度ねじをはずして信次さんに渡し、「この軸棒を差し込む穴が大きいんや。まっすぐ回るようにできますか」と訊ねると、信次さんは「まかせぇ」と言って受け取り、見事に取りつけてくれたのです。

「うわぁ、さすがやな！」思わずそう叫ぶと、信次さんはちょっと照れたような顔になって電動機を渡してくれました。それをまた旋盤に嵌め込み、ケーブルを差して、焦げをきれいにして油を注しました。遠山さんの旋盤は、見事に生き返ったのです。八人で歓声を上げたのでした。

「あんた、どこでそげなこと習ったんや」

「機械いじりやったら男に負けへん、日本製鉄の上官になれるわ」

「オイの壊れたラジオも直せるんか」

「朝飯前や、持ってきて」

工場の空気が、そこでガラリと変わりました。なんだかみんな、楽しそうに作業しはじめたのです。やる気になった信次さんの、作業の早いこと。口をあんぐり開けて見ているほかはありませんでした。

なんや、みんなえらい単細胞やな。

半分呆れてはいましたけれど、それでもじんわりと涙があふれてきました。自分のもとで働いてくれる人がいる嬉しさと、その背中の愛《いと》おしさ。それを、初めて教えてもらった気がしました。そう、私も職工さんと少しも変わらない、まさに単細胞だったのでした。

日の暮れる頃、職工さんたちと連れだって八人で、玉野やさんに向かいました。

「飲みきらんやろ」と何度も言われた酒ですが、飲んでみなければわかりません。私は、すっかり覚悟を決めていました。職工さんが酒を酌み交わして打ち解けるのならば、私もしてやろうと思ったのです。

いつもの顔ぶれに女の私が交ざっていることで、酌婦たちは面白くない顔をしました。けれどツタ代さんはほくそ笑むような顔で、私のコップに一升瓶からお酒を注《つ》いでくれました。

「ほんに飲みよる」

「うわぁー」

男たちの声を聞きながら、まずは半分飲み干しました。

「まずくはないなぁ」

そう私が言うと、職工たちは「イケるクチか！」と笑い、次々とコップを突き合わせたのでした。若い頃の女遍歴やら、あちこちの工場で喧嘩した武勇伝などを楽しそうに話す職工さんと肩をぶつけながら、たちまちコップを空にしてしまいました。「弱いほうやないんやね」とツタ代さんに言われましたけれど、きっとそうなのでしょう。お酒て不思議やな、と思いました。普段は口に出せないことを、すらすら言えてしまうのです。

「信次さん、あんた、なんでもうちょっと真面目にせぇへんの？　折角頭がええのに、カビ生えるで」

信次さんは馬のような歯を見せて笑い、「オレは戦車のフタ造るのが好きやけ、細《こま》いのはしきらんちゃ」と言いました。

「戦車のフタやなんて、戦争してる間だけですやろ。終わったらどないするん」私は声をひそめて「戦争な、もう長くは続かへんで。日本は負けるんや」と言いました。こんなこと、滅多に口にはできないのですが、お酒の力です。

「なん言いよん」職工のひとりが戸惑ったように言いました。

「ほんまやで。ドイツが無条件降伏したんや。なんやの、新聞読んでへんの？　日本は東洋の要、ドイツは欧州の要やったんや。ドイツが降伏したんやったら、ソ連かて満洲《まんしゅう》や日本に攻め込んでくるで。支那《しな》かて、そうや。アメリカとイギリスとソ連と支那が手を組んで、日本だけで勝てると思う？　東京も大阪も名古屋も焼かれた、日本が勝ってたら、そんなんされるわけないやろ。もうすでに負けてますねん、その上、味方のドイツが降参してもたんやで」

職工さんたちは、ぽかんと口を開けて聞いていました。毎日明け方まで飲んでいては、新聞など読んでいるはずもありません。戦局についてもなにも知らなかったのでしょう。

「やっぱり、大阪の学校の先生ち、頭のデキが違うわ」遠山さんが、そうつぶやきました。

私は声をひそめたまま、職工さんに語ったのでした。

「戦争終わったらな、もう戦車のフタなんか、よぉ造られへんで。自分ら、大阪や東京の様子知らへんやろ。とにかく鉄がないんや、鍋も洗面器も供出させられてますねん。当面、造るのはそんなもんばっかりやで。大量に造らなあかんねん。そしたら信次さん、どうするん。戦車のフタしか造られへんのやったら、ぽいと捨てられるで、それが職工の世界なんですやろ」

信次さんは、眉をぎゅっとして頷いていました。

「信次さんは頭のええ人や、なんでもできますやろ。ようけ技術磨いたらな、それを教えてお金にすることかてできるんやで。自分でせんでも、指導して監督するんを仕事にできるんや。どう？　戦争終わるんが、楽しみなってくるやろ。みんなも、そうやで。時代はこれから変わる、ひとりひとり可能性がある、その気になったら、日本製鉄の上官みたいになれるんや。いま、うちの工場はちっぽけでもな、新しい技術を身につけていこ。そしたらみんな、ただの職工で終わらへんで」

半分以上は、お酒が言わせた言葉でした。でも、そんな話を、職工さんたちは目を輝かせて聞いたのです。

「よし、もう一杯飲もうや!」

信次さんが威勢のいい声でそう言うと、私と職工さん全員が奇声を発しながらコップを突き合わせたのでした。

一二

修造さんからの手紙には、校庭に植えていたジャガイモがよく実ったと書かれてありました。修造さんが笑顔で芋を茹でて子どもたちに食べさせている様子が目に浮かんできます。

修造さんに会いたい、けれど、修造さんが子どものそばにいてくれて、本当によかったわ。

「畑は校庭だけではありません、寺も飛行場も畑を作らせてくれました。毎日子どもらと農作業をしています。小さい手が土を掘ったり草を抜いたりしているのを見ると、それだけで、なんだか目のまわりが熱くなってきます。私は歌を一曲作りました。『負けへんで』という題名の歌です。畑の行き帰りに、みんなで歌っています。子どもたちのために作った歌なのに、子どもたちの歌声が不思議と自分に元気を与えてくれます。命は、ひとつだけでは弱いのに、ふたつ、みっつ、よっつ、たくさんあると元気を増やすことができる。本当に不思議だなと思います。この命をひとつも減らさずにいたい、それが、いまの私の思いです。トシ子ちゃんは、どうしていますか。いつも子どもたちと『橘先生、早《は》よ帰ってこーい』と、畑で叫んでいます」修造さんは、そう書いてくれていました。

「元気そうにしてはる、ほんまによかった」

そう思っていた矢先、大阪や神戸、尼崎《あまがさき》そして奈良に空襲があったことを新聞で知らされました。それから一週間後、今度は大阪陸軍造兵廠が狙われ、不幸中の幸いにも龍華町のあたりは攻撃を免れたようですけれど、学徒動員で働いていた学生たちが犠牲になりました。死者は千人にものぼったそうです。東京はあの大空襲のあとすでに何度も空襲されていましたし、名古屋では城が焼かれました。

もう、日本中、安心して暮らせるとこなどどこにもないんや。

この九州でも先日、鹿児島がやられました。八幡や小倉、そしてこの戸畑にも、いつまた敵機が襲ってきて焼夷弾を落としても不思議ではありません。なのに、私たちができることといえば、せいぜい消火訓練ぐらいなものなのです。

どこの家でも夜になると、明かりが漏れないように窓に黒い幕を張りました。

「照明弾の一発でも落ちたら、昼より明るくなってしまうけ、灯火管制ち、ムダなんよ」

職工たちはそう言いながら、虚勢を張るように笑い飛ばし、酒を飲んでいたのです。

日本水産などの高い建物の上は、敵機を撃ち落とすための砲台になっていましたけれど、昨年の空襲の際にはまるっきり弾が敵機に届かなかったそうです。

東京や大阪のような空襲がきたら、きっと助からない。そんな諦めが多くの人の表情に影を落としていたような気がします。

「死ぬときは死ぬんやけ」

職工さんたちは酒に酔うと、よくそう言っていました。その顔は「オイたちは死ぬことなんち怖くないけ！」と叫んでいるようにも、「なんでオイたちが死なんといけんのや！」と嘆いているようにも見えました。

職工さんたちとしばしば酌み交わす酒が功を奏したのか、工場の生産はにわかに順調になりました。みんな、お酒くさいのは変わりませんでしたけれど、素晴らしい技能を発揮してくれはじめたのです。稲吉さんが「オイが集めたんやけ」と自慢げなのが少しだけ癪《しやく》に障りますけれど、穀類膨張機の製造がいよいよ目前まで近づいてきている実感が徐々に湧きはじめていました。

田中《たなか》さんという若い職工さんは、壊れたラジオを持ってきて私に直してくれと頼んできました。中の線が断線しているだけだったので、すぐさまはんだ付けして直してあげると、「やっぱり、ただの京都のお嬢様やなかったわ」と、大喜びしてくれました。その翌日、いつぞや信次さんのツケ馬になって現れた女が、壊れたラジオを持って私を訪ねてきました。直してあげると「ありがとう！」と、まくわ瓜《うり》をふたつ置いていってくれたのでした。

信次さんは「すまんねぇ、そのぶん働くけ」と、顔をほころばせていました。

職工さんたちと打ち解けていく一方、ハル子ちゃんは一向に仲良くしてはくれません。私がお酒を飲むようになってからは一層、私を嫌うようになりました。ふと気づくと襖や柱の陰から私を見ていることもあるのですけれど、私と目が合うとすぐに部屋に駆け込んで行ってしまうのです。

まぁ、子どもはお酒を飲む大人は嫌いやし、いまは仕方ない。

そう思って気を取り直そうとはするものの、やはり、そんなときは大阪の子どもたちが恋しくなってしまいます。

そんなある日のことです。

事務室で稲吉さんが居眠りする横で帳簿つけをしているときでした。

私を訪ねてきた人がいたのです。私はちょっと面食らって、思わず「うわぁ」と声を上げながら立ち上がり、お辞儀をしました。

「こ、こんにちはっ、いつも、おおきにっ」

慌てて髪やら襟やら身なりを整えましたけれど、うまく動揺を隠せたかどうかはわかりません。

「生産が順調なようで、組合でも話題になっているようですよ」

そう言って涼やかに微笑んだのは、日本製鉄事務職の三浦忠彦さんでした。相変わらず背筋がしゃんと、眉がきりりとして、まっすぐ射抜くような目をしておいででした。白目を剝いて眠っていた稲吉さんは椅子からずり落ちそうになり、「ふぁっ、あああっ」と奇声を発しながら、よろよろ立って頭を下げました。

「橘さん、ちょっとふたりで話せませんか」

三浦さんがそう言うと、真っ赤な目をした稲吉さんは、「オイは組合の会議所に行ってくるけ」と言って出て行きました。

なんやろ、ふたりだけで話て。

どんな顔をしたらいいのかもわからず、うつむいて言葉を待っていると、三浦さんも少し下を向き、顎に手をあてて深く息を吐きました。そして、きっと顔を上げ、「前にも訊きましたが、橘さんはなぜ、戸畑に来たんですか」と訊ねてきたのでした。

まさか、穀類膨張機のことをなにかで知って咎《とが》めに来はったん？

冷や汗をかき、言葉を出せずにいると、三浦さんは続けて言いました。

「私は、あなたの家が戦争に乗じて商機を狙い、この戸畑にあなたを遣《や》ったのだと思っていました。大阪の金持ちが奇策を弄して、ひと儲けしようとしているのだとね」

三浦さんは、言葉も目も、いつもまっすぐです。

「しかし先日、タチバナ機械工業が長谷川さんから受注している下請け生産の内訳を見せてもらって、そうじゃないのかもしれないと思いました。あの内容じゃ、儲けなんかぜんぜん出ない」

痛いところを突かれました。そうです、長谷川さんからもらった下請けを全部やりきって経費を節約したとしても、かつかつ工場を回していけるぐらいの粗利にしかなりません。細かい経費まで差し引いたら、若干の赤字になるのでしょう。そのことは、だいたいわかっていました。それでもよかったのです、いずれ穀類膨張機を造ることしか私は考えていなかったのですから。けれども、三浦さんにそれを話すわけにはいきません。なにも答えられず、ただ床を見ているしかありませんでした。

「相当な運転資金を持ってきているようですから、あなたの意志で来たわけではないのでしょう。あなたの家はいったい、なにを企んでいるのでしょうか」

そう言ったあとに、三浦さんは少し声を落として訊ねてきました。

「いずれ敗戦となることがわかっていて、その後の需要を狙っているんですか」

「いや、そういうわけでは……」そう言いかけて、私はハッとなりました。

いずれ、敗戦となる。

三浦さんは、はっきりそう言いました。敗戦となるなどと、そんなこと、頭の中で考えたとしても誰にでも言えるものではない言葉です。それなのに三浦さんは、私の前ではっきりそう言いました。

この人、軍は関係なしに、ただ私がなにをしようとしているんか知りたいだけなんと違うか。

私はずっと、三浦さんが私の事業を怪しんで、冷ややかな目で遠まきに監視しているのだと思っていました。けれども、意外とそうではなく、腹を割って話をしたいのかもしれないと、初めて思えたのでした。


工場の中は常に旋盤の音が鳴り響いているので、大きい声を出さないことには話ができません。三浦さんが「人のいない船着き場の隅の空き地で話さないか」と言ったので、私は頷いてついていきました。

その日はよく晴れていて、海面はキラキラした光を放っていました。遠くに漁船が、ぼんやりと見えています。桟橋ではカモメたちが羽を休めていました。この国が戦争の真っ最中で、しかも本土を焼き尽くされようとしているだなんて、まるで嘘のようでした。

「あなたも私も生まれる前のことですが、日露戦争があったのは知っていますよね」目を細くして海を眺めていた三浦さんは、海面の光を顔に映して振り返りました。

「もちろん、知ってますけど」

「あの戦争では、勝ったにもかかわらず国益はなくて、多くの人が経済苦で辛酸をなめました。しかし、軍需産業に携わった鉄工業者たちだけは、ちょっとした財を成したんです。戦争に乗じて肥え太った成金たち、長谷川氏もそのひとりです。その後、あなたがまだ子どもの頃、世界恐慌《せかいきょうこう》がありました。世界中の国々もですが、日本はさらに不景気となって、特に貧しい地方では一家離散や身売りなんかが相次ぐほど、ひどい貧困に陥った人たちがたくさんいたんです」

三浦さんが戦争についてちゃんと学んでいたのは、心の底に戦争を憎む気持ちがあるからだということが、口ぶりから伝わってきました。

「資源のある満洲、そして支那全土を手に入れようと突っ走る陸軍を、国はなんとか踏みとどまらせようとした、でも、止まらなかった。アメリカの経済制裁により、ますますひどい貧困に陥った日本国民が、軍を支持したからでもあります。支那と戦争して再びひと儲けしたい成金たちも、こぞって軍をけしかけた。もちろん、長谷川氏もです」

私が子どもの頃にはもう、国民はすべて戦争に奉仕するものだとみんなが思っていました。どうしてそうなったのか、あまり考えたことはありませんでした。背景に貧困があった。

たことも、そのせいで国民全体が戦争へと突っ走ってしまったのだということも、ちゃんとわかっていませんでした。

「ところが支那との戦争は予想外に長引き、日本はますますジリ貧になりました。成金たちも思うようには儲けられなくなったんです。アメリカやイギリスが、支那に味方したからです。まぁ、イギリスは昔から支那にアヘンを売りつけ、香港を奪い取り、支那を食い尽くしてきました。アメリカも苦しい財政の中、支那が欲しくて仕方がないのでしょう。ですから、日本と似たり寄ったりです。貧困に喘ぎ、豊かな満洲の土壌にますます固執した日本はとうとう、その二国を相手取って戦争を始めてしまいました。そしていま、資源も尽き果て、サイパンなどの要地を奪われ、本土を焼かれ、敗れようとしているんです。不景気から一転、また儲けられると思っていた長谷川氏もいまは、アテがはずれて少し捨て鉢な気持ちになっているんでしょう。せめてもの小遣い稼ぎにでもと、あなたに儲けのない生産をさせて、甘い汁を少しだけ舐めようとしているんだと思いますよ。親切にされていると思ったら、大間違いです」

はじめから、長谷川さんを善人だとはこれっぽっちも思っていませんでした。あんなに脚にさわられたのですから。

「わからないのは、そもそも、どうして橘さんが戸畑に来たかということなんです。なにが目的なんですか。それが結果的に、戦争に負けたあとの八幡や戸畑や小倉にどう影響するのか、私の大事なこの北九州がどうなるのか、私はそれが知りたいんです」

三浦さんがここまで自分の本心をぶつけてくれた以上、もう黙っているわけにはいかないと思いました。三浦さんのまっすぐな目は、嘘をつく人の目ではないと思えたのです。

「では、お話しします。覚悟決めて、戸畑に来ました。そやから、三浦さん。いまはこのこと、三浦さんの胸にだけしまっておいてほしいんです。約束してくれますか」

三浦さんは再び、まっすぐな目で私の目の奥を見つめました。

「わかりました、約束しましょう」

私は、大阪の子どもたちの窮状を見るのが耐えられなくなって穀類膨張機の製造を思い立ったこと、必死に設計図を手に入れ、真剣な思いで周囲を説得して戸畑までやってきたことを三浦さんに話しました。三浦さんは縁石に腰掛け、一部始終を真剣な表情で聞いていました。

「戦争はもうすぐ終わるのかもしれませんけど、子どもたちが飢えから救われるのはいつになることでしょう。そやから私、戦争がどうなろうと、一日でも早くポーン菓子作って子どもらに食べさせたいんです」

三浦さんは顔を上げて、厳しい表情で私を睨みました。私は少し怖《お》じ気づいて、後ずさりしてしまいました。

「その機械を造るのには、原価はいくらかかるんですか。価格は？　販路は？　どのように採算をとって、工場を回していく考えなんですか」

私は、なにも答えられませんでした。とにかく、機械を造ることしか考えていなかったのです。

「私、あまりそういうことはわからないんですが、とにかく機械を造ってから考えようと……」

「なにを言ってるんだ！」

大きな声を出されて、私は跳ね上がってしまったのでした。

「飢えてる子どもは大阪だけにいるわけじゃないんですよ、この北九州から全国の子どもたちに行き渡らせなくてどうするんですか。そのためにはきちんと原価を計算し、適正な価格で商流に乗せなくてはならない、利益を出せなかったら供給できなくなるんだ、わかっていますか」

あまりにもごもっともで、私はなにも言い返せませんでした。

「工場に戻りましょう、帳簿を見せてください。どうせ、帳簿のつけ方もわからずにいい

は泣きそうな顔でうつむくしかありませんで

加減にやってるんでしょう」

「いえ、あの、お見せするにはお恥ずかしいので、清書してから……」

「橘さん、あなたは最近、夜な夜な築地町で酒を飲んでるそうですね！」

火を噴かんばかりの剣幕でそう言われ、私は泣きそうな顔でうつむくしかありませんでした。けっこうイケるクチなんですなどと、口が裂けても言えません。

「酒を飲むなとは言わないが、帳簿つけから仕入れ、生産管理、銀行とのつきあい、商流、営業、顧客の後世話、学ばなければいけないことが山ほどあります。明後日《あさって》から週に三日、教えに行きますからしっかり覚えてください。いいですか、自分は甘くありませんよ。ビシビシやりますから、そのつもりでいなさい！」

喉の奥から、「ひぃん」という声が出ました。声に気圧《けお》されてぼろぼろ泣いてしまいましたけれど、願ってもないことでした。

それから三浦さんは本当に週に三日、工場経営のいろはを教えに来てくれたのでした。生徒は、私と稲吉さんです。稲吉さんはついてはこられないだろうと、私も三浦さんも、はじめはそう思っていました。ところが、意外や意外、稲吉さんは目を瞠《みは》るような集中力で三浦さんの教えを吸収していきました。あの稲吉さんが、三浦さんが来る日はお酒も飲まず、前回のおさらいもきちんとしてきて、疑問点はどんどん質問していました。私のほうが焦るほどだったのでした。

三浦さんが教えてくれたのは、経営についてのことだけではありませんでした。小倉や門司《もじ》、八幡や戸畑、黒崎《くろさき》など北九州の歴史、景観の素晴らしい場所、美味しい食べ物、方言、その他もろもろ、北九州について膨大な知識を三浦さんはお持ちで、教えてくれたと言うよりも話し出したら止まらない感じでした。

それがわかるまでは、なんとなく冷たい印象の人でしたけれど、北九州でたぶん右に出る人はいないと思われるほどの郷土愛をお持ちだったのです。

「壇ノ浦から平家の幽霊が来るて聞いたんですけど、ほんまですか」私がそう訊ねると三浦さんは、「本当です」と真顔で言いました。そして、恐怖にひきつった私の顔を見て「わははは、嘘ですよ」と笑い、「でもね、あのあたりは、うまい牡蠣《かき》が獲《と》れるんですよ、真鯛《まだい》もね。きっと平家の幽霊たちもそれを食って、すぐに成仏したでしょう」と、愉快そうにおっしゃったのでした。

日本列島が雨雲に覆われ、九州でも毎日雨が降る日が続きました。

「こげな雨やったら、焼夷弾が落ちても燃えんわ」と、信次さんは冗談めかして言いました。

「なに言うてるのん、焼夷弾落ちたとこ、見たことないんやね。雨なんかで消えるような火やないで、油に火がつくんやから」

そんなことを言っていた矢先、すぐ近くの博多《はかた》がひどい空襲に遭い、千人近くが亡くなりました。静岡と浜松でも三千七百人が亡くなったのです。

新聞には連日、空襲の記事が載っています。読んでいると、大阪で見てしまった焼かれる母子が頭によみがえってきて、思わずしゃがみ込んでしまうこともありました。私は生産を少し止めて、工場の床下の壕をみんなで掘り広げました。福岡の空襲では、狭い壕に入った人々が蒸し焼きになったと聞いたからです。どれだけ広げればみんなが助かるのか、もちろん、それは誰にもわかりません。

工場焼かれたら、穀類膨張機は造られへんようになる。

そんな焦りが私の中に生まれ、どんどん広がっていきました。三浦さんから工場経営について学ぶようになり、目的にますます近づいているような気がしていましたけれど、いつ空襲が来るかと思うと、気持ちがはやって仕方がありません。

いつものように玉野やさんで飲んでいたとき、直前まで悩んではいたのですけれど、思いきって職工さんたちに、穀類膨張機のことを話してみました。それはお菓子を作る機械ではあるけれど、作るのはお祭りのお菓子みたいなものではないし、お金持ちのためのものでもない、少ない燃料で大量の雑穀を食べられるようにするためのお菓子なのだと。

「お菓子？　なん言いよん」

信次さんが、私がなにか冗談でも言ったとでも思ったのか、笑い出しました。つられて職工さんたちも、みんな笑い出したのです。

「パーン菓子っち、そげなもん、誰が食べるんよ」

「パーン違う、ポーンや」

ますます、みんな笑いました。大阪や東京に比べたら、九州にはまだ少しは食べ物がありました。そんなお菓子が必要だとは思えなかったのかもしれません。

「まじめに聞いてや」

必死に訴えましたけれど、そのうち酔ってきた職工さんたちは猥談《わいだん》に花を咲かせはじめてしまいました。どうやら職工さんたちを説得するのも、そう簡単ではなさそうです。

翌日、シラフの信次さんに「昨日言った、ポーン菓子の話、憶えてはる？」と聞いてみたのですけれど、「憶えとるっちゃ、やけどなぁ、難しそうやけ、すぐにはしきらんやろ」と、本気で考えてくれてはいない様子だったのです。

みんなの前で設計図を広げて話してみよか、そしたら、思いつきで言うてるんやないてわかるやろか。

翌日、設計図一式を信次さんの目の前で広げてみたのですけれど、信次さんは面倒くさそうな顔で、「こげなもん、オレが見てもわからんけ」と言って、そそくさと事務室を出て行ってしまいました。

どうしたものかと稲吉さんに相談してみると、稲吉さんは「三浦さんに相談したらどうやろ」と答えました。三浦さんはすべてを知っていると思っているかのようでした。

稲吉さんはすっかり、三浦さんのとりこになっていました。三浦さんが来る日は、いつも庭の犬みたいな顔で待ちわびています。ちょっとでも褒められると、それこそ犬のように走り回りそうでした。

けれども私にとって三浦さんは、ヤエさんが中にいるのかと思うほどガミガミ叱りつけてくる鬼師範でした。私がちょっとでも間違えると、「このくらいのことがわからないのか。真昼の行灯《あんどん》みたいな人ですね、予習はちゃんとやってきてるんですか、酒ばかり飲んでいないで、少しは身を入れて勉強しなさい」と、まくしたててきます。ここのところ、顔を見ると怖くて身が縮んでしまうのです。半泣きの私をいい子の顔をして眺めている稲吉さんが、憎らしく感じるほどでした。

「相談したいことあるて、斎藤さんから言うてくれへん？」

「怖いんか」

「怖いに決まってますやろ、私ばかり叱られてるんやから」

「酒ばかり飲みようけちゃ」

稲吉さんにだけは言われたくない一言です。思わず舌打ちした自分に驚き、「大阪のみんなから北九州に行ってガラ悪なって帰って来た言われたら、どないしよ」と思ったのでした。

それでもハラを決め、家に訪ねてきた三浦さんの前で私は、鋳型と組み立ての設計図、完成図など、すべての図面を広げました。三浦さんは「ほう、これがその機械か」と、目を輝かせて図面に見入っていました。ほんのり微笑んで、子どものように夢中になり、あちこち細部の説明を私から聞いては「なるほど」と頷いていたのです。製造に乗り出す件についても、力になってくれそうな表情でした。

そんな顔を見て少しだけホッとしたのも束《つか》の間、三浦さんは身も凍る一言を言い放ったのでした。「この機械は、橘さんの工場では造れませんよ」と。

「鋳型を造るには専門的な技能と機械と治具《ジグ》、道具が必要です。タチバナ機械工業には、それらはありません。もっとも、鋳型さえあれば、部品を鋳造し旋盤にかけることは橘さんの工場でも可能です。ですが、組み立てるときが問題ですね。これだけ精緻に密封してってきます」
加熱するとなると、電気溶接という、まだ日本ではあまり広まっていない技術が必要とな
「電気溶接？　そんなんせんとあかんのですか」
「確実な製造にはならないと思います。つまり、手探りしながら従来の溶接技術でこしら
えたとしても、ちゃんと菓子ができる保証はないでしょう」
稲吉さんは絶望的な表情を浮かべて、がっくり項垂れました。私は頬に血がのぼってき
て、握りこぶしに力が入りました。ここまでの努力がなにも実を結ばないなどということ
になったら、子どもたちにも修造さんにも、もう合わせる顔がありません。
「いまの北九州で鋳型を造れるのは……」
「ここまでの鋳型となると、もう日本製鉄しかありませんね。電気溶接の技術がある者も
日本製鉄にはいますし、機材もあります。要するに、こういうことです。日本製鉄が鋳型
を製造し、電気溶接の技術を橘さんの職工に伝授して、必要な溶接機材も提供する……軍
はそんな機械を造ることを許すはずがありませんから、軍や役人には内密にです。そうい
うことにならなければ、ことは成し得ない」
「それを許可する裁量のある人は誰なんでしょうか」
「日本製鉄の総裁、真田《さなだ》昭吉《しょうきち》、ただひとりです」

そんな人が私と会ってくれるだなんて、とてもとても思えませんでした。

「三浦さんは会わはったこと、あるんですか」

三浦さんは半分失笑して、首を横に振りました。

「まさか。日本製鉄の総裁と言えば、陸軍の高官と変わりません。雲の上の人ですよ」

どうしたら、真田昭吉総裁と会うことができるんやろか。

まだ諦める気には到底なれない私は、畳の目を睨みながら頭をぐるぐる回しました。そこに、サト子さんが襖を開け、お茶を運んで来てくれたのでした。

「お酒も少し手に入りましたけ、お勉強が終わったら持ってきます。お魚もありますけん、三浦さんも食べてね」

去り際にサト子さんは「ああ、そう、さっき聞いたんよ。今年は祇園大山笠やるそうやけ、トシ子さん、楽しみやね。見たい言いっちよったやろ」と、微笑んで告げました。私の胸の奥で、なにかが小さく閃いた気がしました。

「三浦さん、真田昭吉総裁は祇園大山笠においでになることはないですか。お祭りの最中は上も下もない無礼講になるて聞いてます、もしかしたら、近づいて話ができるかもしれへん」

私がそう言うと三浦さんは、目を見開いて私を見つめたのでした。

一三

七月を目前に、戸畑の街のあちこちで祇園大山笠の準備が始まりました。人の背丈の四倍ぐらいの高い高い「山笠」がいくつもいくつも造られ、町ごとに置かれていました。戸畑神社で出会ったお婆さんから山笠の話を聞いたときは想像もつきませんでしたけれど、畳でいえば八畳ほどでしょうか、大きな大きな四角錐《すい》の櫓《やぐら》のような骨組みに、提灯が整然と取りつけられた壮麗で巨大な神輿のようなものでした。これを大勢の男衆が担いで、夜の街を突き進んでいくのだそうです。さぞかし、美しく圧巻な光景なのでしょう。

山笠を見ると戸畑の人々はみんな、ぱっと花が咲いたように笑顔になりました。開戦の少し前から中断されていた大好きな地元のお祭り、それが何年かぶりに開催されることがよほど嬉しかったのでしょう、商店に出入りする人々も、子どもたちも、職工さんたちも祭りの話ばかりしていました。戸畑じゅうが活気づく様子を見るにつけ、戸畑の祇園大山笠を一度も見たことがない私も心が弾みました。

三浦さんは「祇園大山笠では、駅前に見物櫓ができる。無礼講の祭りとは言いながら、実力者でないとそこには座れないんです。しかし、給仕の女たちが酒や料理を運んで上ったり下りたりします。橘さんはそのひとりになって、真田翁《おう》に接近したらいい」と、目を輝かせて言いました。そうするために、いろいろと取り計らってくださるとも。

祭りの日が近づくにつれ、そわそわして、いてもたってもいられません。どんなふうに話しかけ、どんなふうに穀類膨張機のことを伝えるか、頭の中で何度も何度も稽古をしました。

「修造さん、祈ってください。ことがうまく運んだら、いよいよ機械の製造を開始することができるんです」

はやる気持ちを落ち着けようと、修造さんに手紙を書きました。穀類膨張機という名称は書けませんけれど、書いたのはそのことばかりです。「とうとうやったな」と喜んでくれる顔を、何度も何度も思い浮かべました。あの、泣いたようなかわいらしい笑顔を。

なぜか私は、真田翁が私の話を受け入れてくれないとは思えませんでした。真田翁は福岡の農家の三男として生まれ、数々の苦難を乗り越えて出世した骨太な人なのだと、三浦さんは言っていました。人情家として知られていて、博多の子どもたちの疎開先に何度も米を送ったのだとも。そんな人なら必ずわかってくれると、私は信じて疑わなかったのです。会えさえすれば、きっと力を貸してくださると。

ところがです。

「ええっ、ほんまに？　そんなことに、なんでなるん？」

サト子さんからそれを聞いたとき、しばらく動悸《どうき》が止まらなくなるほどの衝撃を受けました。

七月に入ったばかりの、まさに七月一日に、同じ九州の熊本で大きな空襲がありました。そしてその同日に呉《くれ》が、翌日には下関《しものせき》が、戸畑からそう遠くない都市が次々と空襲に遭い、あわせて五千人近くもの人が死んだほどの大惨事となったのです。軍は戸畑神社に直接、祇園大山笠を中止せよという命令を下したのでした。

戸畑の人々は、うち萎《しお》れてしまいました。溜《た》まりに溜まった戦時の鬱憤を晴らそうと心待ちにしていたのに、祭りを空襲に奪われて、みんな一様に項垂れてしまったのです。もちろん、街の人々に負けず劣らず、私もひどく落胆しました。

どうやったら、日本製鉄に話を持っていけるんや。

焦りが再び私の心に暗雲を広げていきました。

空襲で焼け野原になった街の子どもらは、どうしてるんやろ。食べるものは、あるんやろか。早《は》よ機械造りたい、なんで、うまいこといけへんのやろ。

そんなことを考えている間に、今度は四国各地で、三千人近くもの人が死亡する空襲がありました。特に高松は、街の八割を焼かれたとのことです。新聞の活字を読んだだけで、もう火の手が目前まで迫ってきているような心持ちになり、工場の事務仕事にも身が入らなくなってしまいました。

けれども、そんな私に、一筋の希望の光がもたらされたのです。

うつむく私の顔を上に向けてくれたのは、信次さんでした。

「日本製鉄が戸畑工場の炉を二基、落とすことにした。さすがに燃料が足らんけ、そうなったんやち、玉野やのツタ代さんが言いよんよ。一一日の鎮火式に八幡からお偉いさんがぎょうさん来るけん、三浦さんもてんてこ舞いやろ。夜は製鉄所のあちこちで酒盛りやけ」

戸畑の職員の慰労のため、職工は職工同士、お偉いさんはお偉いさんで、製鉄所の中で宴《うたげ》をするということでした。飛び上がるような気持ちになった私は、早速、宴会の給仕をさせてもらえないかと三浦さんに持ちかけました。

「その宴には真田翁は来ませんよ」

三浦さんは眉をひそめて、そう答えました。

「でも、真田翁の側近のような人は来はるんですやろ」

「何人か来ると思いますが、祇園大山笠のような無礼講とも違う。話をする機会など、おそらくないでしょう。私も手助けをしてあげられませんし、勝機があるように思えません」

「それでも、その場にいてなかったらなにも可能性はありません、けど、いてたらちょっとでも希望があります。お願いです、なんとかなりませんやろか」

三浦さんは「無駄になってしまう可能性が高い」とつぶやき、しばらく考え込んでしまいました。事務方でお金の管理をしている人ですから、なんにつけ無駄というものを嫌うのでしょう。

「お願いです、どうか、お願いです」

うるさそうに顔を背ける三浦さんに覆いかぶさるようにして、まくしたててしまいました。

粘りに粘り、やっとのことで三浦さんは、「いいでしょう」と、渋々頷いてくれました。スッポンのように食らいついて離さない女を振り切る労力がバカバカしいと、きっとそう思われたのだと思います。

こうなったら、なんとしてでも真田翁の側近さんに近づくしかないで。

「一念だよ、トシ子ちゃん、一念だ」

どこかで修造さんが、そう囁《ささや》いてくれた気がしました。大阪にいたときにこの言葉を言ってくれたのは、たしか天野教授のはずでしたけれど、なぜか修造さんの声で聞こえてきたのです。

日本製鉄戸畑製鉄所に行く日を指折り数えながら何日かが過ぎ、いよいよ当日となった七月一一日の朝。新聞に、私を震撼《しんかん》させる記事が掲載されていました。大阪の堺にひどい空襲があり千名以上が亡くなったと、そう書かれていました。

龍華町にも被害があったとは書かれていませんでしたけれど、堺はとても近く、弟妹は堺の軍需工場に動員されていました。立っている床に大穴が開いて、地の底に堕《お》ちていくかのような感覚に見舞われ、思わずふらついて尻もちをついたほどでした。

這《は》いつくばるようにして立ち上がり、私は協同組合の会議所に走っていきました。電話を借りて、弟妹の安否を確認するためです。

役場に電話すると、職員さんが「橘さんのおふたりは無事です、昨夜の空襲では軍需工場ではなく住宅地が焼かれたんです。龍華町も幸い、被害はありませんでした」と、状況を教えてくれました。

「おおきに、ほんま、おおきに。橘の家の者と会うことがありましたら、よろしゅうお伝えくださいますやろか」

そう言いながら、まだ震えが止められませんでした。

朝からえらいめに遭《お》うたわ、気を取り直さなあかん、今日はいよいよ本番や！

家に戻って、もう一度顔を洗い、タスキとかっぽう着、そして、サト子さんが作ってくれた新しいモンペを畳に並べ「やるで！」と、腹から声を出して叫びました。

「緊褌《きんこん》一番や！」

襖から顔をのぞかせたサト子さんが、「トシ子さん、褌《ふんどし》しよるん？」と言ったので少し笑いましたけれど、腹の中はメラメラと燃えていたのでした。

製鉄所の正門で待ち合わせた三浦さんは、「粗相のないようにお願いしますね」と言い、私を執務室のある会館に連れて行ってくれました。彫刻が施された石造りの立派な会館です。大広間には宴の準備がすっかり整っていました。盛装の男女がたくさん集まってくるのでしょう。

三浦さんからさまざまなものの置き場や給仕の手順などを説明してもらい、給仕長を務める事務方の上官にも挨拶させてもらうと、三浦さんは「宴が始まるまでに、まだだいぶ時間がありますから、製鉄所のあちこちを見てきたらどうですか。私はあいにく仕事があって、案内はできないんですが」と言いました。

「ええんですか、ほな、うろちょろさせてもらいます」

そう答えて会館を出ると、私は高い煙突の立つ製鉄の作業場へと向かいました。日本製鉄の戸畑製造所は、小倉造兵廠に負けないほどの広大な敷地でした。街ひとつぶんがまるまる、製鉄所なのです。煙突はとてつもなく高く、真上を見上げないと天辺《てっぺん》が見えません。そして、もくもくと上がる煙は、戸畑の街全体を覆ってしまうのではないかと思えました。

けれど、今日いっぱいで戸畑の炉の半分が消えてしまいます。職工さんの多くは八幡の製造所に移され、なんと、三浦さんも八幡に異動することになってしまいました。

「まぁ、私にとっては地元に帰るだけなんですが、これからは週に三日も橘さんのお宅を訪ねては行けなくなりました」

三浦さんは少し残念そうに、そう言っていました。

稲吉さんは、祭りが中止になったことよりも、三浦さんと今まで通り会えなくなったことに、よほど大きな衝撃を受けていました。かわいそうなぐらいの落胆ぶりだったのです。

「斎藤さん、ちょっと、捨て犬みたいな顔になってるで。月に二度か三度は来てくれる言うてはるんやから」うち萎れる稲吉さんにそう言うと、すごい剣幕で「うるさいんちゃ！」と叫んだので、飛び上がるほど驚きました。

そのときの稲吉さんの顔を思い出して「どんだけ三浦さんが好きなんや」と、くすくす笑っていると、「トシ子さん」とうしろから声をかけられ、振り向くとそこには信次さんが立っていたのでした。

「信次さん、なんでここに?」

「オレもそこそこ顔が広いけ、職工同士の酒盛りに呼ばれたんよ。こいつら、オレの弟分のせがれ」

信次さんが指差すほうを見ると、あどけない男の子がふたり、にやにやして立っていました。私の弟よりも年下に見えます。学徒動員で工場に来ているのでしょう。なんだかもう幼くして半分は職工になっているような、やんちゃな顔つきをしていて、息の臭いからして少しはお酒も飲んだのではないかと思えました。信次さんが、「今日はええやろ」と、こっそり飲ませたのでしょう。

「トシ子さんは、なんしよるんよ」

信次さんに訊ねられ、夜の宴までまだ時間があるから製鉄所を見ようと思ってと答えると、信次さんは「おまえらいっしょに行って、溶鉱炉を見せちゃれ」と少年たちに命じたのでした。

「こっちや、広いけ、だいぶ歩くよ」

信次さんと別れ、少年たちの背中を見ながら煙突のほうに歩き出すと、少年たちは時折私を振り返りながら、「だはは」と笑いはじめました。

「なんで笑うん？」そう訊ねると、「おねえさん、信次さんに気があるんやろ？」とニヤついた返事が返ってきました。

「なんやの、誰がそんなん言うたん？」

「信次さんが、工場の娘に惚れられとるっち言いよん」

アホの信次め、どないしてやろう！

頭から湯気を出しそうな私を見て、ふたりの少年はゲラゲラ笑いました。

「なに笑《わろ》てんの、このニキビ面っ」

声を荒らげると少年たちは、「炉が落ちてしまうけ、オイたちしばらく退屈なんよ、信次さんの恋の炉に火がつけば面白いち、こいつが言いよんよ」「なんちか、おまえが言いよんやろ！」と、ますます二つ折りになって笑ったのでした。

「退屈でもええやないの、炉がついてたら、それだけ空襲で狙われやすいんやで。呉も堺も軍需工場があるさかい狙われたんや」

そう諭しながら私は、久しぶりに学校の先生に戻ったような心持ちになっていたのでした。

「ここに溶鉱炉があるんよ」

少年たちが開いてくれた扉から中に入るといきなり、なにか巨大なものが落下して地面に叩きつけられる音が耳を劈《つんざ》きました。鉄骨が崩れ落ちたような音です。

うわぁぁぁっ。

私は、いつしか学校で倒れたときのようにめまいがしてきました。

「溶鉱炉に入れる鉄材を吊り上げとったんを、炉を消してしまうけ、地面に落としたんよ」

膝をついてしまった私の背中に向かって、少年がそう囁いていましたけれど、私はぐんぐん気が遠くなっていきました。

「いとはんは、なんでそんなに大きい音に弱いんですやろ」

ヤエさんがいつかつぶやいた声が、頭のどこかで聞こえた気がしました。けれど、こんなところで気を失うわけにはいきません。ふらつきながらも立ち上がった私の背中を少年たちが押しました。

「溶鉱炉はこっちやけ」

「やめて……押さんといて……」

弱々しくしか声が出せず、少年たちの耳に私の懇願は届いていないようでした。押されていると次第に、溶鉱炉の熱気が顔に近づいてきました。髪がちりちりと焼けそうな、顔の表面がぱりぱりと乾くような熱気です。どこかで感じたことのある感覚でした。そう、あの空襲の夜に顔に受けた熱気です。

目の前に、紅蓮《ぐれん》の炎が広がりました。

「やめて！」

そう叫んでいたつもりでしたけれど、声になっていたのかどうかはわかりません。炎は目の前いっぱいに広がって、なにもかもを焼き尽くしそうでした。

「助けて……助けてください……」

あの声が、頭の中で聞こえはじめました。何度も夢で聞いた、あの声です。

「助けて……」

あの空襲の夜に、時間が戻ったようでした。

あかん、思い出したら、あかん！

そう自分に言い聞かせたつもりでしたが、無駄でした。目の前に、そう、赤ん坊を背負ったまま焼かれていた、あのお母さんが現れたのです。お母さんは私を睨みつけたまま、ただ「熱いっ、あああっ、熱いっ」と叫んでいました。目から黄色い液体を流す赤ん坊は、痛そうに声もなく口を開いたまままみるみる顔が焼けただれ、鼻先から焦げていきました。

そのうち、お母さんの声は絶叫に変わりました。

「やめてぇぇっ！」

目をぎゅっとつぶってそう叫んだとたん、再び背後でものすごい音が鳴り響きました。また鉄材が落とされたのでしょう、さっきよりも大きな、爆撃によって建物が崩れたのではないかと思うような轟音《ごうおん》です。私は目の前が暗くなり、そのまま意識を失ってしまったのでした。


目覚めたのは、私の家でした。二階にある、私の部屋です。

ぼんやりする頭で経過を思い出し、どうしてここで寝ているのかをあれこれ推測しました。たぶん、私が倒れたことを少年たちが信次さんに知らせ、信次さんが大八車かなにかで私を運んだのでしょう。大騒ぎになったかもしれません。三浦さんになにか、お咎めがあることも考えられます。

三浦さんに、お詫《わ》びせな。

立ち上がろうとするとめまいがして、その場に座り込んでしまいました。後頭部に、痛みがありました。倒れたときに、打ちつけたのかもしれません。

私、なにしてんのやろ。

泣く気にもなれません。頑張っても頑張っても、空回りばかりの自分が情けなくて、もうどこにも力が入らない気がしました。これで当分、真田翁に近づける機会はないでしょう。しばらくは鉄工協同組合の長谷川さんの下請けを続けながら、じっと待つしかないのです。

戸畑に来ればすぐにポーン菓子を作れるのだと思い、ここにやってきました。修造さんも子どもらも、祖母やヤエさん、父も弟妹も、そして芳乃も、私が成し遂げるのを待っているに違いありません。それなのに足踏みばかりです。

やっぱり、私では無理やったんやろか。

心の中でそんな言葉が湧き起こるたびに、ずっと打ち消してきました。けれども、さすがにその言葉を払拭《ふっしょく》することができませんでした。やはり私も、なにもできない世間知らずの娘に過ぎなかったのだと。

両手で顔を覆い、深くため息をついていると、階下から大きな声が聞こえてきました。

「誰がそんなん言うんかちゃッ」

サト子さんの声です。誰なのかはわかりませんでしたが、数人の女の人と話しているようです。そっと起き出して、足音をたてないように階段を降り、襖のカゲから居間を覗いてみると、サト子さんは五人の女性と対峙《たいじ》していました。何人かは、見たことがあります。

ふたりは私の工場の職工さんの奥さんで、ひとりは婦人会の方です。あとのふたりは見たことがない年輩の方でした。

サト子さんの顎が、怒りで膨らんでいました。五人の女性も、サト子さんに負けないぐらい怖い顔をしています。その顔は、戦時の憤懣《ふんまん》をまき散らしに来たようにも見えました。戦争が激化して、ここのところは戸畑でも食糧が目に見えて減っています。その上、祭りまで中止になり、戸畑の人々は誰もが心の中に怒りをくすぶらせていたのです。

「誰から聞いたなんち、どうでもいいやろ、あんたんとこの橘さんが破廉恥なことしちょる言いよんよ」

「破廉恥っち失敬な！」

サト子さんも五人も、一歩もひかない構えで言い争っています。

「橘が、あんたの亭主に色仕掛けしよるち言いよん？　根も葉もないことや！」

そう言われた職工の奥さんは、きっとサト子さんを睨みつけ「現に橘さんとこ勤めてからは、なかなか家に帰らん、どこに行きよったち聞いても答えんのよ、どういうことなんよ」と、怒りを込めて詰め寄りました。

「橘のせいやない！」サト子さんは、雷みたいな剣幕で言い返しました。

婦人会の人が、怒りに震えるサト子さんに冷たい視線を送りながら言いました。

「なにもないっち言うんやったら、証明してもらわんと、信じきらんのよ」

「証明？」

「あの娘は毎晩、築地町で酌婦みたいなことしよるんやろ、疑われて当然っちゃ。そういうことち、やめりぃ言いよんよ」

私が酌婦のようなことをして、職工を誘惑してるて言うてるのん？

膝から力が抜けていくような気がしました。

五人は口々にまくしたてていました。

「ここは職工の街やけ、大阪のええとこのお嬢さんが来るようなとこやないっちゃ」

「お菓子の機械造れち、言いよんやろ」

「こん非常時に、なんお菓子の機械っち言いよんよ」

「うちの人帰ってこんけ、困るんよ」

「大阪におったらなんも暮らしに困らんのやけ、帰ったらええんちゃ」

「毎晩、職工と酒浸りやそうやん」

サト子さんの顎が、怒りで震えはじめました。

「黙りぃッ」

サト子さんの目が真っ赤になりました。

「トシ子ちゃんは、好きで飲んどるんやないけぇッ！　あんたんとこの亭主が、酒の席やないと話を聞かんけちゃ」

「聞ききらんちゃ、お菓子の機械造る話やろ」

「お菓子ち言うても、お祭りで出る甘いお菓子と違う。子どもに雑穀を食わせるためのお菓子っちゃ。そのためにトシ子ちゃんは、戸畑に来たんよ。私も母親やけ、子どもらに飢えてほしくはない、死んでほしくはない、そやけん、私もできるかぎりのことしよるんよ」

サト子さんがぼろぼろ涙を流しながら話しているのを見ながら、私はただ震えているしかありません。ふと階段を見ると、ハル子ちゃんがそっと下りてきていて、目を見開いて話を聞いていました。

「あんたも、騙されよるんやないんかちゃ」

婦人会の女性が薄ら笑いを浮かべ、そう言いました。

「大阪の金持ちなんち、その娘も腹黒いけ、商売のためやったら平気で人を騙すんよ。職工も色仕掛けで、いいようにしよる。儲けて用がなくなったら、ぽいと捨てる気なんやろ」

「誰がそんな噂、流しよんよ！　そんな卑劣な人間、絶対に許さんけね、ウチがしばいちゃる！」

サト子さんがひときわ怒りをあらわにしてそう叫ぶと、背中の後ろから階段を駆け上る音が聞こえました。ハル子ちゃんが自分の部屋に引っ込んだのでしょう。お母さんがあんな剣幕で怒鳴っているのを、聞いていたくなかったのかもしれません。

「清廉潔白やったら、なんで下りてこんのよ。逃げよんやろ。やましい証拠っちゃ」

「なんべん言うたらわかるんちゃ、夕方に倒れたち言いようやろッ」

私も、聞いていて、心に刃物が突き刺さるような気持ちでした。サト子さんだけを矢面に立たせておくのは卑怯《ひきょう》な気がしたのですけれど、私が出て行ったとしても痛みに耐えられるかどうかわかりませんし、だいいち話が長引いてしまいます。私もハル子ちゃんと同様、そっと階段を上って部屋に戻りました。

ええとこのお嬢さん。

生まれてから、なんべんそう言われたことでしょう。

私はもとから、誰からもなにも期待されない人間なのでしょう。なにも成し遂げられないと思われているのです。

ほんまに、なんにもできひん人間なのかもわからんなぁ。

日本製鉄での失態から失意のどん底にいた私は、しょんぼりそうつぶやく以外に、なすすべもなかったのでした。

一四

サト子さんは、「体が心配やけ、今日は休んで」と言ってくれたのですけれど、日本製鉄で倒れた翌日、私は工場に行きました。部屋に引きこもるのは、昨夜さんざん悪口雑言を吐き散らかしたあの女たちに屈することのような気がして、わざと景気よくずんずんと大股で歩いていったのです。朝一番から職工さんたちに、「おはようさん！」と声をかけまくりました。

昨晩深酒したらしく、信次さんの姿はありません。

「今日は休むんかと思ったちゃ」と、職工の遠山さんは私を見ずに言いました。

誰に話しかけても、返ってくるのは生返事ばかり。なんだか全体的に、職工さんたちがよそよそしいように思えたのです。

奥さんからなにか言われたんと違うか。ほかにも私のことで、職工さんたちの間でも良からぬ話が流れてるんやないやろか。

弱気になっていたせいでしょうか、どんどん疑心暗鬼になっていくのが自分でもわかりました。はじめは、そんな気持ちを吹き飛ばそうと、わざと元気に職工さんたちと接していたのでしたけれど、職工さんたちの反応がいちいち私の猜疑心《さいぎしん》を裏づけるようなものばかりで、そのうち笑顔も凍りついてしまいました。結局、昼前から事務室に閉じこもり、押し黙って、遅々として進まぬ事務作業をしていたのでした。

こんなんが、当分続くんやろか。もう、しんどい。

誰かに弱音を吐き出したい気持ちになっていたのです。

夕方になると、職工さんたちは酒場に行ったのでしょう、一斉に引き上げていきました。私のことは誰も誘ってきませんでした。

とにかく、こんなときは栄養をつけるべきです。卵でも売っていたら奮発して買ってやろうと、戸締まりをして、家路につこうとしたときのことです。

工場の戸口の前に、ひとりの男性が立っていました。

「どなたさんですやろ」

日が落ちかかっていて、すぐには顔がわかりませんでしたけれど、その背格好、たたずまい、間違いなくあの人だと私にはわかりました。

「修造さん！」

そう、大阪にいるはずの修造さんが、目の前に立っていたのです。

どんなに会いたかったことでしょう、どんなに苦労話を話したかったことでしょう、子どもらや橘の家の人の近況をどんなに訊ねたかったことでしょう。なによりも、この泣きそうな笑顔を、どんなに見たかったことでしょう。涙がぼろぼろとこぼれてしまいました。

「なんで？　いつ来たん。なんで、知らせてくれへんかったん？」

なにも言葉が見つかりません。私を心配して、はるばる大阪から来てくれたのでしょうか、学校はどうしたんでしょう、子どものひとりひとりになんと言って戸畑まで来たのでしょう。聞きたいことが山ほどあります。

とにかく、とっておきのお茶でも飲んでもらおうと思い、私は「ちょっと、中に入ってや」と言って戸口を開け、再び振り返りました。

すると、一体どういうことでしょう。修造さんはいませんでした。

「なんやの、修造さん、どこにいてるん？」

思わずそのへんを走り回って、きょろきょろ探したのですけれど、影も形もありませんでした。真っ赤な夕焼けから少し群青がかった空の下、私はただただ立ちつくしているほかはありませんでした。

えらい弱気になってたさかい、幻でも見たんやろか。

こんなことではいけないなと思う気持ちが半分、早くこのことを修造さんに手紙で知らせたいのが半分、そんな心持ちで家路を急ぐと、少しだけ元気が戻ってきたような気になりました。

修造さんのこと考えると、なんや私、いつも元気になれるなぁ。

そうつぶやきながら家に帰ったのでした。

その、翌日のことです。

仕事を終えて家に帰ると、サト子さんが「お帰りなさい、大阪から手紙がきたんよ」と、一通の速達を手渡してくれました。

手紙は、祖母からでした。

祖母が手紙をよこしたのは、はじめてのことです。

なんだか、胸騒ぎが止まりません。

封を開けて中を見てみると、懐かしい祖母の字が躍っていました。

時候の挨拶、体調の気遣い、そういうものはなにも書いてはありませんでした。ただ、堺での大空襲で修造さんが死んだことと、どのように死んでいったかが書かれてあったのです。たったそれだけしか書かれていないことに、祖母の悲しみが滲み出ているようでした。

修造さんが死んだ。

修造さんが死んだ。

修造さんが死んだ。

私は、立っていることができなくなりました。よろめいて、茶簞笥《ちゃだんす》にこめかみをぶつけ、倒れかかってまた、ちゃぶ台におでこをぶつけました。心に煮えたぎった油でもかけられたようです。這いつくばって、痛みに悶《もだ》えることしかできません。首を絞められたような声が、喉からほとばしるのを止められませんでした。

「トシ子ちゃん、どうしたんよ！」

サト子さんが飛び込んできて背中をさすってくれましたけれど、喉から胸からがひどい火傷を負ったかのように痛くて、悲鳴のような声しか出せません。

サト子さんは階段を駆け上って、私の部屋に布団を敷き、私を抱きかかえるようにして部屋に連れて行きました。

「トシ子ちゃん、大事な人が亡くなったんやね、かわいそうやね」

サト子さんも祖母からの手紙を読み、顔をくしゃくしゃにして泣いていました。しばらくのあいだ何度も何度も私の頭や頬や背中を撫で、「いまはひとりがいいねぇ」と言って、階下に下りていきました。

もう、なにも考えられません。なにも考えたくありません。

思い浮かべることができるのは、あの泣きそうな笑顔だけです。あの顔が何度も何度も脳裡《のうり》に浮かんできて、そのたびに、私の胸に激痛が走り、悲鳴を上げてしまうのです。もう、しばらくは立ち上がることさえできないだろうと思えました。

いつの間に、私は眠ったのでしょうか。

目覚めた私は、これは眠ったわけではなかったのだろうと思いました。ちっとも休まった感じも、痛みがやわらいだ感じもしなかったからです。頭の中の電動機《モーター》が焼き切れたようなものだったのでしょう。

痛みがやわらぐやなんて、そんなんいやや、ずっと痛いままでいたいんや。

痛みを手放すことは、修造さんを手放すことのように思えました。それが間違っているということは、ちゃんとわかっていました。本当に修造さんを手放さないということは、ずっと打ちひしがれていることではなく、修造さんのぶんまでと思ってこれまで以上に気張ることです。けれど、誰かがそんなわかりきったことを私の前で口走ったら、私はその人を刺し殺してしまったかもしれません。

どんな向きで横になっても、修造さんの笑顔がたちのぼってきて、胸に耐えがたい激痛が走ります。工学部を諦めたときも、梅田の家に行くのがいやでいやで愚痴をこぼしたときも、そして、教え子のヨシ子ちゃんが死んだときも、あの笑顔が乗り越えさせてくれたのです。

修造さん……昨日は私に会いに来てくれたんやね。なんで、なんにも言うてくれへんかったん？　なんでもええ、なんか言うてほしかったわ、なんでもええんや、なんでもよかったんや。

もう二度と会えないのだと思うと、呻《うめ》き声が口から漏れて止まりません。時間の流れが止まったかのように、苦しみがどこにも抜けていかないのです。

修造さん、修造さん、修造さん。

稲妻のように痛みが走ると、その名前を胸の中でつぶやくことしかできません。

どのくらいの時間が経ったことでしょう。

ずっと闇の中でのたうちまわっていると、ふと私の耳に、隣の部屋のサト子さんの話し声が聞こえてきました。

「ハル子……、ねぇ、ハル子……」

子守歌のようにふんわりとやわらかな、やさしい声です。サト子さん母子の部屋で、ハル子ちゃんと話しているようでした。その声は、私の胸の痛いところをそっと撫でてくれるかのようでした。

「トシ子ちゃん、泣きよんやろ。大事な人が亡くなったんよ。悲しかろうねぇ。お父ちゃんが死んだとき、ばあちゃんが死んだとき、ウチらもそうやったねぇ」

ハル子ちゃんは、なにも返事をしませんでした。

「なぁ、ハル子。なして、職工に色仕掛けしよるとか、トシ子ちゃんの悪口を、おばちゃんたちに言うたの？　そんなに、トシ子ちゃんが好かんの？」

サト子さんは、そう言いました。職工の奥さんや婦人会の人にあらぬ噂が流れた、その源はハル子ちゃんだったのです。

「お母ちゃんにはわかるんよ、本当はトシ子ちゃんを好いとるんやろう」

ハル子ちゃんは、やっぱり返事をしません。そんなハル子ちゃんに、サト子さんは包み込むような声で語りかけていました。

「ハル子ぐらいの歳の子が、都会から来た頭のええお嬢さんを好かんはずはないけん。空襲で、お父ちゃんが死んだ。そのあと、ばあちゃんも死んだ。好いとるもんに会えんごとなるのがつらいけ、誰も好かんち思おうしよるんやろ」

サト子さんがそう言うと、ハル子ちゃんの嗚咽が聞こえはじめ、すぐに叫びに近い泣き声に変わりました。

「泣かんでもええんちゃ」

サト子さんはきっと、ハル子ちゃんを抱きしめているのでしょう。温かな肌、お母さんの匂い、そんな空気が隣室から伝わってくるようでした。ハル子ちゃんだけではなく、私まで包み込んでくれるようです。

「でもなぁ、ハル子。好かんで百年おるよりも、好いて一年おるほうがええんや。お父ちゃんといられた時間は短くても、お母ちゃん、お父ちゃんと出会えてよかったたち思いよんよ、ハル子が生まれたけね」

「お父ちゃんに会いたいッ、会いたいッ、会いたいんちゃッ」

内臓からなにから吐き出しそうなほどの、ハル子ちゃんの叫びが胸に突き刺さりました。大好きだった父親を亡くして、どれだけ痛かったのでしょう、どれだけ寂しかったのでしょう。

「そうやね、お母ちゃんも会いたい」

サト子さんも泣いていました。私ももう、目からも鼻からも涙を流して、しゃくりあげていました。サト子さんは、私の気持ちとぴったり重なる言葉をつぶやいてくれました。

「戦争は、いややね。本当に、いややね」

私は枕に拳を叩きつけ、大口を開けて悲しみを吐き出していました。

「トシ子ちゃんもいまは悲しいけど、きっと立ち直る。ハル子も、立ち直らんといけんよ」サト子さんは、そう言いました。

ハル子ちゃんは、あの小さな胸にこんなにつらい痛みを抱え、それでも今日まで生きてきたのです。こんなにも苦しい気持ちを抱え、健気《けなげ》にがんばってきたのです。そう、私も泣いてばかりいてはいけないのです。

今日は無理でも、明日は立ち上がらねば。こうしている間にも、子どもらは飢えに苦しんでるんやから。

灼熱《しやくねつ》地獄のまん中にいるような時間の中で、ひとつの灯りが点されたようでした。

翌朝、工場に向かおうとする私を、サト子さんは「今日は行ったらいけんッ、行ったら承知せんけねッ」と、通せんぼしながら叱りつけました。

「気持ちは有り難いけどな、行きたいんや。いっそ働いていたほうが、痛みを忘れる時間が少しはあるやろ、そのほうがラクなんやて」

「わかっとるんよ、そげなこと！　やけど、工場はちょっとした気の緩みで怪我をするところやけ、まともな頭でないときに行ったらいけんのよ。今日だけは危ないところには行かんで」

サト子さんから、そうきつく申し渡されてしまったのでした。さすがに、そこまで言われたら引き下がるしかありません。すごすごと部屋に戻りましたけれど、やっぱり案の定、何度も何度も修造さんを思い出してしまいます。何回でも痛みが押し寄せてきて、吐くように泣きました。

午後になると、三浦さんと稲吉さんが連れだって訪ねてきてくれました。事情を知って、わざわざ八幡から来てくれたのです。これ以上腫れようがないぐらい腫れた私の顔を見て、いつもならまっすぐに人を見る三浦さんが、さすがに視線を落としていました。稲吉さんはいつも通りに眉を八の字にして、じっと畳を見ていました。

「橘さん、明日にでも八幡に遊びに来ませんか」

三浦さんは顔を上げて、やっとまっすぐな視線を向け、そう言いました。

「八幡は製鉄所や工場を除いたらなにもないところですが、なにもないだけに、ゆったりできるんです。皿倉山《さらくらやま》に登ってみるのもいいもんです、頂上から山並みが見渡せて、その横手に海が広がっている景色が見えます。それはそれは、美しいです。私は職務があるんですが、妹がご案内します。明日は、きっといい天気です」

地元を愛してやまない三浦さんは、八幡の話をすると目が輝きはじめます。

私も、こんなふうに目を輝かせて生きていかな、修造さんが悲しむやろな。

三浦さんが来てくれたおかげで、私は、一歩を踏み出す気持ちになれたのだと思います。

私は腫れたままの顔で、まっすぐに三浦さんに向き直りました。

「三浦さん、死んだ幼なじみは、出口修造さんという方です」

三浦さんは私の目を見つめ、話をじっくり聞こうという顔になりました。

「子どもの頃から、小さい子の面倒をよく見る人でした。私も凧《たこ》の作り方やら、植物の名前やら手取り足取り教わったものでした。修造さんのいるところには、いつも子どもの笑い声があったんです。大人になってからは、大正国民学校の先輩として、なんでも相談に乗ってくれました。戸畑に来ることができたのも、修造さんのおかげです」

そんな話をするだけでも、声が震えてきました。

「修造さんが死んだんは、堺に空襲があったせいです」

敵機が住宅街を狙って焼夷弾を落としたとき、修造さんは塩を手に入れるために堺の知人宅を訪ね、そのまま泊まっていたそうなのです。雨のように焼夷弾が降ってくる中、修造さんは燃えている家から子どもを助け出し、焼け落ちる家の熱風で喉の中を焼かれました。息ができなくなり、亡くなったそうです。なにも、言い残すこともできずに。

「修造さんは、最期まで子どもを守って、修造さんらしいしてくれました」

もう涙が、あふれ出て止まりません。突っ伏してしまいそうでしたけれど、こらえました。修造さんはなにも言わなくても、本当に大事なことを私に教えてくれたのですから。

「修造さんは、ええことを私に教えてくれました」

私は拭いても拭いてもおさまらない涙を、それでも拭いて、嗚咽しそうになるのを必死に抑えながら言いました。

「修造さんは、龍華町のみんなの心に、少なくとも私の心には、かけがえのないものを遺《のこ》さはった思います。人は、自分らししてこそ、誰かの心になにか遺せるんや。自分らしない生き方してたら、なんにも遺せんとただ死んでいくだけなんや。私は……私は……」

いつのまにかサト子さんとハル子ちゃんも居間に入ってきて、私の話を聞いてくれていました。

「私は、もう迷わへん。これからは、私らしいさせてもらいます」

戸畑に旅立つ日に祖母が言ってくれた言葉を、私は思い出していました。なにも考えず、ぱっと飛び出して行けるのが、私の天分なのだという言葉を。

「そやから三浦さん、八幡には行きたいけれど、今日はこれからいっしょに来てほしいところがありますねん。サト子さん、サト子さんにもお願いしたいことがあります」

　まだ日も高い夕方。

　三浦さん、稲吉さんといっしょに工場に行くと、職工さんたちはただ押し黙って作業をしていました。私の腫らした顔を見て、みんな、一様に驚いた顔をしたのでした。

「みんな、機械を止めてくれますか。今日はもう作業はええさかい、ぱっと片づけて、いっしょに来てほしいんです」

　職工さんたちは機械を止め、ぽかんと面食らったような顔で私を見ていましたけれど、私が「早くッ」と声を発すると、慌てて支度をはじめたのでした。

　職工さんたちと列をなして無言のまま向かったのは、築地町の玉野やさんでした。扉を開けると、もう一〇人ほどの女性がかっぽう着姿で座っていました。職工の奥さんもいましたし、婦人会のタスキをかけている人もいました。サト子さんが、築地町での私の振舞いや今後のことについて橘トシ子が話をするからと、集めてくれたのです。そのサト子さんも、ハル子ちゃんといっしょに隅っこに座っていたのでした。

「ツタ代さん、申し訳ないですけど、日が落ちるまで貸し切りにしといてもらえますか。お金はあとで払いますさかい」

　私がそう言うと、ツタ代さんは大きな目を見開いて頷きました。腫れに腫れた私の顔に、ただならぬ空気を感じたのだと思います。職工さんたちは勝手にコップを渡し合い、お酒を注ぎはじめていました。

「お酒はまだ、待ってください。えらい、すみません、ちょっと話を聞いてもらえませんやろか」自分でも驚くほどの、腹の据わった声が出ました。

静寂。

職工さんたちはコップを引っ込め、店の中は水を打ったかのようにしんとなったのでした。

「私は、みなさんがおっしゃる通り、大阪の旧家の長女です。家には蔵が四つあって、男衆女衆がいて、なんでもしてくれました。何不自由なく育てられた思てます」

女たちがひそひそ囁きはじめました。「そんじゃ、大阪におったらええやん」と、わざと聞こえるように言った人もいました。

「そやけど、戦争でなにもかもが変わってしまいました。私は戦争のせいで夢を諦めて学校の先生になりました。そのうち、空襲が来るようになったんです。私も、大空襲に遭って火に巻かれました。何千人もが死んだ空襲です。敵機は、教え子を連れた私を狙って掃射したあと、焼夷弾を落としてきたんです。四方八方が火の海になりました。どこに逃げたらいいのかもわかりません。熱気で、着物にも防空頭巾にも火がつきました。そして、膝が震えはじめましたけれど、絶対に言い切らなければなりません。

「みなさんは……燃える赤ん坊を見たことがありますか」

涙があふれて、鼻から垂れてきました。悪夢のような光景を思い出すのが怖くて、いままで誰にも言えなかったことです。顎が震えて思うように話せませんでしたが、それでも私は続けました。

「私は、お母さんの背中で燃えていく赤ん坊を見ました。いまでも夢に見ます。何度も、何度も見ます。肌の焦げる臭い、パチパチと脂がはじける音、目から流れていた黄色い汁、全部思い出すんです」

女たちが目を潤ませて聞いていました。職工さんたちも、口を開けて聞いています。三浦さんは眉をひそめ、腕組みをして顔を伏せました。

「私は、もう、子どもに死んでほしない。戦争は誰がなんのためにはじめたのか、そんなん知らん、子どもが死ぬんはいややッ、いやなんやッ。子どもら生かすためやったら、私、なんでもするて決めたんです！」

私の叫びに、ツタ代さんはさらに大きく目を見開いて固まっていました。

「大阪の子どもらは、雑穀を生で食べてます。炊く燃料がないからです。生やから、消化できません。栄養失調でほっぺたも腕もおしりもガリガリで、ブツブツだらけです。ちょっとした病気でも、体力がなくて、すぐに死んでしまうんです。みなさんは、子どもが飢えて死んでいくのを見たことがありますか」

いままで感じてきた痛みがすべて、一気によみがえるようでした。胸が刃物で切られるように痛くて、声がかすれていきました。

「私は、教え子のヨシ子ちゃんを助けられへんかった。お粥を持っていったときにはもう、なんにも食べられへんようになってた。お母さんもなにも、ようできん。明日起きたら水《みず》飴《あめ》食べさせたるでて言うだけやった。ヨシ子ちゃんは私に、先生、ウチな、起きたら水飴食べるねんて言いました。それが、ヨシ子ちゃんの最期の言葉やった」

腹の中から熱い塊《かたまり》のようなものが込み上げて、私は慟哭《どうこく》してしまいました。なにかを言おうとしても、わぁぁぁと声が出るだけで、うまく言葉になりません。でも、言い切らねばと思って、絞り出すように叫びました。

「二度と目を開けへんかったッ！」

突っ伏して叫ぶ私のもとに、サト子さんが飛んできました。

「トシ子ちゃん、無理せんでもええんよ」

サト子さんのやさしい手が私の背中を撫でてくれたおかげで、最後まで言い切る勇気が湧いてきました。そう、私はひとりではないのだと思えたのです。

「みなさん、これが私や！　今言うたんが、すべてや。すっぽんぽんや！　嫌《きろ》うんやったら、嫌うてください。そやけどな、みなさんが力を貸してくれて、ポーン菓子の機械ができたら、少しの燃料で雑穀が消化できるようになります。大勢の子どもらが生き延びられますねん。みなさん、手を貸してもらえませんやろか。どうか、お願いしますッ」

私は床に手をついて土下座しました。

「お願いしますッ」

しんとした店の中で、私は叫びながらひたすら頭を床にこすり続けました。

すると。

誰かが横に座ったことに気づきました。床に落とした目の視界の中に、小さな爪の幼い手が飛び込んできたのです。

「お願いします！」

私の隣で手をついてそう叫んだのは、ハル子ちゃんでした。真剣な目で、大人たちに向かって「お願いします！」と声を出してくれていたのです。私たちはふたりで、頭を下げながら叫び続けました。

「協力しちゃりッ」大きな声でそう言ってくれたのは、婦人会の年配の女性でした。「そうや、力貸しちゃりッ」「戸畑の職工が機械を造らんで、誰が造るんよっ」ほかの女性たちも、口々にそう言ってくれたのでした。

「造りたいが、オレらだけではしきらんちゃ」信次さんがそうつぶやくと、中年の女性が「手間かかるけ、うまいこと逃げよんやろッ」と、噛みつかんばかりに怒鳴りつけました。遠山さんの奥さんは「あんたが造りッ、造らんやったらメシ食わせん、酒も飲ませんけねッ」と迫りました。

「みなさん、信次さんの言うことは本当なんです」三浦さんが声を発すると、店の中は再びしんと静まりました。「日本製鉄の協力がなければ、機械は造れない。それには、真田翁の理解と承諾を得ないと難しいんです」

真田翁という雲の上の人の名前が出てきて、みんな、項垂れてしまいました。でも私は、もう突き進むしかないと思っていたのです。

「いまは手の届かない人でも、お願いする機会はあると思うんです。これだけの人が集まったんや、なにか知恵が出てくるはずです」

私がそう言うと、うしろから意外な人が、意外な言葉を発したのでした。

「真田さんやったら、ウチが話つけちゃる」

そう言ったのは、ツタ代さんでした。

一五

修造さんが亡くなってからも、私は修造さんに手紙を書くことはやめませんでした。やめるどころか、亡くなる前よりもたくさん書くようになっていたのです。もちろん出さない手紙ですけれど、それだけに、検閲もなにも気にする必要はありません。なんでも書ける自由さ、どこかで修造さんがきっと読んでくれているという希望を感じながら、思うがままに書くようになっていました。修造さんに手紙を書いている時間が私の唯一の憩いの時間だと感じるようになるまで、時間はかかりませんでした。

天国の修造さんへの手紙にはまず、玉野やのツタ代さんのことを書きました。

「真田さんやったら、ウチが話をつけちゃる」

ツタ代さんのその一言に、玉野やに集まったみんなが静まりかえり、目を見開いてツタ代さんを見つめました。

真田翁といえば、陸軍の上級将官と肩を並べるような地位の方で、まさに雲上人です。それが、築地町の酒場の女将とつながりがあるなどと、誰も想像しているわけがありません。ツタ代さんは、あんぐり口を開けているみんなを艶っぽい目で眺めながら、「なんね、あんたら、釣られた魚んごと口開けて、ふふふ」と、頼もしく笑ったのでした。

ツタ代さんの夫はかつて日本製鉄の職工で、製鉄所の事故で半身不随となりました。働けない身で放り出され、将来を悲観して、渡船場近くから身を投げて亡くなってしまったのです。ツタ代さんは三人の子どもを育てるため、しばらくは小倉で春を鬻ぎ、お金を貯めて築地町に店を開いたそうです。そこに壮絶な苦労があったことは想像に難くないですけれど、それについてはツタ代さんは多くを語りませんでした。

ツタ代さんの夫が亡くなった経緯は、しばらくあとになって真田翁の耳に入ったそうです。責任を感じた真田翁はなんと、直々にツタ代さんに会って詫びたいと申し入れてきたそうなのです。生活に困っているのならば助けてやろうという腹づもりがあったのかもしれません。常識では考えられないことですけれど、そこが翁が多くの人から人格者だと言われる所以《ゆえん》なのでしょう。

ところが、せっかくの申し入れがあったにもかかわらず、ツタ代さんは翁に会いませんでした。「ウチだけ助けてもらったらええち話と違うけのぅ。働けんごとなった職工の面倒は、誰が見るんよ。うちの人はもう死んでしもうたけ、生きてる人のことを考えんと。同じそうやろ。兵隊さんは戦場で怪我したら、恩給がつく。やけど職工にはつかんやろ。同じお国のために危険に身をさらしよるんよ。汚い煙を吸い込みようけ、長くも生きられん。

怪我したら、嫁や子どももいっしょに捨てられるんちゃ。ウチは、そういうんを変えてほしいんよ。そのために会うんやったら、いつでも会う。やけど、ただゴメンナサイ言うだけやったら、意味はないけね」ツタ代さんは、真田翁の遣いの人にそう言ったそうです。

真田翁からは「私自身も誠にそうしたいところではあるが、日本製鉄はもともとは官営であったことや、陸軍とつながりが深いこともあり、根回しからはじめてもそれなりに時間がかかる、すぐに陸軍や国にかけあうことは難しいだろう。いま少し、その件については待ってほしい」との返事だったそうで、ツタ代さんは「そんなら結構です、もう来んで」と撥ねつけたのでした。

それからは真田翁のお遣いが何度も来ても、ツタ代さんは取りあいませんでした。真田翁は「なにかあれば、いつでも会うけん、そんときは連絡をくれ」と、お遣いの方に言づけたとのことでした。

「そういうことなら、真田翁との面会は私が取りつけましょう」

三浦さんがそう言うと、婦人会のみなさんが私に駆け寄って「ウチらも力になるけん、なんでも言いなさい」と、口々に言ってくれたのでした。

三浦さんはすぐさま会社の上司を通して、「崎田《さきた》ツタ代が総裁に会うと言っている」と伝えてくれました。真田翁はその日のうちに、「明後日《あさって》の午後二時に八幡本社の総裁室に来るように」と返事をくれたのです。

ツタ代さんは大きな目を潤ませて私の手を握り、言いました。

「私も母親やけ、子どものためやったら使えるもんは使うよ」

私はただただ、ツタ代さんの気持ちが有り難くて、手を握り返して頷きました。

真田翁に会う、その日。

夏の日差しが降りそそぐ中を、私とツタ代さん、婦人会の人たち、信次さんで行軍のように八幡の製鉄所を目指しました。戸畑よりも、さらに広大な製鉄所です。

本社の建物は、美しいレンガ造りの洋館でした。

荘厳な石造りの玄関に入り、脚が映りこむほどに油拭きされた廊下を歩いて、私たちが総裁室に着くと、事務官が観音開きの扉をうやうやしく開けてくれました。彫刻が施された大きな事務机で書類に書きものをしていた真田翁は顔を上げ、国民服の釦《ボタン》をかけ直して立ち上がりました。七〇歳ぐらいでしょうか、真っ白な太い眉、もじゃもじゃの髭、鬼瓦のような厳めしい顔をした、圧倒的な威圧感のある方でした。そんな真田翁が歩いて近づいてきたので、私は思わず怖じ気づいて後ずさりしてしまったのでした。

「よう、来んしゃった！」

真田翁は先頭にいたツタ代さんの前に立つと、二つ折りになってお辞儀をしました。思わず戸畑の一同も頭を下げたのでした。

「やっと会えたばい、ツタ代さん。あんたにはだいぶん苦労ばかけたけん、ワシはお詫びばしたかったとよ。あれからどげんね、元気にしとったとね」

なんて声の大きな人でしょう。半分、怒鳴っているかのようです。でも、おっしゃっていることは、とてもやさしかったのです。やはりこの人ならば、私の話を理解してくれるだろうと、そんな希望が胸の中で膨らんできました。

ツタ代さんは涼しげに微笑んで、落ち着いて答えました。

「真田さん、何度も会いたいち言うてくれやったのに、悪かったねぇ。昔のことは昔のことや、いまは元気にやっとります、心配せんでええんよ。今日は、聞いてほしい話があって来たんです」

「頼みがあるとやろ、少しは聞いとる」

真田翁は眉間にカッと皺を寄せて、そう言いました。緊張で固まる私の背中をそっと押して、ツタ代さんは言いました。

「ここにおるんは、大阪から来た橘トシ子さんや。この子の志に打たれたけ、ここに連れてきたんです。真田さんの力が必要なんよ。話を聞いてやってもらえんですか」

「うしろにおるババアどもは？」

真田翁がそう言うと、婦人会の人々は「誰がババアかちゃ」「私ら橘さんの応援しに来たんちゃ」「聞かんやったら承知せんちゃ」と口々に言い、「ちゃっちゃ、ちゃっちゃ、しぇからしか！」と真田翁に一喝されていました。

ツタ代さんに促され、私は飢餓にさらされ明日をも知れぬ大阪の子どもたちの現状、穀類膨張機を知った経緯、穀類膨張機とはなにかを順序立てて話しました。真田翁は腕を組み、厳しい表情で聞いていました。

「これが、その鋳型と組み立ての設計図、そして完成図です」

緊張で舞い上がりそうになりながらも、私は図面を広げ、鋳型を造ることと、電気溶接の技術を教えてもらうには日本製鉄の力を借りねばならないこと、しかも軍や国には内密にしなければならないことを説明したのです。

説明を終えたあと、真田翁は腕組みをしたまま、私を閻魔《えんま》様のような顔で睨みつけました。目が血走っていて、本当に怖かった。怒鳴りつけられて追い返されるのではないかと、震え上がったのでした。

「よか考えやないか！　その機械、造っちゃろ！」

大きな声で、真田翁はそう言いました。

「よかったねぇ、トシ子ちゃん！」

「戸畑に来た甲斐があったねぇ！」

婦人会の人々が黄色い声を上げる中、「やさしいんやったら怖い顔せんといて」と、私は半泣きになりながら、心の中でつぶやいていました。


実際の機械造りの段取りを相談しなければならない私と信次さんだけを残し、ほかのみんなが引き上げていくと、真田翁はふたりの側近を部屋に呼びました。

「工場のことは、こん者どもがようわかっとうけん、なんでも相談しい」

そう言うと真田翁は総裁室の奥にある円卓の椅子に私と信次さんを座らせました。その向かいには側近のふたりが座り、さっそく図面に見入っていました。

「貴様は、橘さんとこの者か」

真田翁に訊ねられると信次さんは背筋を伸ばし、「ハイッ、自分はッ、吉村《よしむら》信次と申しますッ。日本製鉄様で旋盤を預かる光栄を賜ったこともあるのでありますッ」と、軍隊風に答えました。

「機械はおまえが造るっちゃけん、しっかり頼むぞ」

真田翁の言葉に信次さんは、声をひっくりかえして「ハイッ」と叫んだのでした。

それから真田翁は大窓まで歩き、縁に手をつくと、つぶやくように言いました。

「戦争は、もう終わる。日本の負けたい」

窓から何を見ているのでしょう。皿倉山でしょうか。煙突の煙でしょうか。真田翁はずっと遠くを見るような目で窓の外を見たあと、くるりと私を振り返り、訊ねられました。

「いまはちぃとではあっても配給があるが、終戦となったらどうなるかわからん。ますます子どもが飢えるかもしれんけん、ワシもずっと案じとった。あんたは、よかもんば考えてくれた。これから死に物狂いでこの機械ば造らないかんばってん、できるやろうか？」

私は強い決意を込めて、大きく頷きました。

翁がもじゃもじゃの髭を撫でつけながら、散りゆく桜でも見上げるような、世の中の無常というものを眺めるかのような表情を浮かべるので、なんだか私までじんわりと切ない気持ちが込み上げてきたのでした。

「国というとはね、橘さん」

翁はしみじみとした、まるでそんなことばかりを考えてきたような口調で語りかけてきました。

「治める者《もん》は治められる者のため、治められる者は治める者のため、そげな気持ちがあって成り立つとばい。それがなかったら国の意味はなか。我がだけ儲けりゃよか、欲ばっかりのつまらん者がおるけん、貧乏人が生まれると。天皇陛下がどげん国民ば思っても、つまらん者が力ば握るったい。そげな世の中やけん、戦争が起こると。人の暮らしやら命ば、戦争して金に換えて懐に入れるごたぁもんたい」

真田翁は哀《かな》しげな目をして、もう一度窓のほうに向き直りました。

「つまらん者て、誰な？　橘さん、ワシら国民は誰からこげな目に遭わされとるっちゃろうか」

「総裁にも、それはわからへんのですか」私がそう訊ねると、翁は「嘘ばっかりつく者がおるけん、わからんごとなるったい。本当のことば言おうてするもんがおったら、誰かが刺客ば差し向けて殺してしまうけん」と、つぶやきました。

「戦争させんよう、金がおかしかところに流れんようにしよった者が、暗殺されたげな。結局、戦争の起きた。ワシは、なんもできんかった」

さっきまではあんなに大きく見えていた翁の背中が、なんだか急に小さく、儚《はかな》く見えたのでした。

「しかし日本の民は、芋のツルば喰《く》いながら、なんが間違っとうか、知ろうともせんとばい。黙って、飢えて、敵艦に飛び込んで、火ば浴びて、死んでいきよる。上の者に『なんでか？』て聞きもせんで、声ば上げる者の口ば塞《ふさ》ごうとする。それを、あんたは打ち破ったっちゃね」

真田翁はきらきらと光る目で私を見て微笑みました。

「こげな細《こま》か娘がのう。やれば、できるもんなんやなぁ」

そう言って少し鼻をこすると、総裁室を出て行かれたのでした。

側近の方々は、明日からでも電気溶接の技術を八幡に習いに来いと、信次さんに言いました。鋳型はその間に、戸畑で造ってくださるとのことです。日本製鉄の戸畑製鉄所は炉を落としたことになってはいるものの、本当は熾火《おきび》は残してあるのだとのこと。一度炉を完全に落としてしまうと、再び火をおこすときに大変な経費がかかるからなのだそうです。稼働していないはずの戸畑で鋳型を造れば、軍や国の官僚の目に触れることなくことを成せます。まさに、願ってもないことでした。

側近の方々に、「ほんまによろしゅうお願いします」と哀願するかのような顔で何度も何度も頭を下げて、八幡の日本製鉄本社を出ると、空は一面青く晴れ渡り、遠くに入道雲が浮かんでいました。夏の日差しに、信次さんの髪が光っていました。

修造さん、やっとや、やっとここまで来たで。

私は心の中で、修造さんにそう叫んでいました。

いよいよ穀類膨張機の製造に入れることになったのを、サト子さんは涙を流して喜んでくれました。ふたりして女学生のような声を上げながら、抱きあって飛び跳ねていると、うしろでハル子ちゃんが私たちを見上げていました。ついこの間までの顔とは、まるで別人です。真っ赤なほっぺたに満面の笑み。この顔を見るまでに、どんなに時間がかかったことでしょう。何度も諦めかけたけれど、やっぱり、この顔を見たかった。

「ハル子ちゃん、機械ができたら、ポーン菓子おなかいっぱい食べよな」

ハル子ちゃんの前にしゃがみこんでそう言うと、ハル子ちゃんは、「ウチがぎょうさん食べると、トシ子ちゃんのぶんがなくなるけ、少しでええんよ」と答えたのでした。

もう、愛《いと》おしくて、たまらなくて、押し倒して覆いかぶさって、くすぐってしまいました。ハル子ちゃんの笑顔のためなら、なんでもしようと思えたのです。

これでやっとなにもかもがうまくいく気がしていました。けれど、信次さんが八幡に電気溶接を習いに行きはじめる、その直前。絶句するような事態となりました。信次さんが私の家に、五歳と四歳と二歳の子どもを連れてきたのです。

「女房が逃げたんちゃ、オレは育てきらん」

信次さんは憮然《ぶぜん》としてそう言いました。

「育てきらんて、そんなん言うたかて……」

信次さんが育てられないのは聞かなくてもわかることですけれど、それでは、誰がいちばん手のかかる年頃の子どもらの面倒を見るのでしょう。サト子さんは目玉が飛び出そうな顔で、ただただ、あんぐりと子どもらを見つめていました。

「信次さん、あんた、子どもがおったんやね。それやのに築地町で女遊びしよるけ、女房も逃げたんちゃ、身から出た錆《さび》やね」サト子さんがそう言うと、信次さんはしょぼしょぼと「面目ない」と言ったのでした。

とにかく、信次さんには八幡に行ってもらわねばなりません。子どもを抱えていたら、とてもとてもそれは無理です。

「とにかくやね、サト子さん。子どもら預かることはできる？　サト子さんが大変になってしまうんやけど……」

サト子さんは、ハァーっとため息をついていました。無理もありません、子どもが一気に三人も増えたら、目も回るような忙しさです。

「ウチ手伝う！」

ハル子ちゃんが目を輝かせて叫びました。家に小さい子が来るのが嬉しいのでしょう。その顔を見て、サト子さんもハラを決めてくれたようです。

「子どもに罪はないけね。信次さん、家から子どもらのもん、全部持ってきぃ」

サト子さんはそう言うと、子どもらに食べさせるお芋を蒸かしに台所に行きました。私もサト子さんをおおいに手伝わねばなりません。

この家も、えらい賑やかになるなぁ。

そう思いながらも、ため息が出てしまった私でしたけれど、そんなことがありつつ、信次さんはなんとか八幡に通いはじめました。八幡の人々とすぐに打ち解け、毎晩飲んでいるらしく、あまり家には帰っていないようでした。

「子どもらにはちゃんと顔見せなあかん言うてるのにッ」

二歳の末っ子の体を拭いてやりながら私がブツクサこぼすと、サト子さんは「信次さんには無理っちゃ」とニガ笑いしていました。稲吉さんは思いのほか子煩悩で、毎日家に来ては子どもらを背中に乗せて遊んでやってくれました。子どもらが眠ると、稲吉さんも眠ってしまいます。築地町からはとんと足が遠のいてしまったようでした。ハル子ちゃんも、子どもが泣くと一生懸命あやしてくれていました。

信次さんはもともと、真面目にやりさえすれば優秀な職工です。電気溶接の技術はすぐに習得できたようです。

穀類膨張機を組み立てて溶接し、仕上げをするための機材は真田翁のはからいで借り受けることができ、日本製鉄の車が運び込んできてくれました。戸畑製鉄所では五人もの職工が着々と鋳型を造ってくれました。部品の製造もしてくださって、あとは信次さんが戸畑製鉄所の製造所で、試作品を造るのみとなったのです。

ところが、組み立てを始めた信次さんから、なかなか「完成した！」との連絡がきません。もうできる頃やと思っているのに、信次さんの顔を見ることさえできませんでした。

「いったい、どないなってんの！」

私がそう叫ぶと、たまたま来ていた婦人会の人たちが「そうや！　どうせ飲んだくれて寝てるんちゃ」「酔っ払って歩きよるんを見た人がおるんよ」「ただではおかんけねッ」と、口々に言いました。

婦人会のみなさんは信次さんの子らやハル子ちゃんのために、お芋やら野菜やら、いろいろ持ってきてくださるのです。「とうきびがあるけ、トシ子ちゃんも食べなさい」と、私の世話まで焼いてくださいます。

「えらいすみません、私までこんなんしてもろてええんですか」

私がそう言うと、婦人会の年輩の女性が「私らみんな、あんたのお母ちゃんやけ、当たり前や」と言ってくださったのです。感極まってしゃがみこんでしまった私の背中を、たくさんのあたたかい手が撫でてくれました。

それだけではありません。どこにもあるはずのない米を寄せ集めて持ってきてくださったのも、婦人会のみなさんだったのです。

「ポン菓子の機械ができたら、米がいるんやろ。山笠が中止になったけ、お祭りのためにとっといた米、あんたにあげる」

「お砂糖も、ちょっとはあるんよ」

「麦もポン菓子にできるんやろ、押し麦も持ってきたけね」

ポーン菓子がポン菓子になってしまっていましたけれど、いい響きです。修造さんが考えてくれた名前が、北九州のお母さんたちに伝わって変化していくことが、なんだか嬉しいようにも思えました。

婦人会のみんなにけしかけられたこともあり、信次さんの仕事ぶりを覗きにいってみることにした私は、煙の止まった煙突を目指して歩き、人影もまばらになった製鉄所の門をくぐりました。

遠くからは煙がまったく出ていないように見えるのですが、炉が完全に落ちたわけではなく、近くで見ると僅《わず》かに煙が上がっているのがわかりました。

「子どもの面倒まで見させておいて、昼から酒でも飲んでたら承知せえへん」

製造所の扉を開くときには、そんな気持ちでいたのですけれど、製造所に入った途端、旋盤の音が耳に飛び込んできました。その音は、一心不乱に作業に打ち込んでいるように響いていたのです。私はそっと、信次さんに気づかれないように作業の様子を覗いてみました。

信次さんは半裸の体を汗まみれにして、ひたすら鉄を削っていました。見たこともない真剣な表情で。てっきり毎晩飲んでいるのだろうとばかり思っていたのですけれど、おそらく、お酒も飲まずに製造所に泊まり込んで取り組んでいたのでしょう。真田翁から直々に「頼むぞ」と期待されたことを、よっぽど誇りに感じたのでしょうか。

製作中の信次さんの手元を見てみると、膨張機の要である真空の筒の手前側を作っているようでした。目を凝らしてよく見ると、図面にはなかった孔《あな》がふたつ開けられています。

あの孔、なんやろ。

信次さんは孔の付近を丁寧にヤスリがけして、息を吹きかけ、しげしげと眺めては、またヤスリをかけていました。どうやら、信次さんなりの工夫を考えつき、それを試しているようです。

大丈夫や、信次さん、本気出してくれてはる。あの調子やったら、きっと素晴らしい機械を造ってくれる。いまは、そう信じて待ってみよう。

私は麦飯を握ったおにぎりが入った包みをそっと置いて、製鉄所を後にしました。信次さんが飢えた子どもたちのために真剣に作業してくれている、その背中を何度も思い出しながら。

家に帰ると、一通の手紙が届いていました。

なんと、送り主はあの芳乃だったのです。

この頃の私は大阪から手紙が来るたびに、悪い報せ《しら》ではないかと震えあがっていました。

「まさか、芳乃から手紙が来るやなんて。お父ちゃんになんかあったんやろか」

不安に駆られた私は、立ったまま、少し乱暴に封を破いてしまいました。上品な和紙にしたためられた芳乃の手紙には、達筆で美しい文字が躍っていました。急な報せではないようです。それだけのことで、へなへなと座り込んでしまうほど、ほっとした気持ちになりました。

けど、それやったら、なんで芳乃が私に手紙を？

首をかしげながら口をとんがらせて、読みはじめたのでした。

「トシ子さん、お元気でいらっしゃいますか。このような手紙が届いて、さぞかし驚かれることと思います。あなたの弟や妹はたまに梅田に遊びに見えます。あなたのことを、とても心配していますよ。けれども私は、なにも心配していませんでした。血のつながらない他人だからでしょうか、いいえ、そうではありません。あなたはなにがあっても、意志を貫く人。どんなことがあろうと、成し遂げる人だからです。あなたのお父さまにも、何も心配することはないといつも話しています。けれど、こんな手紙を書いたのは、最近、なにも根拠はないのですが、強い胸騒ぎを感じるようになったからなのです。いま、国中が火に包まれている中、あなたのいる軍都北九州だけが無風の状態にあります。そのことが、なにやら私の不安をかきたてているのです。この先、あなたの身になにか起こるかもしれないと感じています。一度、大阪に里帰りしてみてはいかがでしょうか。お祖母《ばあ》さまにもヤエさんにも、元気な顔を見せてあげてください。みんなも、安心するはずです。そして、私のこの取り越し苦労をふたりで笑いましょう。どうか、ご検討くださいますよう」

芳乃の手紙には、そんなことが書かれていました。芳乃らしい、検閲をうまく免れるように考えられた手紙なのでしょう。いやな予感がするというだけで、具体的なことはなにも書かれていませんでした。

父は芳乃のことを「あいつは千里眼や」と、よく言っていました。大阪の大空襲のときも「梅田は大丈夫や」と言って、悠然としていたと聞いています。そんな芳乃がこんな手紙を送ってきたということは、本当になにか剣呑《けんのん》なことが起こるのを予見しているのかもしれません。

いややわ、なんや、そわそわしてくるやないの。

胸がざわめきました。けれど、穀類膨張機の完成を目前にして、大阪に帰るわけにもいきません。覚悟の人になるしかない。そうハラを決めたのでした。

一六

八月六日、それはすべての日本人にとって忘れられない日となりました。

八月八日の朝に、その出来事は全国の人々に報じられました。私は、いつものように目覚め、いつものように顔を洗い、いつものように朝刊を読んで、それから体中を駆け巡る戦慄《せんりつ》に震えることになりました。ほとんどの人が、似たような体験をしたのだと思います。

「廣島《ひろしま》へ敵新型爆弾　B29少数機で来襲攻撃」

黒々とした大きな字の見出しが、禍々《まがまが》しく視界を覆い、一瞬、なにも見えないと感じたほどです。そう、原子爆弾により、広島市の人口の三分の一以上が命を失う大惨事が起こったのでした。

「新型爆弾っち、どげん爆弾ね」

「建物も人もドロドロに溶けて消えてなくなったそうなんよ」

「街ごと吹き飛ぶそうやけ、誰も助からんわ」

「爆弾が落ちたところから一里も離れとっても助からんやった」

伝聞が戸畑中を駆け巡り、戦争が終わる前に日本人すべてが滅ぼされるのではないかと、誰しもが震えあがりました。広島に親類縁者がいる人も少なくなかったのですけれど、そんな人たちはもう、何も手につかないような状態です。

子どもも、たくさん死んだんやろなぁ。

想像するだけで目を開けていられません、心が焼かれるような思いでした。

そして、芳乃からの手紙の一文が、頭から離れませんでした。

「いま、国中が火に包まれている中、あなたのいる軍都北九州だけが無風の状態にあります。そのことが、なにやら私の不安をかきたてているのです」

もしもこの北九州に、同じように新型爆弾を落とされたりしたら、小倉も戸畑も八幡も壊滅状態になるかもしれません。そうなったら、造りかけている穀類膨張機も木っ端微塵《こっぱみじん》となるのです。それどころか、私もサト子さんやハル子ちゃんも、稲吉さん、三浦さん、職工さんたちも、きっとドロドロに溶けて消えてなくなってしまうのでしょう。考えると怖くて、膝が震えました。

それでも人々は、働いていました。ただただ、いつも通りに働き続ける以外に、できることはなにもなかったのです。

そしてその八日の、まだ朝のうちのことです。

まだ職工さんたちも出てきていない早朝から、工場で帳簿つけに勤しんでいると、稲吉さんが事務室に飛び込んできました。

「機械ができた！　信次がそう言うてきたんちゃ！」

私は弾かれたように立ち上がり、家に向かって駆け出しました。婦人会のみなさんがくださった米を取りに行くためです。荒馬のように走る私に、行き会った職工の奥さんやら婦人会の人々やらが「どうしたん？」と声をかけてきました。

「機械ができたんや、みんなに、製鉄所に来てて言うて！」

家に戻ると、目をまん丸にしたサト子さんに、「お米ちょうだい、それから、大阪から持ってきた砂糖もや！」と叫びました。「機械ができたんやね」と言うサト子さんに、「あとから子どもらと来て」と告げ、ひとりで製鉄所に走っていったのです。朝とはいえ、真夏です。信次さんのいる製造所に着く頃には、汗だくになっていました。足の裏にも汗をかき、滑ってうまく走れなかったほどです。

「信次さん、とうとう機械ができたんやて？　いま稲吉さんが知らせに……」

製造所の床で、信次さんはいびきをかいていました。徹夜したのでしょう。汗の匂いはひどかったけれど、酒の匂いはしませんでした。

「これが、穀類膨張機や。やっと見られた。修造さん、やっとできたで」

眠る信次さんの横で、端正な穀類膨張機は、まるで刀匠が造り上げた刃《やいば》のように、凜とした光を放っていたのです。

サト子さんは子どもたちを連れてすぐに来て、「やっとできたね、でたんきれいな機械やね」と、目を潤ませながら言いました。

よく見ると真空筒の手前側に、設計図にはなかった、圧力計と温度計が取りつけられていました。一昨日に私が見た孔は、このために作られた孔だったのです。

信次さんはきっと、考えたのでしょう。

穀類膨張機は一台だけではなく、全国に行き渡るぐらい造らねばなりません。然《しか》して、ポン菓子の作り手がたくさん必要になってくるのです。誰でもこの機械でポン菓子を作れるようにするには、圧力計と温度計で機械の中の様子が簡単に確かめられるように工夫しなければならないと、おそらく信次さんは気づいたのです。思いのほか製作に時間がかかったのは、このためだったのかもしれません。

「信次さん」

私は信次さんの寝顔をしげしげ眺めながら、つぶやきました。

初めて会《お》うたときは、汚い飲んだくれにしか見えへんかった。けど、これが、あんたらしさやってんな。

子どもらを飢えから救うための機械を、心血を注いで、こんなに見事に造り上げた。それこそが、信次さんらしさだったのです。

私はそのとき、はっと気づきました。

子どもの頃から、なにが自分らしさなんやろと、あれこれ考えてきた。考えても考えても、わからへんかった。でも、今わかったわ。自分らしさいうんは、自分のことだけしとったらわからへん。人のためになんかしたときに、ようわかるんと違うやろか。

戸畑に来てから、この機械を見るために、とにかくガムシャラにやってきました。壁にぶち当たることはあっても乗り越えてきました。いつのまにか、大阪にいた頃よりも、私は私になっているような気がしてきたのです。

やがて、婦人会のみなさんもやってきました。

「トシ子ちゃん、とうとう機械ができたんやねぇ」

「もうポン菓子できたん？」

ひとりひとりと肩を叩き合い、炊事場で砂糖を煮て飴がけを作ってくださいと頼んで、私は信次さんを起こし、初めてポン菓子を作ることにしました。

「信次さん、見事に造ってくれはったね。ほんまにありがとう」

「一度も菓子作ってないけん、まだわからん」

信次さんは、用意してあった石炭で、すぐに火をおこしてくれました。ポン菓子が飛び散らないように金網も取りつけてくれました。米を入れ取っ手を回し続けると、温度も圧力もぐんぐん上がっていきます。

「圧力計に赤い印をつけておいたけ、針がそこまできたら、フタをカナヅチではずすんよ」

汗を拭いながら取っ手を回し膨張機の筒を回転させる私に、信次さんはそう言いました。

「圧力て、いきなり上がるんやね、もう赤いとこきてるで。はずしてええ？」

信次さんが頷くのを見て、私は膨張機のフタをカナヅチで叩いてはずしました。

すると、製造所を揺るがすような爆音が轟きました。大きな音に弱いはずの私ですけれど、変な脈も起こらず、気を失ったりもしませんでした。もう音なんか平気に思えたのです。金網の中は、ほんのり湯気をたてるポン菓子でいっぱいです。ほんの一握りの石炭で、何十人ぶんものポン菓子ができあがったのです。

「こんなに少しの石炭で、こんなにできるやなんて！」

石炭はまだまだ燃え尽きてはいませんでした、何回、ポン菓子が作れるのでしょう。すぐさま米を入れて、二回目を作りはじめました。

婦人会の人たちとサト子さん、子どもたちが飴がけの鍋を持って、製造所に戻ってきました。

「ひどい音したけど、なんやったん？」と眉をひそめる遠山さんの奥さんに、「ポン菓子ができたんや、飴をからめて食べてみて」と言うと、サト子さんも婦人会の人たちも嬉しそうにポン菓子に飴をかけて混ぜ、手づかみでむしゃむしゃと食べはじめました。

「おいしい！」「香ばしい！」「甘いもん久しぶりやけ、泣けてくる」「泣いたらいかん、菓子が湿気《しけ》るけん」

子どもたちは夢中になって食べています。大人もみんな、子どもと同じ顔で頬ばっています。信次さんも一口食べて、「バカうまい！」と目を見開きました。

「新聞紙、あらへん？　包んでみんなに配りませんか！」

取っ手を回しながら言うと、婦人会の何人かが「もらってくる」と言って、製造所から飛び出して行きました。私はハンカチをサト子さんに手渡して「最初にできたポン菓子や、ハル子ちゃんにも包んであげて」と言いました。「ええんですか」とサト子さんは眉を八の字にしましたけれど、「ハル子ちゃん、功労者やないの。たくさん包んであげて」と、額の汗を拭き拭き、私はそう言ったのでした。

やがて、二回目のポン菓子も見事にできあがりました。飴をからめて、私も食べてみました。小さい頃に食べた、あのポン菓子そのものです。

修造さん、修造さんにも食べてほしかったわ。涙が込み上げてきましたけれど、泣いてる場合ではありません。

「信次さん、明日から職工のみんなに指導して、機械をたくさん造らなあかん。どのくらいの期間でどれだけ造れるか、まずは真田総裁に報告して、部品製造のお願いをして、それから圧力計や温度計、もちろん鉄も調達せな。明日から信次さんは、機械造りの先生や。当分、目が回るぐらい忙しいで。大丈夫ですか」

真剣な表情で訊ねると、信次さんは少し微笑んで頷いてくれました。

新聞紙を抱えた婦人会の人々が戻ってきて、みんなでポン菓子を包もうとした、そのときです。サイレンの音が製鉄所全体に鳴り響きました。もちろん、空襲警報です。

「どうせ北九州は通過するんやろ」「ええ天気や」などと口々に言いながら、子どもらを背負い手を引いて製鉄所内の防空壕に避難したのですけれど、そこでも婦人会のみんなはポリポリとポン菓子を食べ続けていました。

「あんた、食べすぎやろ」

「おいしいけ、止まらんちゃ」

そんなことを言いあい、笑いながら警報が鳴り止《や》むまで待っていたのです。

爆音を聞くこともなく、警報は解除になりました。

ところが壕から出ると、職員たちが血相を変えて走り回り、製鉄所全体が騒然としていました。

「なにか、あったんですか」

ひとりの職員さんをつかまえて訊ねると、「八幡でひどい空襲があったんよ、製鉄所も街も相当やられたけ、どれだけ人が死んだかわからん！」という、慄然となるような答えが返ってきたのでした。八幡も、かつての大阪のように焼け野原になったと聞いて、思わず震えが走りました。

三浦さん！　三浦さんは無事やろか！

「みなさん、八幡に行かれるんですか！」私は咄嗟にそう訊ねました。「おうよ、電車は動かんけ、ありったけの車で行くわ」そう言う職員さんに、私はすがりつきました。

「私も連れて行ってください！　食糧があるんです、軽いですから車にたくさん積めます。紙に包みますさかい、すぐに配れます」

職員さんは私の申し出を承諾し、車を一台用意すると言ってくれました。まだ火がおさまっておらず、いますぐに行くのは危険だから数時間後に出発するので、正門の前で待つようにと指示をくれたのでした。

「信次さん、石炭集めてくれるか。ありったけの米、麦と雑穀で、ポン菓子作ろ！　サト子さん、あるだけの砂糖で飴がけをたくさん作ってくれはる？　婦人会のみなさんは、もっと新聞紙をぎょうさん集めてください。それから水を入れられるものに水を入れて、できるかぎり持ってきてください、お願いします！」

そう叫ぶと、私は信次さんとふたりで製造所に駆け戻りました。

ひょっとしたら、戸畑も空襲でやられるところだったのかもしれません。製鉄所の炉が消えてなかったら、すべての煙突がもくもくと煙を上げていたままだったら、敵機も見逃さなかったのでしょう。燃料がなくなり、炉が休止していたことで運命が変わったということなのかもしれません。そう思うと鳥肌がたちました。

なんにしても三浦さんは、三浦さんは無事でいてほしい。

息を切らし穀類膨張機の取っ手を回しながら、私は祈るしかありませんでした。やがて、新聞紙、米や麦、そして水を携えた人々が製造所に集まりました。思いのほか大人数です。ツタ代さんは砂糖をたくさん持って駆けつけてくれました。稲吉さんは三浦さんが心配でたまらないらしく、おいおい泣きながらやってきました。

「オイも八幡に連れて行ってくれ、頼む、お願いや」

断ったら稲吉さんこそ死んでしまいそうだったので、「わかったさかい、手ェ動かして」

と答えざるを得ませんでした。

ハル子ちゃんも来て、小さい子どもの面倒を見てくれました。みんな穀類膨張機の轟音に驚いていましたけれど、それでも一心不乱にポン菓子に飴をからめ、包んでくれていました。やがて、車に積みきれるだろうかと思うほどのポン菓子の包みの山ができたのでした。

八幡への空襲は、これが三度目でした。けれど、今回はいままでとは規模がまったく違うものでした。八幡の街の二割が焼け野原になるほどの大惨事です。主な標的となったのは、製鉄所というよりも、製鉄所の社宅が多く集まっているところでした。ちょうど、三浦さんの家がある場所です。

三〇〇人もの人々が、東にある小伊藤山《こいとやま》に掘られた防空壕に避難したのですけれど、そこに集中的に焼夷弾を落とされたのです。壕の中は蒸し焼き状態となり、全員が命を失いました。壕に入れずに街に残された人々にも四〇万発以上もの焼夷弾が降り注いで、あわせて三〇〇〇近くもの人々が焼かれるなどして死んだのです。

日本製鉄の社宅がある平野《ひらの》という街まで私、信次さん、そして稲吉さんは車で駆けつけ、降りてみると、そこにはまさしく地獄の光景が広がっていました。

空襲のあとに降るという黒い雨が降ったらしく、地面は濡《ぬ》れていました。それなのにまだ、裸足《はだし》ではじっと立ってはいられないほど地面は熱いままでした。白い煙、黒い煙が一面に立ち込めて、建物がまるっきりなくなっているのに視界がとても悪く、遠くはなにも見えません。身を低くし、口を覆って歩くと、信じられないものが次々と近づいてきて目に飛び込んできます。焦げた車、燃え尽きた電柱、焼け死んだ馬、犬の頭、人の手首、溶けたガラス瓶。

死んだ人は、空き地に並べられ、真っ黒なトタン一枚を上に乗せられていました。トタンからはみ出た髪や手や足は真っ黒焦げになっていて、炭になった体の中から赤い血が滴り落ちていました。子どもを抱いたまま死んだ人もいます。小さな子どもの死体もありました。何かを手で避けるような格好で、口を開けたまま焼かれた死体もありました。いまにも叫び声を上げそうです。

いったい、何人死んだんや。こんな数の死体、誰が見たことあるねん。

茫然となり、涙も言葉も出てきません。

「三浦さぁーん！　三浦さぁーん！」

背後で稲吉さんが叫んでいました。たまらない気持ちになったのでしょう。無理もありません、こんな状況の中で、三浦さんが生きているほうがかえって不思議なほどです。

信次さんは火傷を負って倒れ呻《うめ》いている人に、水を飲ませてあげていました。

あかん、私も動かな。なにしに来たんや。

車に戻って、水の入った瓶や水筒を抱え、倒れている人、座り込んでいる人、立ちつくしている人々に飲ませて歩きました。

倒れている人の中には、呼びかけても目を開けない人がいました。衣服はほとんど焼けて裸に近く、顔がかなり焼けただれています。体も火傷がひどくて、はっきりとはわからなかったのですけれど、たぶん、女の人だと思います。

「もし、もし、大丈夫ですかっ」

耳もとで大声で叫んでも動きません。「トシ子さん」という声に振り向くと、信次さんが眉をひそめ、首を横に振りました。夏の暑い日でしたから、焼けて皮がめくれたところには、もうハエが集《たか》りはじめていました。なにか掛けてあげるものはないかとあたりを見まわしましたけれど、なにもありません。ぎゅっと目を閉じて、手を合わせることしかできませんでした。

もう一度車に戻り、麻袋に入ったポン菓子を担いで、なにか食べることができそうな人を見つけては、「これ、食べてください」と、新聞紙にくるまれたポン菓子を配って歩ききました。

「やっぱり、こんなものでは足らんちゃ」信次さんが言いました。

「そうやね、けど、これだけでも配らな」そう答えていると、稲吉さんが駆け寄ってきました。

「三浦さんの家はあっちやそうやけ、行ってみるわ」そう言って、焼かれて真っ黒なバスが停まっている向こうを指差しました。三人でそちらに向かうと、バスの中にも黒焦げの死体がいっぱいなのが見えました。窓から出ようとして途中で焼け死んだ人も、そのままの形で炭になり、体液のようなものを滴らせています。

とにかく、倒れている人があちらにもこちらにも大勢いて、小走りになると踏んでしまいそうでした。みんな痛みに呻いていたのです。

「トシ子さん、あの人！」

信次さんが指差すほうを見ると、見覚えのある後ろ姿を見つけました。下着のシャツのまま家の焼け跡の前で、地べたに座り込んでいたのです。

「三浦さぁんッ」稲吉さんが、飛び上がってそう叫びました。

三浦さんは、振り返りませんでした。

三人で駆け寄り、「三浦さん、ご無事でなによりですっ」と、私は思わず叫びました。

稲吉さんは安心と心配がごっちゃになり、わけのわからないことをわめくことしかできなくなっていました。

三浦さんの前に回り込むと、そこに置かれたふたつの死体が目に飛び込んできました。三浦さんの白いシャツがかぶせてあって、顔はわかりませんでしたけれど、ふたりとも女の人でした。黒焦げに焼かれ、ところどころに薄赤い肉が見えていました。

「三浦さん……」

そう声をかけると、三浦さんは茫然とした顔で、「母と、妹です」と言いました。いつも冷静でまっすぐな三浦さんとは、別人のようでした。血走った目を見開いたまま、微動だにしないのです。

「今朝、メシを作ったのは母でした。私のぶんも里芋食べなさいち母ちゃんが言うけ、俺ばっかり食うわけにいかんけん、母ちゃんも少しは食べたらいいやろち言うたんです。そしたら妹が、お母ちゃんには私のぶんを分けるけ、食べてええんよち言いました。俺は、里芋をぎょうさん食いました。行ってくるち言うて、製鉄所に行ったんです、いつもとなんの違いもなかった。製鉄所にいた俺だけが生きてる……」

話している間に三浦さんの目は真っ赤になり、涙が顔の煤を洗いながら流れていきました。

「いつもそうやったちゃ、母も、妹も、俺にばっかり食わせて、自分は我慢しよったけ、戦争が終わったら俺は、どこかええところに連れて行ってやろうと……」

三浦さんは、それ以上話すのは無理だったようです。舌が全部喉から出てしまうのではないかと思うほど口を開いて、悲痛な声を上げました。私は、男の人が慟哭《どうこく》するのをはじめて見ました。きっとこの声は、何年も頭から離れないでしょう。三浦さんは、激しく悲しみを吐き出しては地面に突っ伏し、拳を自分の頭に打ちつけました。

「なんで殺したんッ、なんで殺したんッ、俺の母ちゃんをッ、妹をなんで殺したんッ」

あんなに北九州を、八幡を愛していた三浦さん。この変わり果てた有様を見て、正気でいられるはずもないのでしょう。きっと心の中までが地獄絵図となってしまったのです。

これが、戦争なんやな。

見渡せば、こんな光景がどこまでもどこまでも続いていました。きっと、この国のほとんどの街が、こんな惨状なのでしょう。

「稲吉さん、三浦さんのそばにいてあげて」

泣き叫ぶ三浦さんを残して、私は信次さんと車に戻り、水とポン菓子を抱えて再び駆け回りました。気づくと、空はだんだん暗くなってきていました。煙が立ち込めるその上の空は、きっと夕焼けなのでしょう。

あちこちの人に水を飲ませ、ポン菓子を配り歩き、そろそろなくなりかけたときのことです。瓦礫《がれき》の中から手首が突き出ているのを見つけました。下敷きになったことで、火からは免れたのかもしれません。

信次さんが瓦礫をどけると、中から一〇代ぐらいの男の子が出てきました。

「もし、大丈夫ですか、目を開けてください」

大声で叫び頰を叩きましたけれど、もうすでに息をしていませんでした。私の弟と同じ年頃の子です。

「なんやの、あんた！　目を開けやッ、あんた、なんのために生まれてきたんや、こんなことで死ぬために生まれてきたんかッ、目を開け言うてるやろッ、これから、なんぼでも自分らしい生きてええようになるんやで、なんぼでも自分らしい生きてええんや、死んだらあかんやないのッ」

私はいつのまにか叫びながら、少年の骸《むくろ》を揺さぶり続けていました。

信次さんが私の肩に手を置くまで。

「空襲があったら、誰も自分らしいもなんもない、火から逃げるだけの虫けらやけ」信次さんは、そう言いました。

私は脳が痺《しび》れたような感覚になり、よろよろと立ち上がると、再びポン菓子を配り歩き

なっていました。こんな地獄を目の当たりにしていても、涙も出ません。足がふらつきそうにましたけれど、そもそも地面を踏んでいる感触も失っていたのです。

そこに、服がぼろぼろに焼け焦げたお母さんと手をつなぐ、小さな女の子が歩いてくるのが煙の中から見えてきました。麻袋の中に入っていたポン菓子がちょうどなくなりかけていたので、裸同然のお母さんの肩に麻袋をかけ、水の入った瓶を手渡しました。お母さんは表情もなく、その場に座り込んでしまいました。

「助かったんや、あんた、助かったんやけ、しっかりしィ！」

信次さんが、そう声をかけていました。私は、髪の毛があちこち焦げた女の子に、ポン菓子の包みをいくつか差し出しました。

「よう生きた、よう生きてたなぁ、あんた、偉いで。これあげるさかい、食べなさい。おいしいで」

そう言うと女の子は新聞紙の包みを開き、煤だらけの手でポン菓子を握っては口の中に入れました。

「おいしい？」

そう訊ねると女の子は、乳歯が抜けた口を開け、笑顔を見せてくれました。

なんて嬉しそうに笑ってくれるんや。

その顔を見て、私はなにか膨らんでいたものがはじけたかのように、膝から崩れて泣きました。

「ありがとう、生きててくれて」

言葉にならない声が止まりません。まるで、私のほうが子どもみたいでした。

信次さんに抱き起こされて街を見渡すと、そこは一面、煙まみれの焼け野原。

生きて。みんな、生きて。

その言葉だけを、胸の中で何度も何度も繰り返していました。

「信次さん」

私は、よろめいた足を踏んばって歯を食いしばり、しゃんと立ちました。

「私ら、気張ろな。気張って、日本中の子どもにポン菓子食べさせたるねん。なぁ、信次さん、気張ろ！」

信次さんは黙って、でも、とても強く頷いてくれました。

「私ら、ただ機械を造るだけ違うで、子どもらの笑顔作るんやで」

私は手の甲で涙を拭い、ひとりにはしておけない三浦さんを引きずるようにして車に乗せ、稲吉さん、信次さんとで私の工場がある戸畑に戻って行ったのでした。

エピローグ　修造さんへの手紙

修造さん、本当に久しぶりに手紙を書きます。

もう、どれだけ書いていないでしょうか、不義理を許してください。

穀類膨張機の試作機が完成して以来、どれだけ忙しかったことでしょう。

天国から見ておられたと思いますけれど、試作機が完成した日と同じ日に八幡に大きな空襲があり、そして、その翌日には長崎に、広島と同じような新型爆弾が落とされました。

地獄絵図のような街の中で、あわせて二一万人もの人が亡くなったのです。

新型爆弾は、この北九州に落とされる予定だったと、婦人会の人が教えてくれました。

芳乃さんの勘は、これのことを指していたのでしょうか。当日は北九州上空の視界が悪く、長崎に急遽《きゅうきょ》変更になったのだそうです。八幡が空襲を受けたその煙が北九州を守ったのだと言う人もいます。長崎の人々の苦しみはいかばかりだったかと思うと、とてもとても、ほっとしてなどいられないのですけれど。

そして、一週間も経たぬ八月一五日、日本は降伏し、戦争は終わりました。

配給がますます少なくなって、日本中、本当に混沌《こんとん》としました。食べ物がまったく足りないのはもちろん、なけなしの米や雑穀を炊く燃料がないのです。

それでも、私たちは穀類膨張機を造り続けました。これがあれば、ほんの少しの燃料で何十人もの人々が食べられます。

軍需品を造る必要がなくなった日本製鉄が鉄を融通してくださって、手の空いた職工さんたちが何人も手伝ってくれました。真田翁は完成図の模写を何枚も作らせ、各地の事業家たちに穀類膨張機のことを知らしめてくださったのでした。

すると、どうでしょう。私の工場に注文が殺到したのです。一度に二〇台も注文されることもあります。造っても造っても、本当に追いつきません。まったく、なにをする時間もないくらいです。

全国にポン菓子売りが機械を引いて歩く姿が見られるようになりました。機械を買った人が、復員兵にポン菓子売りをさせているのです。お米や麦、雑穀などを持っていきさえすれば、誰でもおいしくて消化にいいポン菓子が食べられるようになるというわけです。

根本先生が手紙に「大阪にもポン菓子売りがぎょうさん来るようになりました。橘さんは、食べ物がない今の世の人に食べ物を与えただけではなく、復員した兵隊さんに職を与えたのですね」と書いてくれました。そんな大袈裟なことかどうかはわかりませんけれど、とにかく、私は嬉しい。おなかを空かした子どもたちみんなにポン菓子が届くようにと、毎日、額に汗して機械を造り続けています。

先日は、ヤエさんから手紙が届きました。

なんと芳乃さんが、梅田でポン菓子売りから買ったポン菓子を両手いっぱいに持って、橘の家を訪ねてきたというのです。ヤエさんや祖母は、一体、どんな顔をしたのでしょうか。

ヤエさんからの手紙によると、私も修造さんも想像できなかったようなことになったらしいのです。

祖母は初めてポン菓子を食べて、トシ子がとうとうしたんやなとつぶやくと、ぽろぽろと涙を流し、それを見ていた芳乃さんも泣いたそうなのです。あのふたりが、並んで同じものを食べて、いっしょに泣くなんて。

修造さん、驚きましたか。

それでは、もっと驚かせてあげましょう。

トシ子さんはご立派や、やっぱり橘の子ですなぁ。

なにを言うの、芳乃はん。あんたのおかげやないの。

そんな言葉が、ふたりの間で交わされたと書いてあったのです。どうですか、信じられないでしょう。

大阪に戻って仲良しになった祖母と芳乃さんを見てみたいと思うのですが、こんなに忙しくては、とても帰れそうにありません。家に帰れば信次さんの子どもらの面倒もありますし、ハル子ちゃんの勉強も見てあげなければなりません。

信次さんもこの家で暮らすようになり、日本製鉄の三浦さんは相変わらず事務方として活躍しておられますけれど、戸畑の家にしょっちゅう来られるようになっていて、そこには必ず稲吉さんもついてきます。家の中は本当に賑やかで、サト子さんも毎日大忙しです。

修造さん。

戦争は、誰が、なんのためにはじめるのでしょう。

おそらく、私たちには知らされないものも含めた、さまざまな要因が複雑にからまりあって、起こるものなのでしょうけれど。

三浦さんは、誰かが利益を得るために、戦争を起こそうと拍車をかけていく側面が必ずあると言っていました。そのためには、人の命を犠牲にすることなど、なんとも思わない人がいるのだと。日本の中にも、そうした人がいたのかもしれません。その結果、日本の多くの街が地獄のようになってしまいました。

自分だけが利益を得たいがために、人を飢えさせ、命を奪うなど、なんて愚かなことかと私は思うのです。

人は、自分のことだけ考えていたら、なにが自分らしさなのか、決してわかりません。私は旧家に生まれ、何不自由ない暮らしをしていましたけれど、ひとつもわかりませんでした。この穀類膨張機を造ってきた中で、学んだのです。

どんな生き方が自分らしいのか、それがわからなくては、幸せなどどこにもないのだということを。

もちろん、お金は必要です。けれど、お金だけでは人は幸せにはなれないのだと、今の私は知っています。大阪から北九州に移り、じたばた足掻《あが》いて、このことがわかっただけでも、私は運のいい人間なのだと思っています。

修造さん。

これから、日本はどんな国になっていくのでしょう。

これからも私は子どもたちのために、ずっとポン菓子を届けていきます。

今日も、明日も、明後日《あさって》も。

修造さん、いつかあなたに会えるのなら、お土産《みやげ》に美味しいポン菓子をたくさん持っていきたい。だって、大阪駅で約束したではありませんか。いやというほど食べさせてあげますと。だから、どうか、待っていてください。ひときわ美味しいポン菓子を、きっとあなたに食べてもらいますから。

本作の執筆にあたって、皆様の温かいご協力を賜りました。
心から御礼申し上げます。
歌川たいじ

吉村利子様
吉村真貴子様
岡部芳広様
波多野正義様
塚川裕子様
濱田浩三様
森川妙様
大塚隆史様
戸畑郷土史会　上田泰正様
戸畑郷土史会　竹内孝恭様
戸畑郷土史会の方々

解説

「リケジョ」の先駆者トシ子さんと女性のお仕事

白河桃子《しらかわとうこ》
（相模女子大学大学院特任教授／ジャーナリスト）

本書はポン菓子製造機を日本で最初に作った「タチバナ菓子機」の社長・吉村利子さんをモデルに、作家で漫画家の歌川たいじさんが書いた小説です。ポン菓子とはお米、雑穀などに、少量の燃料で圧力をかけ、膨らませたもの。それを作るのがポン菓子製造機で、お菓子ができるときポーンと大きな破裂音がするからポン菓子というそうです。

しかしこのポン菓子製造機は戦中、戦後の子どもたちの飢えを救うために、一人の女性経営者によって作られたとは、全く知りませんでした。戦争末期の子どもたちは配給も少なく、穀物を炊く燃料もないので、生のまま食べて、消化できず栄養失調になる。抵抗力がないので、病気になるとすぐに死んでしまう。飢えや空襲で、死がすぐ隣り合わせにある世界で奮闘した、一人の女性経営者、女性リーダーのお仕事小説なのです。また女性によって女性の視点で語られた優れた戦争の記録でもあります。

読み出したらとまらないテンポの良さ、登場人物やその時代の光景が3Dになって目の前に鮮やかに浮かび上がります。また登場人物たちはみな愛すべき人たちで、彼らが時代の流れの中で、酷い目にあわないように、手を合わせたい気持ちにもなります。これは漫画家でもある歌川さんならではの表現力ではないでしょうか。「ぜったいNHKの朝ドラにしてほしい。アニメにもしてほしい」とついつい思いました。

本書には、まだ女性の生き方が狭められていたときの女性の仕事の物語という側面もあります。

最初に驚いたのは主人公の橘トシ子さんが、子どものころから機械が好きで図面などをさっさと描いてしまう女性だということです。今ように言えば「リケジョ」です。末は大学の工学部にいって、どこかの製造業にでも入ろう……今なら許される女性の未来も、蔵が四つある旧家の長女（いとはん）にはひとつのことしか許されません。どこかの家に嫁ぎ、子をなし母になることです。彼女には許嫁者《いいなずけ》もいて良妻賢母になるあれこれを学ぶしかなかったのです。

お嫁にいくまでの間、トシ子さんは国民学校の先生になりますが、大阪の郊外の学校の子どもたちはいつも飢えて、ガリガリに痩せていました。大都市が頻繁に空襲され、明日の生命も危ぶまれる中、彼女は遠い北九州に単身乗り込み、子どもたちを飢えさせないためのポン菓子製造機を作る決意をするのです。

彼女は図面をひくのが大好きなリケジョだったので、幼いころ博覧会で見た外国の機械の構造を記憶し、理解することができた。また「使う燃料が少なくて済み、少量の原料で安全な食べ物ができる」という生産性の高さにひかれたのでしょう。

なぜ北九州なのかといえば、ポン菓子製造機に使う鉄も技術も、軍需工場のあるこの地に集中していたからです。それがよくわかるのは、彼女が北九州に着いてから「自転車がある」ことに驚愕する場面。大阪では自転車はもちろん、鍋のフタまで供出していた時代でした。

ここでもトシ子さんの視線は弱者に注がれます。

食料もあり、製鉄所の職工たちは仕事が終わったら花街に飲みに行く北九州の光景は一見恵まれて見える。しかし兵隊は戦争で怪我をしたら恩給が出るが、職工たちは危険な職場で鉄の粉を吸いながら仕事をし、怪我でもしたら食い詰めるしかない。今で言えば労災事故ですが、当時は補償がなかったのでしょうか。どこにいってもつきまとう戦争の理不尽は、一番弱い人たちを追い詰める。太平洋戦争では日本は戦争をしかけた側ですが、苦しむのは普通の人たちなのです。

トシ子さんの視線がいつも「弱者」に向けられていたのは、恵まれた生まれでありながら、女性であったことと無関係ではありません。女性は人口の半分はいるのに、理系だけでなく意思決定層でもマイノリティです。マイノリティだからこそ、排除されている、下敷きになっている人のことを考えやすいのでしょう。

誰もがあきらめて、大きな時代の歯車に巻き込まれるしかない。子どもが、大切な人たちが死んでいく。そんな中、彼女は立ち上がり闘った。一人でも飢えて死んでいく子どもたちを救いたいと。彼女のリーダーシップは男性のような強力にひっぱるものではないけれど、人の心に染み入り、徐々に共感の輪を広げていきます。

女性がリーダーになる意味を、この小説で改めて教えられました。女性は今まで誰も忖《そん》度《たく》して言わなかったことを言う役割なのです。暴力が支配する世界になればなるほど、女性と子どもは被害をうける。だからこそ、力の支配する世界に立ち向かうのです。

ドイツは日本と同じく第二次大戦の敗戦国です。そしていつも「自国の戦争責任」について向かい合い、教育の中に取り入れているのが素晴らしいと思っていました。しかし最初からそうではなかったと、ドイツの女性議員のシンポジウムから知りました。戦後、ドイツは自らの戦争責任から目を背け、教育の中にもそれはなかった。しかし戦争責任を検証し、後世に伝えるべきだと声をあげたのは女性の議員だったそうです。「女性は今まで誰も言わなかったことを言う役割なのです」とその女性議員は言っています。トシ子さんは、子どもが傷つき、死んでいくのを黙って見ている世界は嫌だと当たり前のことを言い、人を動かし、少しでも防ぐための仕組みを作ったのです。

ポン菓子製造機のその後を調べたら、今でもモデルとなった吉村さんの手で、東南アジアなどに送られているそうです。また戦後、この機械が普及して、商売として成立しました。機械を持っていき、農村で米を分けてもらい、ポン菓子を作る。その対価としてもらった米を貯めて売る仕組みで、子どもを大学までやることができた人もいたそうです。トシ子さんは製造機を作っただけでなく、誰もが食うに困る時代の仕事も作っていました。また小型になったポン菓子製造機は、アマゾンで「家庭用、キャンプ用」として売られています。一人の女性の情熱からできたポン菓子製造機はまだまだ健在です。

それでは、未来を夢見ることができるようになった、日本の今のリケジョたちはどうでしょう？　昭和女子大学附属の中高生たちが調査をしたことがあります。中学1年生で見ると、進路の理系文系の希望は同じぐらいです。しかし進路を決める高校1、2年生の時点でぐっと理系は減ります。これはなぜ起きるのか？

OECDの調査によると、日本女性の理系進学率の低さは36ヵ国中平均を大きく下回っています。文部科学省が実施した「令和元年度 学校基本調査」によれば、大学理学部の女性比率は27・9％で、工学部は15・4％と、理系における女性比率は2割程度です。「米国を代表する技術系の大学であるマサチューセッツ工科大学の女性比率は46％、中国の精華大学では34％」なので、大きな差です。（日経COMEMO「なぜリケジョは少ないのか？その原因と対策」遠藤 直紀〔ビービット 代表〕2021年8月14日）

これを中高生たちは「見えないバイアス」のせいではないかと結論づけました。「女の子だから理系にいって頑張らなくてもいいんじゃない」

こんな親や先生のセリフが進路を歪めます。またアニメのキャラクターを調査して、「博士」で検索すると女性博士のキャラクターは17％であることを示していました。女性の職業イメージの中に「白衣を着た理系」がないのも無理はありません。また日本のアニメのお母さんは、『クレヨンしんちゃん』『ポケモン』など、家で料理を作るイメージで、仕事にいく姿は見たことがありません。幼いころから見てきた光景が「バイアス」を作ります。

バイアスを払拭することも大事ですが、より積極的な取り組みも始まっています。東工大、名古屋大などが女性の入学者割合を決める「クオータ制」を取り入れ、女性の理系進学率を増やすことを決定しました。「男性差別では」という批判もありますが、必要だからこそやっているのです。安宅和人さんは著書『シン・ニホン』で言っています。「未来を生み出したいのであればジェンダー平等こそが最初に手をつけるべきポテンシャルの一つ」と。未来のトシ子さんの割合を増やすことを考えたら、この小説を読んだみなさんは賛成してくれるのではないでしょうか？

男女がバランスよくいたほうが、見落としが少なく、またイノベーションも起こりやすいのです。これが「多様性の効用」であり、それがない場合は「同質性のリスク」が起きます。例えばドイツの自動車メーカーが音声認識ソフトを開発したとき、「うっかり男性だけのチームで作ってしまった」がために、男性の声しか認識できないソフトができてしまい、開発費をドブに捨てたという話があります。開発チームに女性が一人でもいたら、「なぜ私の声を認識しないのか」とすぐに気がついたはず。そんな事例はたくさんあります。

また同質なメンバーだけで決定すると「忖度や同調圧力が働き、悪い情報が伝わらず、間違った決定もただされない」という特徴があります。これを「集団浅慮」と言い、例としては「日本軍の失敗」が挙げられます。

今でも戦争は決して私たちと無縁ではありません。ウクライナで、世界のどこかで、戦争で多くの人が傷つき、死んでいきます。始めたらなかなか終わることがないのが戦争の恐ろしいところです。

それでは一度戦争になったら、女性の出る幕はなくなるのでしょうか？　決してそうではありません。女性は「平和構築」に大きな役割を果たします。

ジェノバ大学院研究所が2011年から2015年におこなった冷戦以来の和平プロセスについての研究によると、「女性のグループが和平交渉において強い影響力を及ぼした場合、女性グループの影響力が無いまたは弱い場合に比べて極めて交渉の成功率が高い」のです。また別の調査では、「和平合意プロセスの構築に女性が参加すれば、和平が15年以上継続する可能性が35％高まる」（笹川平和財団「平和構築に向けた女性のリーダーシップとエンパワーメント」）そうです。ウクライナの停戦交渉をテレビの画面でみて、いつも男性しかいないことが私にはとても不安です。

私はよく女性視点の戦史に注目しますが、それは「戦争を防ぐヒント、二度と起こさないヒント」がないものかと思うからです。アニメになった『この世界の片隅に』（こうの史代作）やマンガとしても出版されている『戦争は女の顔をしていない』（スヴェトラーナ・アレクシエーヴィチ著）などと並んで、この小説は「女性視点からの戦争の記録」としてもとても価値があります。

この小説は、トシ子さんから、たくさんの未来の「トシ子」さんへの贈り物です。困ったとき、迷ったとき、彼女を救ったのは「自分らしく」という軸でした。私も多くの女子学生を教えていますが、かつての女性たちの慎ましさや我慢強さが今の日本を作ったことを考えると、「わがままでいい。我慢しなくていい。自分らしくいてほしい」と言わずにはいられません。

そしてトシ子さんに共感し、助けてくれたたくさんの人を忘れることはできません。トシ子さんのような人がもし周りにいたら、私たちにできることはなんだろう。その人を応援することではないでしょうか？　多分現代にもたくさんのトシ子さんはいる。それはおもちゃをバラバラにして親を困らせる女の子かもしれない。ゲームばかりやっている中学生かもしれない。女性に限らずとも、マイノリティとして生きにくい思いをしている人かもしれない。その人たちが自分らしさを解き放てば、何が起きるのだろう。

身近な子どもたちの飢えという課題から始まったポン菓子製造機は、日本中に広まりました。たくさんのトシ子さんとそれを応援する人たちが増えれば増えるほど、戦争のない平和な未来が、飢える子どものいない未来が、弱い人を取り残さない未来が近くなるような気がします。エンタメ小説としてもおすすめなのですが、今を生きにくいと思っている人にこそ、読んでほしい一冊です。

この作品は、第二次世界大戦中から終戦直後にかけての大阪、北九州を舞台にした物語です。本文中に「職工」「人足」「女中」「女郎」などの呼称や、「支那」という、今日の観点からすると不快・不適切とされる用語が用いられています。しかしながら、物語の根幹に関わる設定と、作品中に描かれた時代背景を考慮した上で、これらの表現についてもそのまま使用しました。差別の助長を意図するものではないことを、ご理解ください。

（編集部）

二〇二〇年六月　光文社刊

光文社文庫

いとはんのポン菓《が》子《し》
著　者　歌《うた》川《がわ》たいじ

2023年7月20日　初版1刷発行

発行者　三宅貴久
印　刷　堀内印刷
製　本　榎本製本

発行所　株式会社　光　文　社
〒112-8011　東京都文京区音羽1-16-6
電話（03）5395-8147　編　集　部
8116　書籍販売部
8125　業　務　部

落丁本・乱丁本は業務部にご連絡くだされば、お取替えいたします。
ISBN978-4-334-79559-7　Printed in Japan

組版　萩原印刷